L'AFFAIRE JEANNE D'ARC

Grand reporter à *L'Est républicain*, Marcel Gay est plus particulièrement chargé de suivre les affaires judiciaires. Il dissèque ici les pièces du dossier Jeanne d'Arc.

Récemment décédé, Roger Senzig a été membre des services secrets de la France libre pendant la dernière guerre mondiale. Spécialiste de Jeanne d'Arc, latiniste et paléographe, il a minutieusement suivi le parcours de la Pucelle.

ROGER SENZIG ET MARCEL GAY

L'Affaire Jeanne d'Arc

FLORENT MASSOT

ISBN : 978-2-253-12472-6 – 1re publication LGF

« Il n'y a pas d'histoire plus connue, il n'y en a pas de plus mystérieuse. »

Philippe ERLANGER, à propos de Jeanne d'Arc.

Préface

Lorsque Marcel Gay m'a parlé pour la première fois de l'enquête qu'il avait menée avec Roger Senzig, j'ai été surpris.

Surpris d'abord par le sujet de cette enquête : Jeanne d'Arc ! Ni plus ni moins.

Surpris qu'aujourd'hui un journaliste d'investigation, connu pour son sérieux et sa rigueur professionnelle, passe plusieurs années de sa vie à enquêter sur des faits vieux de presque six siècles.

Surpris par la force de conviction qui émanait de Marcel quand, dans mon bureau, il se mit à me parler de celle qu'il appelait Jeanne, « parce qu'elle ne s'est jamais appelée Jeanne d'Arc de son vivant ».

Surpris par l'exigence intellectuelle de celui qui ne se contentait pas de la version de cet épisode emblématique de l'histoire de France servie dans les manuels scolaires.

Surpris par la pertinence de ses questions et leur implacable bon sens : comment une jeune bergère a-t-elle pu tenir plus de cinq minutes en armure sur un cheval de guerre sans avoir suivi un entraînement long et contraignant ? Comment a-t-elle pu s'entretenir en parfaite intelligence avec le roi Charles VII alors que l'idiome local parlé à cette époque par les habitants de Domrémy en Lorraine (pardon, Marcel…

dans le Barrois) n'était pas le français de France, et que les paysans n'utilisaient pas plus d'une centaine de mots ? Et les voix, ne sont-elles pas étranges, ces voix qui l'auraient guidée tout au long de son épopée, ces voix qui sont à l'origine de tout ?

Surpris enfin de ne m'être jamais interrogé auparavant sur tant d'extravagances, de mystères et d'anomalies.

Surpris et, je dois l'avouer, un peu vexé. On m'avait raconté sur Jeanne d'Arc une histoire à dormir debout et je l'avais gobée comme la plupart de mes concitoyens !

Cet homme posé, au langage clair, au regard direct, à l'élocution précise ensoleillée par l'accent du Midi, me confiait le résultat de plusieurs années d'investigation patiente : selon toute vraisemblance, me dit-il, Jeanne faisait partie d'un plan mûrement réfléchi qui relevait de la haute politique plutôt que des hauteurs célestes. Subsidiairement, elle n'était peut-être pas morte sur le bûcher de Rouen. Un savant prétendait même avoir retrouvé son squelette ! J'avoue avoir été saisi d'un vague vertige…

Cette fois il me fallait des preuves ou, à tout le moins, des éléments de preuves pouvant être versés au dossier de cette thèse !

Marcel Gay, toujours aussi posément et avec ce je ne sais quoi de rassurant qui émane des gens de conviction, me tendit le manuscrit qu'il avait écrit avec Roger Senzig, passionné d'histoire comme lui : « L'affaire Jeanne d'Arc ».

Le lendemain, ma décision était prise. Je passerai outre les recommandations de l'un de mes confrères :

« Fais attention, les textes sur Jeanne d'Arc sont sur la liste noire de l'édition. »

En effet, Marcel Gay et Roger Senzig ont remis en cause tout simplement un dogme. Faisant fi des interdits religieux, politiques et philosophiques, ils ont cherché à savoir s'il n'y avait pas une autre analyse, plus logique, plus humaine, pour expliquer les exploits, bien réels, de Jeanne sur les champs de bataille.

La version qu'ils nous livrent ici a le mérite d'éclairer cette page exaltante de notre histoire sous un jour nouveau.

Certes, cette thèse a déjà été évoquée par des chercheurs et des historiens hétérodoxes. Mais leur voix n'a pas été entendue. Leurs livres et leurs articles sont restés au fond des tiroirs comme s'il ne fallait pas déranger le bon ordonnancement d'une doctrine historique écrite une fois pour toutes.

J'aime les livres qui empruntent les chemins de traverse.

Il y a ceux pour qui l'Histoire est gravée pour toujours dans le marbre : pour ceux-là nous ne serons jamais assez scientifiques dans notre démarche pour être entendus.

Certains réagiront même avec violence à ce livre.

Vous n'avez pas de preuves tangibles à apporter à vos conclusions ! nous diront les uns. Vos méthodes ne sont pas scientifiques ! affirmeront d'autres. Certains relèveront des erreurs ou des approximations, nous les rectifierons s'il le faut. Nous en acceptons le risque. Si l'Histoire est en mouvement, elle l'est aussi pour nous.

Fallait-il pour autant écorner la légende ? Fallait-il détruire le mythe ?

Certainement pas et ce n'est pas ce qu'ont voulu faire les auteurs qui, en proposant une autre lecture de l'Histoire, nous rapprochent un peu plus de cette jeune femme du Moyen Age. Dépouillée de son armure et de son auréole, Jeanne nous apparaît plus grande et plus belle encore.

Son courage et son charisme s'inscriront d'autant plus dans l'imaginaire des peuples.

Aujourd'hui, nous ne sommes pas les seuls à vouloir soulever ce voile pudiquement posé sur cette « inexplicable » affaire.

Martin Meissonnier a réalisé un documentaire sur le sujet pour ARTE, documentaire qui a été diffusé en 2008. Et comme l'ont fait Marcel Gay et Roger Senzig avant lui, il s'est mis en tête de retrouver le fameux « registre de Poitiers » où seraient établies les origines royales de Jeanne. C'est la première fois que le Vatican accepte de donner l'accès aux registres de ses archives secrètes de 1778 pour en vérifier l'existence. La télévision britannique Channel 5 serait en train de concocter une émission sur notre héroïne nationale, et une équipe créatrice de séries télévisées françaises bien connues développe, quant à elle, un scénario ayant trait au mystère de Jeanne des Armoises.

L'Affaire Jeanne d'Arc est donc un livre ouvert, aux questions multiples. L'histoire n'est pas figée. Le travail de Marcel et de Roger, fruit d'une enquête minutieuse, n'est qu'un maillon de cette histoire en marche. Il devra être poursuivi par eux mais aussi, nous l'espérons, par quelques historiens passionnés qui apporteront leur méthode scientifique et leur érudition à ce vaste chantier qu'est l'histoire de Jeanne.

Mon ami me prévenait que Jeanne d'Arc était un sujet maudit. Je crois quant à moi que la seule malédiction qui guette un éditeur est le silence. Se taire, c'est d'une certaine façon trahir la vérité. J'ai choisi de publier, même si ce livre dérange.

Florent MASSOT.

Introduction

Le 4 avril 2007, une nouvelle sensationnelle tombe dans les rédactions : les restes supposés de Jeanne d'Arc proviennent d'une momie égyptienne de la Basse Epoque.

Ces reliques, une côte humaine, quelques ossements et un fragment d'étoffe, propriété de l'archevêché de Tours, ont été confiées en dépôt à l'Association des Amis du Vieux Chinon. Le parchemin qui les accompagnait précise : « Restes présumés trouvés sous le bûcher de Jeanne d'Arc, Pucelle d'Orléans. »

Spectrométrie de masse, microscopie, radiologie, analyse du tissu et des pollens, toutes les méthodes de la médecine légale et les moyens scientifiques de notre époque ont été utilisés pour arriver à ce diagnostic. « Les conclusions sont définitives », explique le docteur Philippe Charlier, médecin légiste et expert en paléo-pathologie à l'hôpital universitaire Raymond-Poincaré (AP-HP) de Garches, responsable des analyses.

La poudre de momie était très prisée au Moyen Age. Elle était particulièrement indiquée pour traiter les maux d'estomac et globalement tous les problèmes de sang. Au XIXe siècle, un apothicaire farceur a dû avoir l'idée de faire passer quelques restes embaumés de momie pour ceux, brûlés, de la Pucelle.

Farce qui n'est aujourd'hui sûrement pas du goût de tout le monde.

Moi, elle m'a fait sourire.

A supposer que ces restes calcinés soient ceux d'une jeune femme et qu'ils aient été datés du XVe siècle, qu'est-ce qui permettrait de les attribuer à Jeanne la Pucelle ? Pas grand-chose.

Et pourtant ! Si je vous disais que notre héroïne nationale n'est probablement pas morte sur le bûcher de Rouen et qu'elle n'est vraisemblablement pas non plus la fille de pauvres laboureurs de Domrémy, vous me traiteriez d'hérétique. Je n'ai cependant rien d'un iconoclaste destructeur de mythes et de croyances. Je cherche simplement à comprendre cette ténébreuse « affaire Jeanne d'Arc » où les miracles et les prophéties se substituent à la science. Pour mettre un peu de logique cartésienne dans ce dossier, je sais qu'il me faut déconnecter autant que possible le fait historique du fait religieux, distinguer ce qui appartient à l'Histoire et ce qui revient à l'Eglise.

Originaire du sud de la France, j'ai fait mes études au Centre universitaire d'enseignement du journalisme (CUEJ) de Strasbourg. Embauché par le quotidien *L'Est républicain*, je me suis installé en Lorraine. D'abord à Nancy, ensuite à Pont-à-Mousson, Toul, Metz, et à nouveau Nancy. J'ai été localier, reporter régional, grand reporter. Autant dire que je connais bien la région. Passionné d'Histoire, j'ai toujours été fasciné par l'épopée cathare, autre époque de grands bûchers allumés par l'Eglise. Par la suite, je me suis tout naturellement intéressé au personnage emblématique de la Lorraine dont la notoriété a depuis bien longtemps dépassé les frontières de cette région chargée d'histoire. Jeanne la Pucelle, celle que je ne nomme jamais Jeanne d'Arc simplement parce qu'à son époque, au XVe siècle, personne ne la désignait sous ce nom. Elle-même ne s'appelait pas autrement que Jeanne ou la Pucelle.

Au cours de ma carrière, j'ai couvert de nombreux procès d'assises. Les deux procès de Jeanne constituent d'extraordinaires documents judiciaires et historiques. Les innombrables irrégularités constatées dans l'organisation et le déroulement des débats du procès de Rouen, et les multiples contradictions qui émaillent les témoignages du procès en nullité, m'ont naturellement intrigué.

Quand, quelques années plus tard, on m'a affirmé que Jeanne n'avait pas péri sur le bûcher et qu'elle était enterrée aux côtés de son mari, le chevalier Robert des Armoises, à Pulligny-sur-Madon, près de Nancy, comment aurais-je pu ne pas vérifier ces allégations ?

Jeanne la Pucelle, mariée ? Nous nous trouvons face à l'une des énigmes les mieux entretenues de notre histoire.

Aujourd'hui, on apprend que les reliques carbonisées pieusement conservées de Jeanne proviennent de l'Antiquité égyptienne. Je ne m'attendais certes pas à trouver une contemporaine de Néfertiti en lieu et place de la suppliciée la plus célèbre du Moyen Age, mais je suis depuis longtemps convaincu qu'elle n'a jamais été brûlée. Je ne suis d'ailleurs pas le seul à partager cette conviction.

Beaucoup d'autres avant moi, historiens et chercheurs, ont tenté de percer le mystère qui entoure la naissance, la vie et la mort de la Pucelle. La plupart ont consacré une bonne partie de leur existence à l'étude minutieuse des dizaines de milliers de pièces de

« l'affaire Jeanne d'Arc » que les dommages du temps ont épargnées. Un nombre incalculable d'ouvrages témoignent de l'ampleur de ce travail. Cependant, on ne sait par quelle amnésie volontaire ou quel aveuglement collectif, leurs conclusions n'ont jamais reçu l'accueil qu'elles auraient été en droit d'attendre.

Qu'est-ce que ces livres contenaient de si séditieux, de si dérangeant pour qu'on les jetât aux oubliettes ?

Peut-être ces ouvrages perturbaient-ils le bon ordonnancement de l'histoire officielle. Les petits Français apprennent sur les bancs de l'école de Jules Ferry l'histoire merveilleuse d'une jeune vierge paysanne libérant la France en l'espace de deux ans par la grâce d'un Dieu bienveillant et complice, prenant le parti des uns contre celui des autres. Pourquoi toucher à cet intermède magique alliant commodément la terre et le Ciel, le matériel et le spirituel ?

On a préféré ranger le travail de ces scientifiques, historiens et écrivains, dans des tiroirs étiquetés « survivistes[1] » et « bâtardisants ». Comme s'il s'agissait

1. Jusqu'au XIXe siècle, il était banal de laisser entendre que Jeanne d'Arc n'avait pas été brûlée. Dans *Die Jungfrau von Orleans*, Schiller passe sous silence le bûcher et n'hésite pas à faire mourir l'héroïne dans un duel ayant pour témoin Isabeau de Bavière ! A la fin de l'opéra de Verdi, *Jeanne d'Arc*, elle meurt dans les bras du roi qu'elle a fait sacrer. Elle était considérée comme une espèce d'invention propre aux temps de haute magie. Pourtant elle avait bien existé et son implication dans le sacre du dauphin Charles avait été bien réelle. L'apparition de cette Jeanne des Armoises revendiquant l'identité de la Pucelle d'Orléans quelque cinq ans après son supplice a permis à quelques esprits réfractaires aux facilités historiographiques du XVe siècle d'ébaucher une version des faits cadrant plus avec une vision réaliste de cette épopée héroïque. On appelle ces esprits rebelles les « survivistes ». Les « survivistes » pensent que Jeanne a échappé aux flammes du bûcher de Rouen, vraisemblablement en raison de son origine

de textes dispensant une doctrine sectaire. Pourtant, à ma connaissance, il n'y a jamais eu de clan « surviviste » ou de gang des « bâtardisants ». Des mots au demeurant bien barbares pour qualifier une tentative d'explication rationnelle de cet épisode mystérieux de notre histoire.

Il est temps, je crois, de sortir ces livres de leurs tiroirs et de révéler enfin leur contenu au grand public. Il n'est pas sacrilège de les verser au dossier de « l'affaire Jeanne d'Arc » afin que son procès soit révisé à la lumière d'éléments nouveaux et de documents indiscutables.

Le docteur Sergueï Gorbenko, un savant ukrainien de renommée internationale, aurait découvert et identifié les restes de Jeanne la Pucelle dans une tombe de la basilique royale de Cléry-Saint-André, près d'Orléans. Il s'agit là d'une nouvelle extraordinaire qui, si elle était confirmée, mettrait un terme à six siècles de polémiques et de controverses et nous obligerait à revisiter notre propre histoire.

Le docteur Gorbenko n'est ni « surviviste », ni « bâtardisant », si tant est qu'il connaisse même la signification de ces termes. Sergueï Gorbenko est chirurgien maxillo-facial et historien.

---

royale (on reviendra par la suite sur cette passionnante hypothèse dite « bâtardisante »). Cette théorie deviendra doublement iconoclaste dès lors que Jeanne d'Arc sera canonisée. S'attaquer à ce que la République et le clergé ont mis si longtemps à faire concorder revient à souffler sur leur château de cartes patiemment érigé. Un débat passionné opposa les partisans de l'histoire traditionnelle aux « survivistes ». Mais ces derniers sont restés largement minoritaires, et la thèse qu'ils défendent ne fut connue que de quelques initiés.

Cette double formation l'a conduit à travailler au sein de l'Institut de reconstruction anthropologique du musée de Lviv (Ukraine). Spécialiste de la reconstruction faciale, l'Institut a élaboré un programme ambitieux visant à créer une Galerie de portraits des personnes historiques du Moyen Age. Autrement dit à reconstituer, le plus fidèlement possible, les traits de rois, de reines, de chevaliers ou de saints disparus depuis des siècles à partir de leur squelette ou parfois de simples fragments d'ossements.

Après une expérience réussie en Ukraine puis en Pologne, Sergueï Gorbenko est venu travailler en France. Il a ainsi reconstitué le visage de saint Bernard de Clervaux mort en 1153.

Le docteur Gorbenko souhaitait retrouver le vrai visage des rois de France. Malheureusement, les tombes de la chapelle royale de Saint-Denis ont été profanées et vidées par la Révolution française.

En août 2001, le docteur Gorbenko a obtenu l'autorisation de travailler sur les crânes de Louis XI et de Charlotte de Savoie, son épouse, conservés à la basilique Notre-Dame de Cléry-Saint-André.

Déçu par le résultat des fouilles effectuées dans le caveau de Louis XI – la plupart des ossements censés appartenir au squelette du monarque se révèlent être ceux d'une femme, alors que les ossements de Charlotte de Savoie sont en fait ceux d'un homme sexagénaire –, le scientifique demande et obtient l'autorisation d'effectuer des recherches dans la chapelle Saint-Jean, dite aussi de Longueville, qui abrite les sépultures de Dunois, le compagnon d'armes de Jeanne, de son épouse Marie d'Harcourt et de certains de leurs descendants.

Le savant prend des photos, tourne des vidéos, il effectue de nombreux prélèvements sur les os. Puis il concentre son attention sur un caveau situé à gauche du tombeau de Dunois. Comment en connaît-il l'existence ? Mystère. Il lui faut faire une ouverture dans la paroi, enlever quelques pierres pour parvenir à plusieurs sépultures. Devant témoins, le docteur Gorbenko sort les nombreux ossements, prend de nouvelles photos, effectue de nouveaux prélèvements osseux dans le but de faire des analyses ADN. Il annonce à la municipalité de Cléry qu'il aurait découvert « les ossements d'une femme qui aurait eu une forte musculature et qui aurait porté l'armure ».

Le savant ukrainien promet des révélations fracassantes avant de rentrer dans son laboratoire, en Ukraine, emportant avec lui toutes les précieuses informations scientifiques recueillies dans les tombes de la basilique.

On ne sait pas trop pourquoi le titre de séjour en France de Sergueï Gorbenko n'a pas été renouvelé.

Le 8 janvier 2003 (soit un an après son retour en Ukraine), il confirme par écrit son incroyable découverte :

« J'AI TROUVÉ LE CRÂNE DE JEANNE D'ARC ET AVEC LUI SA VÉRITABLE HISTOIRE. »

Il était une fois…

« Au milieu du découragement général, une jeune bergère se présente pour sauver Orléans et la France. Jeanne d'Arc est née (1412) au village de Domrémy, en Lorraine, de parents pauvres et laborieux. Parvenue à l'âge de dix-sept ans, elle se sent appelée par le Ciel à délivrer sa patrie. Conduite devant le roi à Chinon, elle le reconnaît, dit-on, au milieu des courtisans parmi lesquels il s'était confondu à dessein, et lui donne des preuves de sa mission, en lui révélant des secrets qui n'étaient connus que de lui seul ; elle en obtient des troupes, va prendre, derrière l'autel de l'église Sainte-Catherine de Fierbois, une épée que l'on disait avoir été portée par Charles Martel et, pleine d'un religieux enthousiasme, elle marche vers Orléans (28 avril 1429) ; une foule de guerriers, qui voient en elle un envoyé du Ciel, s'empressent de se ranger sous sa bannière. Elle arrive à Orléans ; secondée par le brave Dunois, elle remporte plusieurs avantages sur les Anglais, que son audace glace de terreur. Ses mains, toutefois, restèrent très pures du sang humain. Assurée de la protection du Ciel, elle marchait à la tête des guerriers, portant un étendard fleurdelisé sur lequel était peinte l'image du Christ… »

Histoire de France du Moyen Age et des temps

modernes (du XIVe *siècle au milieu du* XVIIe*)*, classe de seconde.

Paris : Librairie classique et élémentaire, Ch. Fouvaut et Fils, 1869.

« Dans un village de Lorraine, à Domrémy, vit une petite bergère, Jeanne d'Arc. Elle souffre de voir les malheurs de la guerre. Elle dit qu'elle a entendu des voix venues du Ciel qui lui ordonnent de chasser les Anglais hors de France.

Un jour, habillée en homme, elle part rejoindre le jeune roi Charles VII à Chinon. Elle le supplie de lui donner une armée. Après bien des hésitations, le roi accepte. Et Jeanne délivre la ville d'Orléans assiégée par les Anglais… »

E. Personne, M. Ballot, G. Marc, *Histoire de France, cours élémentaire 1re et 2 e année*, Librairie Armand Colin, Paris, 1960.

« Pourquoi Jeanne d'Arc a-t-elle fini sur le bûcher ?

Parce qu'en 1430, elle fut capturée par les Bourguignons, qui la livrèrent aux Anglais, leurs alliés, lesquels la livrèrent à leur tour à l'Inquisition, tribunal de l'Eglise catholique qui pourchassait ceux qui avaient des croyances différentes des siennes. On l'accuse d'être une sorcière parce qu'elle disait entendre des voix et avoir des visions. Le 30 mai 1431, après un procès bâclé, Jeanne fut brûlée vive à Rouen, à dix-neuf ans. »

Le Moyen Age, « L'imagerie pourquoi comment », Editions Fleurus, 2007.

A l'école, quand on nous parlait de Jeanne d'Arc, son nom nous faisait pouffer de rire : la Pucelle. Impossible d'oublier cette fille à cheval obéissant aux ordres des saints du paradis chuchotés à l'oreille, cette bergerette inculte venant au secours du roi de France à la requête de Dieu, cette gamine taillant les Anglais en pièces à coups de miracles et de prophéties, cette sorcière, enfin, finissant là où elle devait finir : sur un bûcher !

Dans mon esprit d'enfant, moi qui étais d'une famille catholique, je faisais le rapprochement entre Bernadette Soubirous et Jeanne d'Arc. Comme elle, elle était bergère, sujette aux apparitions et entendait des voix qu'il nous était impossible, à nous, de voir et d'entendre. Et puis aussi, il y avait une chose qui m'impressionnait : en restant dans sa condition de pauvre fille, c'est-à-dire très pauvre et même inculte, elle est allée sauver le roi ! Sauver le roi... Comment a-t-elle fait ? Je me demandais si en allant voir de Gaulle (qui était alors chef de l'Etat) il me ferait entrer à l'Elysée ? Ça m'intriguait.

Un vieux château fort : Jaulny

Mes retrouvailles avec Jeanne se sont déroulées dans un vieux château fort de Lorraine, à Jaulny, près de Pont-à-Mousson, un lundi de Pâques dans les années 1980. C'était le jour d'ouverture annuelle du château de Jaulny au public. Dans le salon d'apparat de cette vieille bâtisse médiévale, la superbe cheminée du XVe siècle au manteau busqué est décorée de deux profils en médaillon. La femme a environ trente-cinq ans, des cheveux noirs, un visage rond, des traits sévères. L'homme, en face, a une petite cinquantaine, un visage allongé par une barbichette pointue, et il porte un bonnet rouge qui le rend un peu ridicule aujourd'hui. « Voici Jeanne et Robert des Armoises, annoncent les propriétaires du château, Anna Collignon et Hugues Drion. La Dame des Armoises est plus connue sous le nom de Jeanne d'Arc. En tout cas, c'est ce que rapporte la tradition orale, de siècle en siècle, jusqu'à nous. Jeanne aurait échappé au bûcher, se serait mariée au chevalier Robert des Armoises, seigneur de Tichémont, le couple aurait partagé son temps entre Metz en hiver et le château de Jaulny en été. Si les portraits sont aussi bien conservés, c'est qu'ils ont été cachés sous une paroi de plâtre à la Révolution. Ils sont revenus à la lumière du jour après 1870 lors de travaux de rénovation. »

Je suis émerveillé par la beauté de ces portraits aux couleurs éclatantes. Fasciné par cette femme au regard sombre qui pourrait être notre héroïne nationale, « la Bonne Lorraine qu'Anglois brûlèrent à Rouen » chantée par François Villon. Si c'est vrai, cette représentation de la Pucelle est une relique d'une valeur inestimable puisque personne, à ma connaissance, ne sait à quoi elle ressemblait.

A moins que tout cela ne soit qu'une ingénieuse supercherie pour faire venir les touristes. Comment savoir ?

En sortant du château ce jour-là, je vais saluer le maire de Jaulny qui tient une boutique d'antiquités juste à côté de l'ancienne forteresse. Claude Barbarot est correspondant du quotidien régional pour lequel je travaille. Nous parlons aussitôt de Jeanne d'Arc.

« Les habitants du village disent depuis toujours que Jeanne d'Arc a habité dans ce château où elle a son portrait, m'explique l'élu. Ils disent qu'elle n'aurait pas été brûlée à Rouen, qu'elle se serait mariée et qu'elle serait enterrée dans la petite église de Pulligny-sur-Madon, au sud de Nancy. Ce n'est pas nouveau, il existe toute une littérature sur le sujet. »

Constatant sans doute mon air dubitatif, le maire m'offre un petit opuscule rédigé par Bernard-Jean Daulon sobrement intitulé *Jehanne 1407-1452*. Je dévore ce livre le jour même à la terrasse d'une auberge. L'auteur y précise qu'il est le descendant du célèbre écuyer de la Pucelle, Jean d'Aulon. Il remet en cause tout ce que j'ai appris à l'école sur Jeanne d'Arc. D'après lui, Jeanne ne serait pas née à Domrémy-la-Pucelle, en Lorraine, et certainement pas le 6 janvier 1412, elle ne serait pas non plus fille d'un pauvre laboureur, n'aurait jamais gardé les moutons, n'aurait pas été suppliciée à Rouen le 30 mai 1431 tout simplement parce qu'elle était, écrit-il, princesse d'Orléans.

Je suis troublé. Cette nouvelle version de l'épopée johannique fondée sur des sources apparemment fiables me pose question. Pourquoi nous aurait-on menti ? Qui avait intérêt à falsifier l'Histoire ? Qui est finalement cette femme du Moyen Age qui osa porter l'habit d'homme, monter à cheval, faire la guerre et qui fut finalement sacrifiée au terme d'un procès plus politique que religieux ?

Je fonce à Pulligny-sur-Madon.

*Une église du XVe*

« Oui, j'ai toujours entendu dire que Jeanne d'Arc était enterrée ici, me confirme Roger Girot, ancien maire de Pulligny, aujourd'hui décédé. Je le tiens des anciens qui me l'ont certifié parce qu'ils le tenaient eux-mêmes de leurs ancêtres. On dit même que Jeanne a été enterrée avec ses bagues et ses bijoux dans une tombe voisine de celle de son époux qui repose dans son armure. »

Roger Girot parle avec passion de cette page de

l'histoire de son village dont les grandes maisons du centre ont conservé dans la pierre de nombreux vestiges du temps des cathédrales. Ses yeux s'illuminent lorsqu'il associe Jeanne d'Arc et Jeanne des Armoises. Il prend un peu de son temps pour me faire visiter une nouvelle fois l'église, qui date du XVe siècle, en compagnie de Paul Binse, un voisin de l'église avec qui je resterai en relation.

Que viennent faire ici Jeanne et Robert des Armoises ?

Paul Binse m'explique qu'en 1346 Rodolphe des Armoises est seigneur d'Autrey, village voisin de Pulligny. Son fils, Philippe, et son épouse Anne de Sorbey, prennent possession de cette terre au XVe siècle. Jeanne et Robert des Armoises sont leurs proches parents. Jeanne a beaucoup d'affection pour Philippe qu'elle vient voir souvent depuis Metz et depuis Jaulny, à environ quatre-vingts kilomètres de là. Ce qui représente une petite randonnée pour des cavaliers bien entraînés.

Pulligny appartient alors à Jehan et Perrin de Pulligny qui, avec leur frère Gérard IV, érigent vers 1430 une église dans ce village, près de leur château. Jeanne des Armoises aurait participé financièrement à l'achèvement des travaux et exprimé le désir d'y être inhumée aux côtés de son époux. Tous deux reposent à droite de l'autel, si l'on en croit la tradition locale. Ils sont décédés vraisemblablement entre 1449 et 1455.

L'ancien maire se souvient aussi de ce jour d'automne où l'historien Gérard Pesme, accompagné du comte Pierre de Sermoise, descendant de la famille des Armoises, est venu à Pulligny-sur-Madon.

« C'était le 30 novembre 1968, il y avait un brouillard très épais sur la région. M. Pesme avait l'autorisation de la préfecture pour effectuer des fouilles dans l'église. Deux maçons de la commune, Albert Mangin et Jean Florentin, nous accompagnaient, ainsi qu'un photographe. L'ennui, c'est que M. Pesme muni de son autorisation devait arriver à 7 heures du matin. A cause du brouillard il est arrivé vers 16 heures seulement. Or l'autorisation n'était valable qu'une journée. »

Notre visite est bruyamment interrompue par Marcelle, une femme d'une soixantaine d'années chargée de l'entretien de l'église. « Ce sont des histoires tout ça, Jeanne d'Arc est une sainte, laissez-la tranquille ! » L'ancien maire salue cette dame qui règne en maîtresse absolue sur ce lieu de culte. C'est elle qui fleurit le maître-autel, s'occupe des vêtements sacerdotaux, prépare les offices… Marcelle est ici chez elle. Elle admet difficilement que l'on vienne dans son église, que l'on ose mettre en cause la sainteté de Jeanne d'Arc. Le sujet, Marcelle le connaît bien. Elle a lu beaucoup de livres, regardé des émissions de télévision. Elle n'en démord pas : « Jeanne d'Arc n'a pas été enterrée ici puisqu'elle a été brûlée à Rouen, elle ne peut donc pas s'être mariée avec Robert des Armoises. Non, elle n'est pas enterrée ici. Tout ça ce sont des balivernes. L'Eglise a démenti. »

Robert Girot et Paul Binse connaissent les réactions de leur concitoyenne passionnée. Ils me regardent et excusent d'un sourire bienveillant cette intrusion. « De tout temps, les habitants de Pulligny ont dit que Jeanne d'Arc était enterrée ici », me confirment-ils néanmoins. Nous poursuivons la visite au pas de charge, surveillés de près par Marcelle.

Ainsi, à Pulligny comme à Jaulny, la tradition orale rapporte les mêmes événements. A ce détail près qu'à Pulligny il n'y a aucun intérêt commercial.

Jeanne d'Arc aurait-elle échappé aux flammes de l'Inquisition ? Se serait-elle mariée à un preux chevalier qu'elle aurait suivi dans la tombe ? A-t-elle eu des enfants ? Questions saugrenues aux antipodes de mes cours d'histoire.

Je me mets à lire tout ce qui touche de près ou de loin à Jeanne afin d'y trouver des réponses. La documentation à partir des sources est phénoménale. Outre les volumineuses minutes des deux procès, Jeanne a été racontée par vingt-deux chroniqueurs[1] du parti de

---

1. Les chroniques du temps peuvent toutefois nous aider à mieux appréhender l'épopée johannique. La chronique de Perceval de Cagny, au service de la maison d'Alençon est, de l'avis même de Jules Quicherat [(13 octobre 1814 – 8 avril 1882), frère du grand latiniste Louis Marie Quicherat, et l'un des fondateurs de l'archéologie française, connu pour son édition du Procès de condamnation et de réhabilitation de Jeanne d'Arc, 5 volumes, 1841-1849)], l'une des plus fidèles à la réalité historique. Gilles le Bouvier, roi d'armes du pays de Berry, a une approche approximative des événements qu'il décrit. Jean Chartier, chantre de Saint-Denis et historiographe du roi, supprime le procès de Rouen. Le « Journal du siège » est très discutable. La « Chronique de la Pucelle » de Cousinot fait de larges emprunts à la *Geste des nobles français* et même au « Journal du siège ». Le *Mystère du siège d'Orléans* écrit à la demande de Gilles de Rais est un long poème de 20 529 vers avec 140 personnages parlants. Jeanne y est d'ailleurs présentée en « dame de haute naissance ».

Du côté anglo-bourguignon, les chroniqueurs font des récits parfois sans grande valeur historique. La chronique des Cordeliers, la chronique du Bourgeois de Paris. Jehan Chuffart tenait un journal qui commence en 1408 et se termine en 1449. Cette œuvre prit par la suite le nom de *Journal d'un bourgeois de Paris* puisque l'auteur ne s'y était pas nommé, bien qu'il se soit décrit comme l'un des membres éminents de l'Université. L'original de cette chronique se trouve à la bibliothèque du Vatican et une copie du XVIIe siècle est conservée à la Bibliothèque nationale.

La chronique de Morosini ou celle d'Eberhard de Windecken sont « à considérer avec beaucoup de prudence ». Qu'ils soient

Charles VII, par huit chroniqueurs bourguignons, quatorze chroniqueurs étrangers, à quoi s'ajoutent neuf poètes du XVe siècle. Quant aux études qui furent consacrées à Jeanne, surtout depuis le XIXe siècle, elles se comptent par dizaines de milliers. Mais l'éclairage des événements est en partie assombri par l'absence d'objectivité de leurs auteurs.

D'autres documents me paraissent plus intéressants et plus sûrs. Ce sont les livres de comptes d'un seigneur ou d'une ville. Ces documents n'ont pas *a priori* pour vocation de traiter des événements historiques mais de consigner dans des registres les dépenses et les recettes affectées à telle ou telle occasion. Ils sont toujours d'une grande rigueur comptable et nous permettent d'entrevoir un peu de la vraie vie au XVe siècle dans une ville comme Orléans, par exemple. Grâce à cette méticuleuse comptabilité, le patrimoine est dûment répertorié, les armes et les munitions pour défendre la forteresse sont décrites avec minutie, on sait ce que l'on mange, ce que l'on boit et surtout combien tout cela coûte. Grâce à ces livres de comptes, on connaît

---

armagnacs ou bourguignons, tous les chroniqueurs sont appointés. Leurs récits doivent complaire à celui qui les paie. Quant aux chroniques étrangères (anglaise, italienne ou allemande), elles reprennent des nouvelles qui circulent en Europe et que racontent les diplomates, les pèlerins, les voyageurs et les marchands, comme la chronique de Brut (anglaise), de Morosini (italienne), de Windecken et Heinrich Token (allemande).

Quelques références : *Mystère du siège d'Orléans,* original à la bibliothèque vaticane, fonds de la reine Christine de Suède n°1022. *Journal d'un bourgeois de Paris*, de Jehan Chuffart, original à la bibliothèque vaticane Ms Reg. Lat. 1923. Copie B.N. Ms Fr. 3480. Chronique de Jean Chartier B.N. Ms Lat. 2692 et 2596. *La Geste des nobles français* de Guillaume Cousinot, B.N. n° 9656 et 10297. Les *Vigiles du roi Charles VII* par Martial d'Auvergne, B.N. Ms Fr. 5054.

avec précision le nom et la qualité des seigneurs et des bourgeois de la ville, on apprend aussi, indirectement, quelles personnalités rentrent et sortent de la forteresse, les dépenses que la visite occasionne, etc.

Enfin, un allié

Lorsque je suis nommé au bureau de *L'Est républicain* à Metz, dans les années 1990, je dois provisoirement mettre mon enquête sur Jeanne entre parenthèses.

Ma rencontre avec Roger Senzig va tout relancer.

Souvent j'allais me ressourcer au château de Jaulny.

Jaulny, qui domine la vallée du Rupt de Mad, à la frontière de la Lorraine et du Barrois, est un site magnifique qui a subi peu de transformations et d'altérations depuis sa construction au XIIe siècle. Du haut de son donjon érigé sur une éminence rocheuse, on peut se croire au siècle de Jeanne. A l'époque, le viaduc du TGV n'existait pas encore et où que se portât le regard, la forêt semblait bruire de légendes sous son onduleuse canopée. Les propriétaires de ce monument historique m'accueillent avec plaisir. J'ai déjà maintes fois interrogé Hugues Drion et Anna Collignon sur les portraits qui ornent la cheminée du XVe siècle de la salle de réception du donjon. A gauche, Jeanne, à droite, Robert des Armoises, son mari !

En 1871, ces portraits ont été dégagés de la gangue de plâtre qui les cachait, sur les indications du descendant d'un villageois qui les aurait recouverts, un siècle plus tôt. Le récit de la découverte de ces peintures et de leur origine me passionnait. J'avais bien du mal à détacher mon regard de cette femme qui arborait un mystérieux sourire légèrement ironique.

Elle ne me regardait pas. Elle avait les yeux rivés sur son mari. Elle partageait sans doute avec lui, me disais-je, un secret qu'aucun mortel ne pourrait déceler. Réservant son regard à son vis-à-vis pour l'éternité, elle évitait ainsi toute confrontation.

A vrai dire, j'étais troublé face à ce profil au trait précis. Que ce fût notre Jeanne d'Arc ou la contestée Jeanne des Armoises, cette femme s'était prêtée à une séance de pose pour que son visage rejoigne la postérité. Cette femme avait porté armure et avait guerroyé sur un fougueux destrier, cette femme avait aimé, avait peut-être menti, sûrement rêvé, cette femme était restée immobile le temps que le peintre saisisse un peu naïvement en deux dimensions celle qui constituera l'une des grandes énigmes de notre histoire.

Cette émotion tendue vers ce qui n'est plus, ce respect de la mémoire, Roger Senzig avait dû comme moi les partager.

J'ai entendu plusieurs fois le nom de Roger Senzig au cours de mes recherches sur Jeanne. A Jaulny, mais aussi dans les bibliothèques et aux archives. On m'avait vanté le sérieux de ses travaux.

Claude, un journaliste de mes amis, passionné d'histoire comme moi, l'avait déjà rencontré dans les cercles militaires de la bonne ville de Metz. Roger Senzig a été lieutenant dans les services de renseignements du BCRA des Forces Françaises Libres en 1942, puis détaché auprès du service de renseignement de l'armée US en 1944 avant d'être capitaine affecté au service de renseignements de la VIIe armée US. Officier de la Légion d'honneur, titulaire de la croix de guerre avec six citations, Roger a ensuite fait carrière dans l'immobilier. C'est aussi un passionné d'histoire, membre de l'académie d'Ausone de Metz.

Claude m'en avait fait un portrait admiratif plein de ce respect un rien envieux qu'on éprouve à l'égard des gens de savoir et de culture. En apprenant qu'il semblait s'intéresser comme moi à Jeanne, la première réaction de surprise passée, j'eus, je l'avoue, un réflexe de propriétaire, comme si un intrus venait chasser sur mes terres. C'était puéril, d'autant que j'avais sûrement beaucoup à apprendre de ce monsieur.

J'avais besoin de partager mes infos, de ne plus avancer en aveugle sur ce dossier qui me paraissait, dans mes moments de lassitude, être un long et infini dédale de suppositions, de mensonges, de falsifications débouchant souvent sur des impasses. Je décidai que je ne pouvais pas faire l'économie d'une rencontre avec Roger Senzig.

De retour à mon domicile, je n'eus aucun mal à trouver son numéro de téléphone dans l'annuaire et c'est avec un brin d'appréhension que j'attendis qu'il décroche le combiné.

« Senzig ! »

Une voix ferme répond au téléphone. Je me présente, j'explique l'objet de mon appel. La voix se fait aimable :

« Passez quand vous voulez ! »

Le lendemain, j'étais reçu par Roger Senzig dans sa belle maison de Metz. Le courant est immédiatement passé entre nous. La même passion nous animait. Jeanne était au centre de sa vie de retraité, il lui avait consacré de longues années de recherches. Il était curieux de faire ma connaissance. Derrière un esprit facétieux et cultivé se cache un homme de devoir, un caractère solide, déterminé à aller jusqu'au bout de ce qu'il entreprend.

Roger Senzig a exactement l'âge de mon père ce qui, d'emblée, le rend sympathique à mes yeux. Une poignée de main franche, un sourire avenant, des yeux intelligents : voilà l'homme qui va relancer mon intérêt pour la Pucelle.

En dégustant le bon whisky qu'il vient de m'offrir, je l'écoute me raconter comment il en est venu à fréquenter le château de Jaulny, ses recherches dans les bibliothèques, dans les châteaux, ses rencontres avec des historiens orthodoxes et hétérodoxes. Un parcours que je connaissais bien... Roger a collecté une masse d'informations. Je saluerai son enquête par un article dans *L'Est républicain.*

Roger explique. « Tout a commencé le 26 mai 1981. Armand Jammot présentait “Les dossiers de l'écran”. Un film et un débat, comme toujours, consacrés ce jour-là à Jeanne d'Arc. Après le film de Victor Fleming avec Ingrid Bergman dans le rôle de Jeanne, un débat passionné s'engage entre Régine Pernoud, auteur de plusieurs ouvrages sur Jeanne d'Arc, Marc Ferro, historien, Frédéric Pottecher, chroniqueur judiciaire bien connu en Lorraine et auteur d'un *Procès de Jeanne d'Arc,* Robert Ambelain, auteur de *Drames et Secrets de l'histoire*, André Frossard, journaliste, Mgr Poupard, recteur de l'Institut catholique de Paris, et Alain Atten, archiviste du grand-duché du Luxembourg, auteur d'une étude sur Jeanne des Armoises.

Pour Roger, le débat est médiocre. Ennuyeux, même. Pourtant, une chose l'intrigue : qui est cette aventurière qui osa se faire passer pour l'un des plus grands personnages de l'histoire de France ? Qui est cette Jeanne des Armoises mariée à un chevalier lorrain ?

Ces deux questions constituent le point de départ d'une grande aventure qui va durer plus de quinze ans. Roger Senzig va partir à la recherche du passé de cette femme du Moyen Age. Il veut comprendre son extraordinaire ressemblance physique avec la Pucelle, sa force morale pour affronter tous ceux qui ont connu la vraie Jeanne, à Orléans et ailleurs. Il va fouiller les archives de sa ville, s'installer dans une bibliothèque, lire des tonnes de livres, rencontrer des historiens et des savants.

Roger m'avoue qu'il s'est heurté à une première difficulté : le décryptage des textes anciens, les manuscrits du XVe siècle écrits en petite gothique. Qu'à cela ne tienne : Roger Senzig prend des cours pour s'initier à la paléographie. Deuxième difficulté : l'accès aux documents d'archives, à Paris, à Orléans. Il écrit, attend le courrier, répond, demande des précisions. Cela prend beaucoup de temps. Au Vatican, quelques prélats ne refusent pas de lui envoyer une information à condition que ce soit contre quelques billets de banque.

Je suis vraiment fasciné par toutes ces années de recherches. Non seulement Roger a fait le même parcours que moi, mais je comprends qu'il est allé plus loin encore sur certaines pistes que je n'avais pas eu l'idée d'approfondir. Les saintes, par exemple. Sainte Catherine d'Alexandrie et sainte Marguerite d'Antioche. Certes, je connaissais leur existence, j'avais lu leur légende. Mais je n'avais pas cherché au-delà. Je ne savais pas qu'elles n'avaient jamais existé et que le pape Jean XXIII les avait tout bonnement exclues du martyrologe des saints. Roger avait aussi mieux creusé que moi son enquête sur le physique de Jeanne. Nous décidons de mettre en commun le résultat de nos recherches respectives. Et d'essayer d'explorer ce qui pouvait encore l'être avant de publier un livre ensemble.

Fort de mon nouvel allié, dans ma quête de vérité

concernant Jeanne, je me suis promis, un jour, devant le portrait de Jaulny, d'instruire son affaire déjà vieille de cinq siècles comme s'il s'agissait d'enquêter sur un événement d'actualité.

Car la Pucelle reste un personnage contemporain.

L’histoire officielle

Jeanne a donné son nom à de nombreuses rues, places, collèges, lycées, hôpitaux, institutions laïques et religieuses. Elle a inspiré plusieurs dizaines de milliers de livres dont 22 000 sont répertoriés au Centre Jeanne d’Arc (Médiathèque d’Orléans), au moins autant d’articles dans les revues historiques, six opéras et une cinquantaine de films dont le premier, réalisé en 1898, est un film muet de trente secondes et le dernier, en 1999, un long métrage au succès retentissant signé Luc Besson[1].

Mais aujourd’hui que sait-on finalement de cette femme du Moyen Age qui osa porter habit d’homme, monter à cheval, faire la guerre, qui s’adressa avec une désinvolture proche de l’insolence aux plus grands seigneurs de son temps, qui se montra d’une effronterie inouïe à l’égard de ses juges ? A-t-elle vraiment entendu des voix ? A-t-elle été « suscitée » par Dieu pour sauver le royaume de France ? A quoi ressemblait-elle ? Quelle langue parlait-elle ? Comment a-t-elle appris à chevaucher de fougueux destriers, à manier l’épée, à faire la guerre ?

---

1. Voir p. 71.

La guerre de Cent Ans, Armagnacs et Bourguignons

La querelle entre la France et l'Angleterre remonte à 1154 lorsque Henri II Plantagenêt devient roi d'Angleterre. Ayant épousé Aliénor d'Aquitaine deux ans plus tôt, il possède déjà près de la moitié du royaume de France.

Une rivalité impitoyable va alors opposer les deux royaumes.

Les choses vont se compliquer deux siècles plus tard avec la brutale disparition de la dynastie capétienne, celle des « rois maudits ». A qui doit revenir la couronne de France ? Il y a plusieurs prétendants.

Le 8 avril 1328, les grands du royaume se réunissent et l'attribuent à Philippe VI, premier souverain de la branche des Valois. Ce dernier a surtout l'avantage, à leurs yeux, de ne pas être anglais.

Le jeune roi Edouard III d'Angleterre est furieux. Lui aussi est petit-fils du roi de France par sa mère. Il estime que la couronne lui revient de droit. Le 7 octobre 1337, à l'abbaye de Westminster, il lance publiquement un défi à son cousin « Philippe de Valois qui se dit roi de France ».

Ainsi commence la guerre de Cent Ans.

Le conflit entre Capétiens et Plantagenêt n'est finalement rien d'autre qu'une triste et banale affaire de famille. Un classique problème de succession réglé par les armes. La flotte française est battue à L'Ecluse (24 juin 1340), aux Pays-Bas. Puis l'armée de Philippe VI est écrasée à Crécy, le 26 août 1346. Ce jour-là trente mille Anglais battent cent mille Français !

La paix revient sous le règne de Charles V. Mais la guerre civile va bientôt diviser le royaume. Elle oppose Armagnacs et Bourguignons. Encore une affaire de famille !

De quoi s'agit-il ? Le 23 novembre 1407, en sortant d'un « souper joyeux » avec la reine, le duc Louis d'Orléans, frère cadet du roi de France Charles VI, est assassiné à Paris, rue Vieille-du-Temple. Ce crime aura des conséquences sociales et politiques incalculables. Ce sera le premier d'une impitoyable vendetta. Le commanditaire est Jean sans Peur, duc de Bourgogne qui n'accepte pas d'être écarté du conseil de régence et de voir se tarir les largesses royales.

Le fils de la victime, Charles d'Orléans, neveu du roi, veut venger son père. Il forme une ligue contre le duc de Bourgogne et fait appel à son beau-père, Bernard VII d'Armagnac. Ainsi va naître la guerre civile entre Armagnacs et Bourguignons.

L'Angleterre profite de ces querelles fratricides pour reprendre les hostilités... Le 25 octobre 1415, Henri V d'Angleterre fait subir l'une des plus lourdes défaites à la noblesse française. La bataille d'Azincourt, aujourd'hui dans le Pas-de-Calais, restera un outrage irréparable. La noblesse est décapitée. Les principaux chefs de guerre sont tués ou capturés. Le duc Charles d'Orléans est prisonnier à Londres. Il y restera vingt-cinq ans.

Le royaume de France est réduit à bien peu de chose. Les Anglais occupent alors les deux tiers du pays quand un événement majeur va intervenir. Le 10 septembre 1419, sur le pont de Montereau, le duc de Bourgogne Jean sans Peur est assassiné à son tour sous les yeux du dauphin Charles par Tanneguy du Châtel.

Fou de rage, son fils Philippe le Bon, le nouveau duc de Bourgogne, s'allie immédiatement aux Anglais pour leur livrer la couronne de France. Le 21 mai 1420, Charles VI et Isabeau de Bavière signent « l'infâme » traité de Troyes.

Par cet accord, Catherine de Valois, fille du roi de France, est donnée en mariage au roi Henri V d'Angleterre. Le dauphin Charles, appelé « soy-disant dauphin de Viennois » dans le texte, est écarté du trône au profit de son neveu, le futur Henri VI d'Angleterre qui régnera en France à la mort de Charles VI.

Deux ans plus tard, en 1422, les deux monarques, l'Anglais et le Français, meurent à quelques mois d'intervalle. Le traité de Troyes devient immédiatement applicable. Les Anglais s'installent à Paris.

Le jeune Henri, à peine âgé de neuf mois, est proclamé roi de France et d'Angleterre sous le nom de Henri VI. Son oncle, le duc de Bedford, assure la régence[1]. La France est humiliée. En cette année 1422 Charles VII, chassé de Paris, s'autoproclame roi. Il est couronné à Poitiers où il épouse Marie d'Anjou, fille de Yolande d'Anjou. La situation est inédite. Voilà deux rois pour un seul et même royaume. Deux rois de droit divin, tout aussi légitimes l'un que l'autre.

Qui peut trancher le différend ? Qui peut dire le droit ?

Dieu, évidemment. Dieu et lui seul.

Voilà qu'entre en scène notre bergère de Domrémy. L'idée est géniale.

Car, au Moyen Age, il est admis que Dieu puisse intervenir directement dans la vie des hommes. Il s'exprime par la voix des prophètes. « Les prophètes jouent un grand rôle dans l'Ancien Testament, rappelle Colette Beaune dans *Jeanne d'Arc* (Perrin, 2004). Ils permettent de décrypter le passé, le présent et l'avenir. Les bergers sont, depuis Moïse, les prophètes préférés du Seigneur. »

---

1. Les rois d'Angleterre garderont le titre de roi de France jusqu'en… 1801.

Jeanne sera donc bergère. Comme les deux saintes qui lui parlent régulièrement, Catherine et Marguerite, elles aussi filles de rois, elles aussi vierges et martyres.

Comment distingue-t-on les vrais des faux prophètes ? Par les signes et les miracles qu'ils accomplissent. Jeanne annonce depuis des mois qu'elle délivrera Orléans assiégée par les Anglais, qu'elle conduira le roi à Reims pour y recevoir son sacre, qu'elle boutera les *Godons* du royaume.

L'épopée johannique

Version officielle. Jeanne est la fille d'un pauvre laboureur, Jacques d'Arc, et d'une femme très pieuse, Isabelle de Vouthon dite Romée parce qu'elle-même ou l'un de ses ancêtres a fait un pèlerinage à Rome. Jeanne a trois frères, Jacquemin, Pierre et Jehan, et une sœur, Catherine. Comme les enfants de son époque, Jeanne ne sait ni lire ni écrire. Elle garde les moutons, prie beaucoup à l'église de la paroisse et, lorsque viennent les beaux jours, elle va jouer près de la fontaine du Bois Chenu où coule une source miraculeuse. Rien ne la distingue des autres jeunes filles du village.

Jusqu'à cet événement inexplicable qui fera d'elle une élue de Dieu. Par une belle journée d'été, sur le coup de midi, une voix venant du côté de l'église s'adresse à elle. Jeanne a alors treize ans. Elle voit une grande clarté. Il y a des anges. La voix lui dit qu'elle vient de la part du roi du Ciel. C'est saint Michel. Que lui dit-il ? Il demande à Jeanne d'aller « devers le roi » et de sauver le royaume de France. Jeanne ne comprend pas. Elle est jeune et inexpérimentée. Elle ne sait ni monter à cheval ni faire la guerre. La voix la rassure. Puis d'autres voix viendront « gouverner » Jeanne.

Sept ans plus tard, convaincue de sa mission divine, Jeanne se rend à Vaucouleurs où elle tente de persuader le capitaine de la place, Robert de Baudricourt, de lui donner une escorte pour se rendre à Chinon. Elle sait que le Conseil de régence du roi Henri VI a décidé, à l'été 1428, de mettre le siège devant la ville d'Orléans quoique son seigneur, le duc, fût prisonnier à Londres ce qui est contraire à l'honneur de la chevalerie ! Baudricourt la renvoie chez son père sans ménagement. Mais Jeanne n'est pas du genre à se décourager. Elle a déjà un caractère bien trempé. Quelques mois auparavant n'a-t-elle pas comparu, seule, devant l'officialité (tribunal ecclésiastique) de Toul pour se défendre dans un procès matrimonial que lui fit un jeune homme de Domrémy ? Elle obtint gain de cause comme elle le révélera à Rouen. Cependant il ne nous reste aucun document officiel de ce procès, si ce n'est une plaque de marbre près de la cathédrale de Toul qui rappelle l'événement.

Econduite par Baudricourt, Jeanne quitte sans doute Vaucouleurs très fâchée. Mais elle reviendra.

Le 23 février 1428, cette fois, Robert de Baudricourt accepte de lui laisser franchir la porte de France. Il a reçu des instructions et lui donne même une épée. Les habitants de Vaucouleurs se cotisent et lui offrent des habits et un cheval. Jeanne a coupé ses cheveux en écuelle et quitte Vaucouleurs habillée en homme « sur les commandements de Dieu », dit-elle. Elle est exorcisée par le curé de la paroisse, messire Jean Fournier. Baudricourt fait ouvrir la porte de France. Il lui lance : « Va et advienne que pourra ! »

Cette jeune femme brune, solide, saute prestement sur son cheval noir après avoir chaleureusement embrassé ses amis. Elle sait qu'elle part pour une grande aventure. Elle est accompagnée d'une escorte militaire composée de Jean de Novellempont dit de Metz, Bertrand de Poulangy et leurs serviteurs. Il y a aussi un envoyé spécial du roi, Colet de Vienne, et son archer écossais, Richard. La petite troupe voyage pendant onze jours dans un pays infesté d'ennemis et de traîtres à la cause française et arrive le 4 mars à Chinon où le roi, chassé de Paris, tient sa cour.

Jeanne est reçue le jour même au château. Il y a le roi mais aussi son épouse, Marie d'Anjou et sa mère, Yolande d'Anjou. L'histoire retiendra pourtant que Jeanne fut reçue deux jours après son arrivée à Chinon. Le roi s'amuse à se fondre parmi ses trois cents courtisans après avoir confié ses ornements royaux au comte de Vendôme. Jeanne refuse l'hommage à celui qui prétend être le roi et se dirige tout droit vers Charles à la plus grande stupéfaction de la cour. Tout le monde croit à un prodige. Lors de cette première rencontre, Jeanne et Charles se mettent à l'écart de la foule. Ils se disent des choses secrètes. Le roi paraît heureux.

Il installe Jeanne dans le prestigieux donjon du Coudray. Puis il la dote comme une princesse. Elle sera confiée aux bons soins d'Anne de Maillé, épouse de Guillaume Bélier alors bailli d'Orléans résidant à Chinon. Jehan d'Aulon, qui fut capitaine des gardes du roi Charles VI, sera son écuyer. Frère Jehan Pasquerel, moine franciscain, sera son chapelain. Enfin Jeanne disposera d'une maison militaire (ost) digne des plus grands seigneurs, avec deux pages et deux hérauts d'armes.

Le roi exige cependant qu'elle soit soumise à un examen par le parlement et les docteurs de l'université de Poitiers. Il s'agit de savoir si elle n'est ni hérétique ni inspirée par le démon. Simple précaution. Trois semaines plus tard, Jeanne est à Tours où elle est logée chez Eléonore de Paul, épouse de Jehan du Puy. Eléonore est la dame d'honneur de la reine Yolande, son mari étant son conseiller privé. Là, Jeanne s'équipe d'une superbe armure aux frais de la couronne et fait confectionner son célèbre étendard.

Jeanne est impétueuse. Elle n'a pas attendu le verdict des docteurs de Poitiers. Elle s'autorise déjà à envoyer une lettre comminatoire aux Anglais qui assiègent Orléans. Le mardi de la semaine sainte, soit le 22 mars, elle leur écrit : « Faites raison au roi du Ciel. Rendez à la Pucelle qui est envoyée par Dieu les clés de toutes les bonnes villes que vous avez prises et violées en France. Elle est ici venue de par Dieu pour réclamer le sang royal... Allez-vous en votre pays, de par Dieu, et si ainsi ne le faites, attendez les nouvelles de la Pucelle qui vous ira voir brièvement [bientôt] à vos biens grands dommages... Et n'ayez point d'autre opinion car vous ne tiendrez point le royaume de France de Dieu, le roi du Ciel, fils de Sainte Marie, mais le tiendra le roi Charles, vrai héritier.... Et croyez fermement que le roi du Ciel enverra plus de force à la Pucelle que vous ne sauriez lui menez de tous [vos] assauts, à elle et à ses bonnes gens d'armes... »

Pour la première fois, Jeanne rencontre à Blois ceux qui deviendront ses compagnons d'armes : La Hire, Xaintraille, Louis de Culant, Gilles de Rais et bien d'autres encore. Elle est à la tête d'une armée composée d'environ six à sept mille soldats.

L'armée escorte un convoi de vivres qui doit rejoindre Orléans par bateau, en remontant la Loire. Après plusieurs jours de marche, le 29 avril, Jeanne traverse le fleuve et parvient à entrer dans la ville assiégée par la porte de Bourgogne avec quelques fidèles dont Dunois et La Hire. Le reste de l'armée fait le tour par la Sologne. Jeanne est accueillie par une population en liesse. Elle loge dans la maison de Jacques Boucher, trésorier du duc d'Orléans. Mais elle ne songe qu'à se battre contre les Anglais. Les escarmouches commencent bientôt. Lors d'un assaut, elle est blessée. Le Bâtard d'Orléans ordonne la retraite. Mais Jeanne refuse son ordre et reprend le combat, comme l'ont commandé ses voix. Orléans, assiégée par les troupes anglaises aux ordres de Suffolk et de Talbot, est libérée le dimanche 8 mai.

Puis, ce sera la campagne de la Loire suivie de la chevauchée du sacre. Jeanne conduit l'armée vers l'est. Le dimanche 17 juillet 1429, Charles, septième du nom, est sacré dans la cathédrale de Reims par le chancelier de France, Regnault de Chartres. Une fête grandiose suivra la cérémonie. Les 20 et 21 juillet, selon la tradition, le roi investi désormais de pouvoirs thaumaturgiques touche les écrouelles à Corbény.

Désormais vrai roi, Charles reçoit la soumission de Laon, de Soissons, de Château-Thierry, de Coulommiers, de Montmirail, de Provins. Il obtient après de longues négociations la reddition de Compiègne puis de Senlis et de Beauvais dont l'évêque, un certain Pierre Cauchon, est chassé.

Ces victoires, le roi de France les doit à Jeanne. Pourtant, la Pucelle ne s'arrêtera pas en si bon chemin. Elle veut à tout prix reprendre Paris alors qu'en secret le roi cherche désormais à négocier la paix. Jeanne va se heurter aux troupes anglo-bourguignonnes déployées le long de la Seine. Le duc de Bedford, régent du royaume de France pour son neveu, le roi d'Angleterre, défie une nouvelle fois le roi de France qui « d'habitude s'appelait dauphin ». 14 août 1429. Les soldats des deux armées sont face à face. Le lendemain, à Montépilloy, Jeanne et La Hire décident de charger. Après quelques accrochages, les Anglais se replient prudemment.

Le 26 août, Jeanne et le duc d'Alençon sont à Saint-Denis pour préparer l'attaque décisive sur la capitale. Charles les rejoindra… deux semaines plus tard. Autant dire qu'il n'est pas tout à fait d'accord avec les desseins de Jeanne. Le 8 septembre pourtant, huit à dix mille hommes se lancent à l'assaut des hautes murailles de Paris. Mais la ville est bien défendue par le sire de L'Isle-Adam. Ce jour-là, au passage d'un fossé de la porte Saint-Honoré, Jeanne est blessée par une flèche qui lui transperce la cuisse. Elle ne veut pas abandonner. Georges de La Trémoille ordonne la retraite. Jeanne n'a pas le choix, elle obéit. Dépitée, elle va suspendre son armure à la basilique de Saint-Denis. L'armée royale est dissoute à Gien le 21 septembre.

Jeanne a-t-elle renoncé ? Ce serait mal la connaître. Un mois plus tard, une nouvelle armée se rassemble à Bourges sous le commandement de Charles d'Albret. La Pucelle repart en guerre à la tête de cette troupe. Mais ce n'est pas l'armée du roi. Elle participe à une expédition punitive contre Perrinet Gressart, capitaine de Saint-Pierre-le-Moûtier qui a eu le mauvais goût de rançonner Georges de La Trémoille. Saint-Pierre est pris d'assaut le 4 octobre. La Charité-sur-Loire résiste. En décembre, Jeanne est à Sully-sur-Loire où elle passe une partie de l'hiver. Elle quitte le château à l'insu du roi, en mars, pour se rendre à Lagny-sur-Marne puis à Melun. Ensuite elle part délivrer Compiègne assiégée par les Anglo-Bourguignons.

Le 23 mai 1430, elle est victime d'une embuscade et devient prisonnière des troupes de Jean de Luxembourg qui la vend aux Anglais.

Conduite de château en château, elle arrive à Rouen sept mois plus tard, le 23 décembre. Son procès pour hérésie durera cinq mois, de janvier 1430 à mai 1431 (n'oublions pas que l'année change à Pâques). Le 30 mai, sur la place du Vieux-Marché, Jeanne est conduite au bûcher.

En 1455, le trône de France n'est plus menacé. Le pape Calixte III ordonne une enquête devant conduire à un procès en nullité de condamnation. Celle-ci est confiée à Jehan Bréal, grand inquisiteur de la foi pour le royaume de France. Le 7 juillet 1456, la mémoire de Jeanne est réhabilitée.

Sainte Jeanne

En 1869, après de longs entretiens avec Henri Wallon[1] et ayant lu son incontournable *Jeanne d'Arc* (1860) qui fut rééditée six fois, Mgr Félix Dupanloup, évêque d'Orléans, expose au pape Pie IX (1846-1878) les mérites de Jeanne et suggère l'ouverture d'un procès en canonisation. On voit dans l'extrait suivant que les motivations d'une telle démarche sont essentiellement politiques, il fallait démontrer « … que les vertus chrétiennes peuvent s'allier admirablement avec les vertus civiques et patriotiques […]. Bien des gens que le malheur des temps a éloignés de l'Eglise seraient forcés

1. Henri Wallon (1812-1904), historien et homme politique français. Ce député est célèbre pour avoir été à l'origine des lois constitutionnelles de 1875 qui ont permis la création de la IIIe République.

de reconnaître la sainteté chrétienne dans les vertus qu'ils admirent ».

Le 6 janvier 1904, Pie X (1903-1914) approuve les vertus de la Pucelle et, le 18 avril 1909, il la proclame bienheureuse. Il faudra attendre la fin de la Première Guerre mondiale et connaître le vainqueur pour voir, le 6 mai 1920, le pape Benoît XV (1914-1922) signer le décret de canonisation et le faire figurer au *Propre National de France* avec des ornements blancs. Jeanne l'hérétique est devenue sainte Jeanne d'Arc.

Les bulles pontificales de 1904, 1909 et 1920 n'ont pas pris en considération les vertus guerrières de Jeanne ni la *sainteté* des voix qui ont guidé son action, ni le caractère *religieux* du bûcher de Rouen. Mais l'Eglise attribua généreusement à Jeanne cinq miracles accomplis grâce à son intercession.

En 1881, sœur Jeanne Marie Sanguier de Fruges (Pas-de-Calais), de la Congrégation de la Sainte Famille, fut soudainement guérie d'ulcères et d'abcès aux jambes après une série de prières à Jeanne.

En 1893, sœur Julie Gauthier de Faverolles, membre de la Congrégation de la Divine Providence, souffrant d'un ulcère au sein gauche, fut guérie à la suite d'une neuvaine à Jeanne.

En 1897, sœur Thérèse de Saint-Augustin d'Orléans, de la Congrégation de Saint-Benoît, fut guérie d'ulcères internes à la suite de prières à Jeanne.

En 1902, Marie-Antoinette Mirandolle fut guérie brusquement d'un mal plantaire perforant après des prières à Jeanne.

En 1909, Thérèse Belin fut subitement et complètement guérie d'une tuberculose péritonéale et pulmonaire doublée d'une lésion de l'orifice mitral, le 22 août, lors d'un pèlerinage à Lourdes au cours duquel, dans ses prières, elle associa la Vierge Marie et Jeanne devant le témoin brancardier Régis Tardieu, marquis de Paleyssie.

On peut s'étonner que la Vierge ait eu besoin, chez elle, à Lourdes, du secours de Jeanne pour accomplir un si petit miracle. Mais bon. Jeanne est proclamée patronne secondaire de la France le 22 mars 1922.

Une naissance controversée

Tournois, armures, oriflammes, magiciens et sorciers, grimoires et chevaliers, châteaux forts et bombardes, baladins et jouvencelles, bravoure, pureté, loyauté… Je n'ai rien oublié de la Jeanne de mon enfance lorsque je visite pour la première fois Domrémy-la-Pucelle dans les Vosges. La partie nord du village appartenait à la Champagne et relevait de la châtellenie de Vaucouleurs, donc du royaume de France. La partie sud faisait partie au Moyen Age du Barrois mouvant. Le duc de Bar était alors vassal du roi de France pour ces terres tenues en fief par les seigneurs de Bourlémont.

C'est dans cette partie sud qu'on peut visiter la masure où Jeanne aurait vu le jour le 6 janvier de l'an 1412. Quatre pièces sans confort. Au-dessus de la porte, des armoiries et la statue d'une jeune femme priant à genoux, qui porte une armure.

Jeanne est-elle née ici ?

Epiphanie, fête des rois

« Déjà, comme je le pense, la rumeur d'une certaine jeune fille est parvenue à vos oreilles, laquelle nous a été envoyée par Dieu, ainsi qu'on le croit pieusement. Pour évoquer sa vie, ses actes et ses mœurs, je commencerai par raconter ses origines. Elle est née dans un petit village appelé Dom Rémy, au bailliage de Bassigny, en deçà et sur les limites du royaume de France, près de la Lorraine, sur le fleuve Meuse. On dit que ses parents sont justes et simples. Durant la nuit de l'Epiphanie, où les peuples ont l'habitude de se souvenir davantage des actes du Christ, elle entre dans cette lumière des mortels et, ô prodige, tous les habitants de ce lieu sont saisis d'une joie inestimable et, ignorant la naissance de la jeune fille, courent de-ci, de-là pour savoir ce qu'il y a de neuf. Le cœur de certains ressent la joie nouvelle. Que dire de plus : les coqs, comme les hérauts d'une joie nouvelle, au lieu de leur chant habituel, font entendre des chants inhabituels et battent des ailes durant deux heures, semblant annoncer l'avènement de choses nouvelles… », 21 juin 1429, lettre de Perceval de Boulainvilliers adressée au duc de Milan.

Si l'on en croit ce document, il y a eu un drôle de vacarme à Domrémy, « près de la Lorraine », en cette nuit de l'Epiphanie. Un heureux événement, apparemment inattendu, réveille tous les habitants. Il fait chanter les coqs et annonce l'avènement de choses nouvelles. Un événement qui va bouleverser l'Histoire : la naissance d'une fille chez les d'Arc.

C'est sur ce seul document que fut fixé au 6 janvier le jour de naissance de Jeanne d'un pauvre laboureur, Jacques d'Arc, et de sa femme, Isabelle de Vouthon. Nous n'avons jusqu'à aujourd'hui trouvé aucun autre document officiel pouvant confirmer cette date.

La lettre de Perceval de Boulainvilliers, chambellan

du roi de France, au duc de Milan Jean Ange Marie Visconti a été trouvée en 1820 par un certain Voigt dans les archives du Koenigsberg sous forme d'une copie en vieil allemand, traduite en latin et reproduite par Jules Quicherat, historien du XIXe siècle qui a rassemblé toutes les sources connues de son temps sur la Pucelle. Elle a été traduite en français par Jean-Alexandre Buchon et publiée en 1840 dans le *Panthéon littéraire* dont il était le fondateur.

Curieux document. Jugez-en plutôt : il est adressé en 1429 à Jean Ange Marie Visconti, duc de Milan, qui est mort en 1412 ! Le duc de l'époque est son frère puîné, Philippe Marie Visconti, investi de ce duché en 1412. Imaginons toutefois que l'origine de ce témoignage soit exempte de ces étranges aberrations chronologiques. Il est quand même difficile de croire que dans un petit village d'une trentaine de feux (environ une centaine d'habitants), personne n'ait remarqué la grossesse d'Isabelle de Vouthon.

Intrigué comme moi par cette invraisemblance, Roger Senzig a découvert qu'à cette époque, dans chaque village de cette contrée, les femmes mariées se réunissaient en présence du curé de la paroisse et élisaient une sage-femme, celle qui leur inspirait le plus confiance. Celle-ci prêtait serment devant le prêtre conformément à une ordonnance épiscopale qui demandait à l'élue de présider aux naissances afin d'assurer le salut de l'âme des nouveau-nés s'ils étaient en danger de mort, comme cela se produisait, hélas, assez souvent.

Cette élection ne conférait pas forcément la science puisque la sage-femme élue était assistée des habituelles matrones expérimentées en matière d'accouchement. Mais sa présence rassurait tout le monde.

Cette coutume se perpétua à Domrémy et dans les environs jusqu'au XIXe siècle, affirme la tradition locale. La dernière sage-femme élue de Goussaincourt, village voisin de Domrémy-la-Pucelle, fut Marguerite Etienne. Elle exerça ses talents jusqu'en 1888.

Force est de constater que pour la naissance de Jeanne aucune sage-femme n'a été prévenue.

On notera aussi que lors de l'enquête effectuée à Domrémy, Vaucouleurs et Toul pour le procès en nullité de condamnation en 1456, aucun des trente-quatre habitants encore en vie interrogés sur Jeanne, y compris ses proches parents et amis, n'évoque cette étrange nuit de l'Epiphanie. Aucun ne se souvient d'avoir été « saisi d'une joie inestimable » ni d'avoir « couru de-ci, de-là pour savoir ce qu'il y avait de neuf » !

De quelle année ?

Sa date de naissance fut fixée au 6 janvier 1412. Les historiens et autres hagiographes ont calculé cette date en fonction d'une réponse que fit Jeanne à ses juges à Rouen, le 21 février 1431 : « A ce qu'il me semble, j'ai environ dix-neuf ans. »

Pourtant il existe bien d'autres repères laissés par Jeanne, des témoins ou ses biographes. Informations qui semblent plaider pour une naissance antérieure, mais on a préféré se référer à cette réponse pour le moins floue et imprécise : « … il me semble… environ… ».

A Rouen, le 22 février 1431, elle ne sait plus à quel âge elle a quitté la maison de ses parents.

Le 24 février, elle a entendu la voix de Dieu à l'âge de treize ans.

Le 27 février, elle assure qu'« il y a bien sept années passées » que sainte Catherine et sainte Marguerite l'ont prise sous sa protection. On s'y perd.

Au cours de l'enquête relative au procès en nullité de condamnation, Isabelle Gérardin, née à Epinal en 1405, déclare que Jeanne était sensiblement du même âge qu'elle. Elle fut d'ailleurs la marraine de son premier enfant. Hauviette, une amie d'enfance de la Pucelle née vers 1410, affirme le même jour aux enquêteurs que Jeanne était plus âgée qu'elle de trois ou quatre ans.

En arrivant à Chinon, Jeanne ne dit-elle pas au roi : « Mon âge se compte par trois fois sept » ? Si elle a vingt et un ans en 1428, cette réponse plaiderait en faveur d'une naissance en 1407-1408.

L'article 8 de l'acte d'accusation primitif du procès de condamnation de Rouen, en soixante-dix articles, énonce : « Vers la vingtième année de son âge, de sa propre volonté et sans le congé de ses père et mère, est allée à Neufchâteau, en Lorraine. » C'était en juillet 1428, sept mois avant son départ de Vaucouleurs. Dans sa déposition pour le procès en nullité de condamnation de 1456, Pierre Miguet, prieur de Longueville, déclare : « Jeanne, selon ma créance, avait alors vingt ans… »

La chronique de Monstrelet plaide pour une naissance en 1407-1408 : « En l'an susdit [1428] vint vers le roi à Chinon une jeune fille âgée de vingt ans ou environ, nommée Jeanne. » Le Bourgeois de Paris lui donne vingt-sept ans et Etienne Pasquier, l'un de ses premiers historiens, vingt-neuf !

La date de naissance de la Pucelle semble difficile à établir, mais le problème se complique lorsqu'on s'aperçoit que d'aucuns remettent en question ses origines mêmes.

D'autres pistes

Les « bâtardisants »

L'idée de la petite bergère accueillie d'un coup de baguette magique par la fine fleur de la noblesse du royaume comme l'une des leurs ne peut que susciter une certaine perplexité. Toujours est-il qu'un mois après sa première entrevue avec le dauphin, ladite bergère se retrouve à la tête d'une armée de plusieurs milliers d'hommes et que les plus grands dignitaires du royaume exécutent ses ordres. Aucun personnage historique, aucun officier particulièrement éclairé n'a réussi un tel exploit en si peu de temps ! Et pourtant la bergère de Domrémy l'a fait, les chroniques de l'époque sont sans équivoque.

A moins que la bergère ne soit de sang royal.

La thèse dite des « bâtardisants » privilégie cette approche, selon diverses modalités.

Fille de Charles VI et Odinette de Champdivers

Certains historiens ont émis l'hypothèse que Jeanne pourrait être la fille illégitime du roi Charles VI et de sa maîtresse Odinette de Champdivers. Charles VI a sombré dans la folie en traversant la forêt du Mans. Il avait à peine vingt-trois ans.

Le chantre de l'abbaye royale de Saint-Denis, historiographe officiel du roi fou, tient une chronique en latin connue sous le nom de « Chronique du Religieux de Saint-Denis ». C'est grâce à lui que l'on connaît mieux les différentes étapes de la folie de Charles VI.

Ses crises de démence terrorisaient son entourage. « Quelle est cette femme dont la vue m'obsède ? », disait-il à propos de la reine Isabeau de Bavière.

On sait qu'après 1403 les crises étaient tellement violentes qu'on lui interdisait d'approcher la reine. Dans ce texte dont le manuscrit est conservé à la Bibliothèque nationale, on lit pour l'année 1404 : « Comme on craignait fort qu'en raison de sa maladie le roi ne se portât à quelques violences contre la reine, on ne le laissa plus coucher avec elle. »

A partir de 1405, le roi est sans cesse accompagné d'une infirmière qui deviendra vite sa maîtresse. On disait à l'époque que la reine avait discrètement poussé Odinette de Champdivers, fille d'un notable bourguignon, dans le lit de son époux. Le peuple de Paris l'appelle « la petite reine ». Elle lui donnera une fille, Marguerite de Valois, née en 1407 et décédée en 1457.

A la mort de son père, en 1422, l'enfant reçoit une rente de 500 livres par an. Son demi-frère, le roi Charles VII, l'appelle à la cour et la légitime. Son visage est donc connu de tous. Il la marie à Jean III de Harpedanne, seigneur de Montaigu et de Belleville en Poitou. Pourtant, l'Histoire n'a retenu aucun fait d'armes de cette « demoiselle de Belleville », ainsi qu'on la surnomme parfois, et l'on voit mal comment on pourrait la confondre avec Jeanne la Pucelle, élevée à Domrémy depuis son jeune âge et présente en 1428 à Vaucouleurs, l'année où Marguerite se mariait.

Fille de Charles d'Orléans et Isabelle de France

Une deuxième école penche vers une autre lignée. Un enseignant féru d'histoire, Pierre Aléonard, soutient que Jeanne serait la fille de Charles d'Orléans, le prince poète emprisonné à Londres depuis Azincourt, et de sa première épouse, Isabelle de France. Il affirme aussi que la jeune princesse aurait été mariée très jeune à Jean II, comte du Perche et duc d'Alençon[1].

Quels sont ses arguments ? Ce chercheur passionné (aujourd'hui décédé) a passé huit années à fouiller les archives. Son secret, dit-il, tient en peu de mots : une étude linéaire des quinze vies parallèles des plus hauts personnages du XVᵉ siècle, et trois livres (*Histoire d'Alençon et de ses seigneurs* d'Odolant Desnos, *Les Vies des dames galantes* de Brantôme et le *Cartulaire du Perche* du vicomte Olivier de Romanet). A quoi s'ajoutent cent cinquante parchemins datés de 1482 à 1629.

Pierre Aléonard affirme que Jeanne d'Orléans est née en 1409. Sa mère Isabelle de France, fille de Charles VI, est veuve en 1400 du roi d'Angleterre Richard II. Elle meurt en lui donnant le jour, le fait est rapporté par tous les historiens.

Son père, Charles d'Orléans, marié en premières noces avec Isabelle en 1406, à l'âge de quatorze ans, se remarie en 1412 avec Bonne d'Armagnac. Pendant sa captivité à Londres, Jeanne est recueillie par Yolande d'Anjou dans son château d'Angers et élevée durant quelques années avec ses propres enfants dont René, le futur duc de Lorraine et de Bar, Marie, future reine de France. La reine Yolande élève aussi Charles,

1. *Jeanne d'Arc, princesse normande ?* de Pierre Aléonard (Editions du Petit Chemin).

futur roi de France, et Jean II comte du Perche, futur duc d'Alençon. Ce n'est que plus tard que Jeanne aurait été confiée à ses parents adoptifs de Domrémy.

Cette thèse est séduisante. Deux éléments plaident en sa faveur. Le premier concerne Guillaume Bélier, capitaine du château de Chinon. Il rentre tout juste d'une mission secrète à Londres lorsque la Pucelle arrive pour la première fois à la cour du roi. Et c'est à son épouse, Anne de Maillé, que la jouvencelle sera aussitôt confiée. Qu'est-il allé faire auprès du duc d'Orléans ? Etait-il porteur de secrets concernant sa fille promise à un fabuleux destin ?

Par ailleurs, Raoul de Gaucourt, premier chambellan de Charles VII, fut prisonnier des Anglais pendant treize ans avec Charles d'Orléans. Or lui aussi revient assez opportunément à Chinon peu de temps avant l'arrivée de Jeanne.

Etranges coïncidences…

Cependant, la thèse de Pierre Aléonard se heurte au fait que Jean II d'Alençon était effectivement marié à Jeanne d'Orléans dont on a peine à croire qu'il puisse s'agir de la Pucelle. Car selon les propres déclarations du « beau duc » au procès en nullité de condamnation, la Pucelle rencontra le couple peu avant l'assaut de Jargeau. Elle s'adressa à Alençon en ces termes : « Ah ! gentil duc, as-tu peur ? Ne sais-tu pas que j'ai promis à ton épouse de te ramener sain et sauf ? »

Le duc précise dans ce même témoignage que lorsqu'il quitta sa femme pour venir à l'armée, celle-ci dit à la Pucelle qu'elle craignait beaucoup pour son mari. « Dame, répondit Jeanne, n'ayez pas peur ! Je vous le rendrai sauf, dans l'état où il est et même meilleur. »

Il est vrai qu'il n'y avait aucun autre témoin de la scène et Pierre Aléonard pense que ces propos ont été rapportés pour brouiller les pistes et servir la version officielle. Mais il est bien seul.

Fille d'Isabeau de Bavière et Louis d'Orléans

Le plus grand nombre des historiens favorables à la thèse dite « bâtardisante » affirment que Jeanne serait la fille de la reine de France, Isabeau de Bavière, et de son amant notoire le duc Louis d'Orléans, frère du roi. Elle serait née le 10 novembre 1407 à l'hôtel Barbette, à Paris, domicile privé de la reine. Si tel était le cas, Jeanne serait princesse d'Orléans.

Elle serait donc la sœur ou la demi-sœur du roi Charles VII, la nièce de la reine Yolande d'Anjou, la demi-sœur de la reine d'Angleterre, Catherine (fille d'Isabeau de Bavière et de Charles VI), la demi-sœur de Charles d'Orléans et du Bâtard d'Orléans, le comte de Dunois, et la tante du roi d'Angleterre, Henri VI.

Ce point de vue fut présenté pour la première fois en 1805 par Pierre Caze, premier sous-préfet de Bergerac, en Dordogne, qui écrivit une tragédie : *La Mort de Jeanne d'Arc ou la Pucelle d'Orléans.* Cette tragédie n'a jamais été jouée et semble être passée pratiquement inaperçue à l'époque. Pierre Caze publia ensuite, en 1819, un ouvrage historique, *La Vérité sur Jeanne d'Arc ou Eclaircissements sur son origine* (2 volumes). Depuis s'affrontent partisans et adversaires de cette filiation royale.

Jeanne princesse royale

Ignorant semble-t-il les hypothèses de Pierre Caze, Jean Jacoby, un historien rigoureux, a fait sienne la thèse de la filiation royale. Il suivait en cela les recherches entreprises durant vingt ans par son père, le docteur Paul Jacoby, désireux de rétablir la vérité historique. Mais son manuscrit fut détruit pendant le premier conflit mondial avant d'avoir été imprimé.

Jean Jacoby a donc repris les travaux de son père et expose ses conclusions dans deux articles du *Mercure de France* des 15 octobre et 1er novembre 1932.

Jacoby relève méticuleusement les lacunes et les contradictions de l'histoire officielle. Il note que tous les témoins de Domrémy et Vaucouleurs « croient » que Jeanne est née à Domrémy, y compris son oncle Durand Laxart, mais aucun n'a été témoin de cette naissance. Il trouve confus les différents récits de l'arrivée de Jeanne à Chinon et s'étonne que la jeune paysanne inculte soit confiée à des proches du roi comme Guillaume Bélier et son épouse Anne de Maillé.

L'auteur des deux articles du *Mercure de France* constate que « la bergerette ne semble nullement dépaysée. Elle fraye avec les princes en égale, avec les grands seigneurs en supérieure, avec le roi en vassale ». Au duc d'Alençon, elle déclare : « Plus on sera ensemble du sang royal de France, mieux cela sera. »

Cette réplique a fait couler beaucoup d'encre. Jules Quicherat la traduit ainsi dans le procès en réhabilitation, qui, aujourd'hui encore, fait référence : « A l'arrivée du témoin, Jeanne demanda qui il était, et le roi répondit que c'était son cousin le duc d'Alençon. Alors Jeanne déclara : “Vous, soyez le très bien venu ! Plus nombreux seront-ils ensemble du sang royal de

France, et mieux cela sera.'' » Le pronom *ils* faisant toute la différence.

Anatole France dans sa *Vie de Jeanne d'Arc* (1908, Calmann-Lévy) écrit au tome 1, page 211, à une époque où l'origine royale de Jeanne ne se posait pas : « Vous, soyez le très bien venu. Plus on sera ensemble du sang du roi de France, mieux cela sera. » Anatole France cite sa source : le procès publié par Quicherat !

Cette version linguistiquement plus cohérente est également adoptée par Joseph Fabre dans le tome premier de son *Procès de réhabilitation de Jeanne d'Arc* (Ch. Delagrave, Paris, 1888), page 173, qui renvoie au texte original : « Vous, soyez le très bien venu (en français). *Quanto plures erunt de sanguine regis Franciae insimulus, tanto melius.* »

Il me semble qu'Etienne Weill-Raynal clôt la polémique. Cet ancien élève de l'Ecole normale supérieure, agrégé d'histoire, docteur ès lettres, a publié en 1972 un livre passionnant : *Le Double Secret de Jeanne la Pucelle révélé par les documents d'époque* (Le Pavillon, Roger Maria éditeur). Il rappelle que la déposition d'Alençon faite en français a été traduite en latin et retraduite en français. Or, explique Weill-Raynal, « le problème se pose parce que le latin classique n'ayant pas l'équivalent du "on" français, le latin du Moyen Age employait la troisième personne du pluriel qui pourrait avoir ainsi une double signification ». Il ajoute : « Il semble que l'expression s'applique mieux à un nombre de personnes supérieur à deux et comprenant, dans le cas présent, avec le roi et le duc d'Alençon, Jeanne sans aucune autre personne présente, à qui elle aurait pu adresser une telle remarque. »

Après la publication de ses articles dans le *Mercure de France*, Jean Jacoby sera quelques années plus tard l'auteur d'un livre remarquable, *Le Secret de Jeanne d'Arc, Pucelle d'Orléans.* Dans le huitième chapitre de cet ouvrage, l'auteur émet l'hypothèse que la Pucelle était la fille de Louis d'Orléans, ce qui pourrait lever le voile sur certaines invraisemblances émaillant son épopée.

Il publiera encore trois livres sur le même sujet : *La Pucelle d'Orléans* (1936), *La Noblesse et les Armes de Jeanne* (1937) et *Scènes de la vie de Jeanne d'Arc* (1944).

De nombreux historiens ont par la suite défendu cette même thèse parmi lesquels Gaston Save, Jean Grimod, Edouard Schneider, Etienne Weill-Raynal, Gérard Pesme, Pierre de Sermoise, Jean Bancal, Maurice David-Darnac…

La thèse du douzième enfant d'Isabeau de Bavière

La reine de France a-t-elle donné naissance à un douzième enfant le 10 novembre 1407 à l'hôtel Barbette ? Les mœurs légères d'Isabeau de Bavière étaient connues de tous.

En se référant à la chronique du Religieux de Saint-Denis, nous apprenons qu'à cette date Isabeau avait trente-six ans et était depuis plusieurs années la maîtresse attitrée de son beau-frère, le duc Louis d'Orléans. Le frère cadet du roi, du même âge qu'Isabeau, est décrit grand, mince, racé, cultivé, brave, brillant, et grand séducteur. Délaissée par son mari dément, Isabeau avait un tempérament amoureux exigeant. Leur liaison débuta vraisemblablement en 1402 quand Isabeau s'installa à l'hôtel Barbette qu'elle venait d'acheter. Elle s'y sentait chez elle et Louis pouvait l'y retrouver presque tous les jours lorsqu'il était à Paris.

Elle laissait son royal époux entre les mains d'Odinette avant de quitter l'hôtel Saint-Pol qui était à cette époque la résidence royale.

Le 22 février 1403, la reine mit au monde son onzième enfant qui sera le futur Charles VII. Dix-sept ans après, Charles VI, dans le traité de Troyes contresigné par Isabeau, a écarté formellement de la succession au trône de France celui qu'il désignait comme le « soy-disant dauphin », ses moments de lucidité ne lui laissant que peu de doutes quant à la légitimité de ce prétendu fils.

Le 10 novembre 1407, Isabeau accoucha donc à l'hôtel Barbette de son dernier enfant. Le douzième.

Dans sa « Chronique », le Religieux de Saint-Denis relate cette naissance dans les termes suivants : « La veille de la Saint-Martin d'hiver, vers 2 heures après minuit, l'auguste reine de France accoucha d'un fils en son hôtel près de la porte Barbette. Cet enfant vécut à peine et les familiers n'eurent que le temps de lui donner le nom de Philippe et de l'ondoyer au nom de la sainte et indivisible Trinité. Le lendemain soir, les seigneurs de la cour conduisirent son corps à l'abbaye de Saint-Denys avec un grand luminaire, suivant l'usage, et l'inhumèrent auprès de ses frères dans la chapelle du roi son aïeul. » (Annexes, p. 283.)

Confirmation de cette naissance à l'hôtel Barbette est donnée par la *Geste des nobles* ou la « Chronique » de Guillaume Cousinot, puis par la « Chronique » d'Enguerrard de Monstrelet, historiographe officiel du duc de Bourgogne, pour qui l'enfant est mort-né.

Disparition d'un corps

Pour aller plus loin, il nous faut consulter d'autres archives : l'obituaire de Saint-Denis de novembre 1407 et l'extraction des cercueils royaux en 1793.

Les abbés de Saint-Denis tenaient un registre contenant la liste des messes et services des défunts de la Maison royale. Ce document, appelé obituaire, ou nécrologe, est conservé aux Archives nationales. Il ne mentionne aucun décès pour le mois de novembre 1407 (LL 13 20 f 35 r° et v°) et ne fait état d'aucune annotation d'un service funèbre à l'intention d'un Philippe de Valois.

Est-ce un oubli ?

Cette étrange omission trouvera un début d'explication près de quatre siècles plus tard. Le 10 août 1793, le Comité de salut public décide de procéder aux « exhumations à Saint-Denis des ci-devant rois, reines, princes et princesses que renferment les caveaux de l'abbaye afin que leurs cercueils soient brisés et le plomb fondu et envoyé aux Fonderies nationales ».

Dom Germain Poirier, ancien moine de l'abbaye bénédictine de Royaumont, dresse le procès-verbal de la démolition des tombeaux et fait un inventaire précis de leur contenu. Le procès-verbal relate tous les détails : « … Le mercredi 26 vendémiaire an II [16 octobre 1793], vers trois heures de l'après-midi, on a ouvert, dans la chapelle dite des Charles, le caveau de Charles V, mort en 1380, âgé de quarante-deux ans, et celui de Jeanne de Bourbon, son épouse, morte en 1377, également âgée de quarante-deux ans. Charles de France, enfant mort en 1386, âgé de trois mois, était inhumé au pied du roi Charles V… Isabelle de France, fille de Charles V, morte quelques jours après sa mère Jeanne de Bourbon en 1378, âgée de cinq jours… »

L'inventaire se poursuit le lendemain, 17 octobre, puis les 20 et 22 octobre, et encore les 11 et 12 novembre. Tous les corps de tous les rois, reines, princes et princesses sont retrouvés ainsi que leurs bijoux. Les ossements sont envoyés dans une fosse commune. Les bijoux sont fondus. Tout est retrouvé. Tout, sauf le cercueil du petit Philippe de Valois décédé le 10 novembre 1407.

Peut-être n'a-t-il pas été enterré à Saint-Denis ?

Regardons attentivement la « Chronique du Religieux de Saint-Denis ». Elle nous donne la version officielle de la naissance du douzième enfant d'Isabeau. Au folio 75 v° du manuscrit 5959 le récit s'arrête brusquement *Die lune 22 Augusti*. C'est-à-dire le 22 août 1407. Soit avant la naissance. Au bas du feuillet il est écrit en latin moderne : « Ici manquent plusieurs feuillets dont quelques-uns à la fin de l'année 1407 et d'autres continuent à manquer au début de l'année 1408. » (Annexes, p. 284-285.)

Les feuillets disparus vont en réalité d'août 1407 à juillet 1408. La narration reprend ensuite et nous trouvons, au folio 269 v° du manuscrit 5958, le récit du 10 novembre 1407.

Pour bien comprendre, il faut savoir que la « Chronique du Religieux de Saint-Denis » est composée de deux manuscrits distincts. Le manuscrit 5958 s'étend de 1380 à 1415. Le manuscrit 5959 est un recueil qui s'étend de 1403 à 1420. « On y observe de nets changements d'écriture à partir de 1409 », observe le comte Pierre de Sermoise qui a eu tous ces documents en main, comme il le raconte dans *Jeanne d'Arc et la Mandragore*. La mention de l'enfant nommé Philippe ne figure que dans le manuscrit 5958 au folio 269 v°.

Pierre de Sermoise constate que le premier manuscrit est fait d'un « papier spongieux ; qu'il a tendance à s'effilocher, qu'il a été dégradé par l'humidité. De plus, l'ensemble du manuscrit présente des changements d'encres, d'écritures, qui le découpent en périodes bien distinctes… En revanche, le deuxième manuscrit est dans un excellent état de conservation, les écritures sont homogènes… ».

Interpellés malgré tout par ces étrangetés, nous nous sommes plongés dans l'étude érudite et passionnante de MM. E. Midoux et E. Mathon sur les filigranes des papiers employés en France aux XIVe et XVe siècles (Perigi,1868).

Nous y apprenons que le papier du manuscrit 5959 folio 75 v° comporte en filigrane un chapeau de cardinal qui est la marque de la papeterie de l'hôtel-dieu de Laon, fabriqué en 1394.

Par contre le papier du manuscrit 5958 folio 269 v°, celui qui nous intéresse, présente en filigrane « une ancre employée comme une arbalète avec trait et crochet ». Il s'agit de la marque de fabrication de l'hôtel-dieu de Soissons employée à partir de 1457 !

Ce n'est par conséquent qu'après cette date, soit un demi-siècle plus tard, que fut écrite la version officielle de la naissance du douzième enfant de la reine Isabeau de Bavière. C'est-à-dire peu après le procès en nullité de condamnation de la Pucelle.

On est en droit de douter de l'exactitude de faits retracés cinquante ans après leur déroulement sur du papier qui n'avait pas encore été fabriqué ! Cette manipulation avérée de documents d'une partie de la « Chronique du Religieux de Saint-Denis » visait-elle à faire accroire que le douzième enfant de la reine est mort à la naissance ?

Mais comment Philippe devient Jeanne ?

Si les tenants de l'histoire officielle pensent qu'effectivement le douzième enfant d'Isabeau était un enfant illégitime (Régine Pernoud : « On a publiquement attribué la paternité du dernier-né, Philippe [10 novembre 1407], mort à sa naissance, à Louis d'Orléans »), ils sont nettement moins convaincus que cet enfant ait survécu. Les arguments que nous venons de livrer pourraient peut-être les laisser plus circonspects en la matière. Mais que dire du sexe de l'enfant mort-né ? En effet, il n'est jamais fait mention d'une fille mais d'un garçon : Philippe.

Comme on peut le constater, les partisans de la thèse « bâtardisante » ne sont pas au bout de leurs peines. Surtout s'ils tiennent à tout prix à ce que Jeanne soit cet enfant d'Isabeau et de Louis d'Orléans. Mais ils ne s'avouent pas vaincus et continuent de fourbir leurs arguments.

Les tenants de l'orthodoxie historique ne font-ils pas preuve eux aussi de la même ténacité pour soutenir mordicus que leur héroïne gardait des moutons quelques années seulement avant de prendre en main la destinée de la monarchie avec la bénédiction des seigneurs en place ? Revenons à notre problème : pourquoi « Jeanne » alors qu'il est écrit « Philippe » ?

La « Chronique du Religieux de Saint-Denis » relatant la naissance d'un enfant le 10 novembre 1407 à l'hôtel Barbette est reprise dans l'édition, parue en 1764, de l'*Histoire de France* de Villaret, secrétaire et généalogiste des pairs de France.

Garnier, continuateur de cet imposant ouvrage dont l'auteur venait de décéder, fit paraître deux autres éditions en 1770 et 1783. Il y a apporté une rectification : « Le dernier enfant d'Isabeau fut une fille prénommée

Jeanne qui ne vécut qu'un jour et fut enterrée à Saint-Denis » (T. XIV, p.168).

Mais pourquoi donc Garnier aurait-il modifié cette information s'il n'avait eu une bonne raison de le faire ? Une correction de cette importance (il est clair qu'il ne peut s'agir d'une coquille) a nécessairement une justification. Et on ne peut pas trouver cette justification dans une appartenance de Garnier à une quelconque secte de « bâtardisants » ou autres empêcheurs de rêver en rond puisque cette thèse n'a été développée pour la première fois qu'au siècle suivant.

D'autre part, il faut replacer la situation dans son contexte. Il faut comprendre le danger qui aurait pesé sur Isabeau et son amant si pour la deuxième fois en quatre ans elle avait annoncé à son versatile époux la naissance d'un enfant qui ne pouvait être de son sang.

N'oublions pas que ses frasques lui avaient mis à dos le peuple et le clergé de Paris. Voici ce que le moine Jacques Legrand prônait en chaire à l'occasion de la fête de l'Ascension de l'an 1406 : « La déesse Vénus règne seule à votre cour ; l'ivresse et la débauche lui servent de cortège et font de la nuit le jour, au milieu des danses les plus dissolues… Partout, noble reine, on parle de ces désordres et de beaucoup d'autres qui déshonorent votre cour. Si vous voulez m'en croire, parcourez la ville sous le déguisement d'une pauvre femme et vous entendrez ce que chacun dit. »

Près de quatre siècles plus tard, ce type de comportement dénoncé par le clergé avait joué un bien mauvais tour à une autre reine : Marie-Antoinette.

Isabeau savait bien que les Bourguignons ne laisseraient pas cette avanie sans châtiment. Valentine Visconti, la femme du duc Louis, lui vouait une haine farouche ; Charles VI, qui était alors dans une période

« consciente », ne lui pardonnerait pas cette nouvelle incartade. Tout a peut-être été planifié avant l'accouchement.

Cette thèse a particulièrement été développée par Jean Bancal dans son ouvrage *Jeanne d'Arc, princesse royale* (Robert Laffont, 1971). Mais il est évident qu'il reste beaucoup de zones d'ombre dans cette affaire.

Si cet enfant de la reine n'est pas mort, il a bien fallu le cacher. Sans doute loin de Paris.

En chair et en os

Jeanne héroïne de cinéma

La représentation de Jeanne d'Arc que la plupart d'entre nous gardent en mémoire est celle d'une cavalière en armure tenant d'une main son étendard. Son visage juvénile libéré de son heaume et encadré de sa célèbre coiffure « au bol » arbore une expression toute martiale et fière. L'épée qui bat le flanc de son destrier semble immense pour cette jeune fille mince, aux proportions parfaites et au port altier. Dans le film *Jeanne d'Arc* de Luc Besson, on la voit manier cette arme avec la dextérité d'un chevalier surentraîné et du matin au soir battre la campagne à cheval avec la décontraction d'une monitrice de randonnée équestre.

Certes, c'est du cinéma…

Pourtant l'épopée militaire de la Pucelle, ses exploits guerriers relatés par tant de témoins, Bourguignons et Armagnacs, ses dons exceptionnels de cavalière, de meneuse d'hommes, sont entrés dans l'Histoire. Et ce n'était pas, loin s'en faut, du cinéma.

Il est à la limite recevable qu'une jeune femme entraînée et éduquée aux arts de la guerre soit capable de tenir sa place dans le panthéon des combattants d'exception. Mais dans le cas de la Pucelle, cela pose problème. D'après ce que les manuels scolaires nous ont appris, de jeune bergère, je le redis parce qu'on ne s'est jamais vraiment interrogé là-dessus, elle se serait muée en cavalière émérite en bien peu de temps. D'ailleurs, pour être honnête, on ne parle jamais de ses dons miraculeux de cavalière. On la pose sur un cheval qui se contente de la conduire où elle le désire et comme elle le désire.

Mille visages

A quoi ressemblait Jeanne ? On ne le sait pas vraiment : le seul portrait de la Pucelle peint de son vivant a été perdu.

Le samedi 3 mars 1430, à Rouen, un juge lui demande si elle a fait faire un portrait d'elle. Elle répond qu'elle « vit à Arras une paincture en la main d'un Escot [Ecossais] et y avoit la semblance d'elle toute armée et présentoit unes lectres à son roy et estoit agenouillée d'un genoul. Et dit que oncques ne vit ou fist faire autre ymage ou paincture à sa semblance d'elle ».

Roger Senzig rappelle que l'historien Jean-Julien Barbé donne quelques précisions sur cette toile dans *Jeanne et les Messins* (1908) : « La popularité de la Pucelle fut si grande en Allemagne qu'un peintre y fit fortune en transportant de ville en ville le portrait de l'héroïne. En 1429, Sigismond se trouvant à Ratisbonne, la municipalité crut ne pouvoir rien faire de mieux qu'en lui montrant ce portrait. L'Empereur eut la générosité de donner 24 Pfennigs d'encouragement. Son trésorier, Eberhard von Windecken, fit une relation des hauts faits de Jeanne en réunissant tous les documents envoyés à l'Empereur. »

Ce tableau a vraisemblablement été peint par un

artiste écossais, Hamish Power (parfois baptisé Hauves Poulnoir), installé à Tours, celui-là même qui a réalisé, pour 25 livres tournois, les deux étendards de la Pucelle à la demande du roi et peint l'écu porté par son poursuivant d'arme Fleur de Lys. Ce portrait a-t-il été acheté par un riche seigneur allemand ? A-t-il été oublié dans le grenier poussiéreux d'un château ou dans un musée ou a-t-il tout simplement été détruit ? Personne ne le sait.

Il existe aussi un dessin à la plume tracé dans la marge du registre du parlement de Paris par le notaire greffier, le chanoine Clément de Fauquembergue, le 10 mai 1429, après la victoire d'Orléans. Celui-ci n'a sans doute jamais vu la Pucelle mais les détails qu'il donne de son équipement et surtout de son étendard correspondent cependant à ce que la Pucelle en a dit elle-même.

Comment la décrivaient ses contemporains

Il n'y a donc pas de représentation picturale fiable de Jeanne.

En épluchant quantité de documents d'époque, j'ai pu recueillir quelques témoignages de ses contemporains.

Jehan Bréal, inquisiteur de la Foi en France en 1455 chargé de la récapitulation du procès en nullité de jugement, indique : « Elle a une tache rouge derrière l'oreille droite, deuxièmement un parler doux et lent, troisièmement un cou bref. » Bref comme la description de l'intéressée. Parcellaire en tout cas. Mais que nos amis les « bâtardisants » n'ont pas manqué de relever, prétendant que la tache rouge derrière l'oreille serait un signe particulier connu de la famille d'Orléans.

Mathieu Thomassin, procureur fiscal du Dauphiné, en son registre delphinal précise : « Elle était habillée comme un homme, avait des cheveux courts et un chaperon de laine sur la tête et portait petits draps comme les hommes de bien simple manière. »

Perceval de Boulainvillers, dans sa lettre au duc de Milan : « Cette Pucelle a la beauté qui convient, elle a une attitude virile. [...] L'on ne vit jamais pareille force à supporter la fatigue et le poids des armes au point qu'elle peut rester six jours et six nuits sans détacher une seule pièce de son armure. » On y reviendra.

Guillaume Cousinot de Montreuil, maître des requêtes, au chapitre 42 de la « Chronique de la Pucelle » : « Elle était âgée de dix-sept à dix-huit ans, bien compassée de membres et forte, laquelle un jour sans congé de père et de mère, non mie qu'elle les eut en grand honneur et révérence et les craignait et doutait, mais elle n'osait se découvrir à eux par crainte qu'ils ne lui empêchassent son entreprise, s'en vint à Vaucouleurs devers Messire Robert de Baudricourt [...] et lui sembla qu'elle serait bonne pour ses gens, à eux s'ébattre en péché et il y eut certains qui avaient la volonté d'y essayer mais aussitôt qu'ils la voyaient, ils étaient refroidis et ne leur en prenait volonté. » C'est le seul témoignage faisant état d'un physique intimidant.

Giovani Sabadino degli Arienti, secrétaire du maître échevin de Bologne dans *Ginevera de la Clara Donne* : « Elle fut belle, de visage un peu brun avec des cheveux blonds elle resta vierge et pieuse. [...] Sa parole était douce, son sens aussi exquis que si, au lieu d'avoir vécu à la suite des troupeaux, elle eût été élevée dans la meilleure école de prudhommie et de bonnes mœurs. »

On voit que pour le maître échevin il est suspect qu'une bergère puisse se comporter d'une manière aussi civile à la cour. Sur cela aussi nous reviendrons. Il faut noter que le maître échevin est le seul à avoir vu notre héroïne nationale avec une chevelure blonde.

Jacques Philippe Foresti de Bergame, de l'ordre de saint Augustin, dans son *De claris mulieribus* : « Elle était de petite taille, avec un visage de paysanne et des cheveux noirs, mais forte en tous membres. [...] Son langage avait de la douceur, comme celui des femmes de son pays. [...] Son sens était si droit, si juste, qu'il semblait que sa vie s'était passée et qu'elle avait été élevée à l'école de la plus haute sagesse et de grande prudence. » Encore un à qui on ne la fait pas !

Grâce aux documents de l'époque, on sait qu'elle avait les cheveux coupés en rond, à l'écuelle, c'est-à-dire rasés au-dessus des oreilles et dans la nuque. Les hommes d'armes avaient adopté cette coiffure pour ne pas être gênés sous le casque. Puis, c'est devenu une mode : même ceux qui ne portaient pas le casque étaient coiffés ainsi.

« Cheveux noirs » comme l'écrit Philippe de Bergame, ce chroniqueur italien, noirs encore, comme l'affirme le greffier de La Rochelle dans le *Livre noir de La Rochelle* publié par Quicherat (t. IV) qui la décrit lorsqu'elle arrive à Chinon : « Un pourpoint noir, chausses estachées, robe courte de gros gris noir, cheveux ronds et noirs, chapeau noir sur la tête. » Hormis l'échevin de Bologne, ceux qui ont approché la Pucelle la décrivent ayant des cheveux noirs.

Deux indices matériels confirment cette couleur. Nous savons que Jeanne glissa un de ses cheveux dans le cachet de cire de la lettre qu'elle envoya aux habitants de Riom le 9 novembre 1429. Cette missive fut découverte aux archives de la ville en 1884. Jules Quicherat eut en main ce document, exposé par la suite dans plusieurs musées dont celui de Nancy. L'historien affirme qu'on y voyait l'empreinte d'un doigt et le reste d'un cheveu noir, conformément aux habitudes du temps qui voulaient que l'auteur d'une lettre insère dans la cire un poil de barbe ou un cheveu pour attester de l'authenticité du sceau. Malheureusement, à la suite de trop nombreuses manipulations, le cheveu de Jeanne a disparu et ce n'est qu'un revers du cachet de cire attaché à la lettre qui fut exposé de musée en musée.

Un autre indice nous est fourni par la lettre aux habitants de Reims du 16 mars 1430 portant également un cachet de cire traversé par un cheveu très noir comme l'a constaté l'archéologue Francis Pérot. Hélas, il ne reste plus rien aujourd'hui ni du sceau ni du cheveu.

Jeanne était donc vraisemblablement brune. « Sans doute comme sa mère Isabeau de Bavière ! », ne manquent pas de noter les « bâtardisants » convaincus qu'elle est la fille de la reine.

Toutes les représentations que nous avons aujourd'hui de la Pucelle sont issues de l'imagination plus ou moins fantaisiste des artistes qui réalisent leurs œuvres. Le musée de Vaucouleurs, notamment, est spécialisé dans les différentes représentations de Jeanne à travers les siècles. Jeanne a mille visages.

Comme nous l'avons vu, il existe un nombre incalculable de statues représentant Jeanne, souvent à cheval, sur les places des villes et des villages de France. Et il y a une statue de la sainte dans toutes les églises de l'Hexagone. Mais une seule approche assez fidèlement l'aspect physique de notre héroïne.

Le périple d'une statue

En 1458, un monument en bronze fut érigé sur le pont d'Orléans par la ville avec l'agrément de Charles VII et sa contribution financière. Le groupe représente la Vierge Marie tenant sur ses genoux Jésus descendu de la Croix plantée derrière elle. D'un côté, Charles VII est à genoux, les mains jointes. De l'autre, Jeanne est dans la même attitude que le roi. Tous deux sont en armure.

Charles VII a vécu jusqu'en 1461 et de nombreux habitants d'Orléans qui avaient connu la Pucelle vivaient encore. On peut donc penser que les représentations de Charles et de Jeanne tenaient compte de leurs physionomies même si leur auteur, dont le nom n'est pas parvenu jusqu'à nous, était enclin à les magnifier.

En 1567, les calvinistes occupent la ville. Le monument est détruit d'un coup de canon et les morceaux jetés dans la Loire. Quelques années plus tard, la ville d'Orléans décide de restaurer ce mémorial. Les morceaux de bronze sont récupérés dans le fleuve. Le marché de restauration est confié à l'artiste Hector Lescot. Celui-ci rassemble et ressoude les éléments d'origine, il refond les autres. Par chance, la tête représentant la Pucelle n'est pas abîmée si l'on en croit l'acte authentique passé devant notaire.

Simple curiosité par rapport à l'original, Hector Lescot a « modernisé » la tenue de l'héroïne qui est maintenant vêtue d'une armure et d'une fraise de l'époque Henri II, suivant en cela la tradition artistique de son temps. Malheureusement le monument fut à nouveau détruit par les révolutionnaires en 1792 pour en faire des canons.

Par bonheur, à la fin du XVIe siècle, un petit-fils de Pierre d'Arc, Etienne Hordal, doyen du chapitre de Toul, fit construire une chapelle au Bois Chenu, à Domrémy, et y fit placer une statue de la Pucelle. Pour la représenter il avait demandé à un artiste sculpteur de reproduire exactement les traits de la statue qui faisait partie du monument en bronze sur le pont d'Orléans. Et cela juste avant sa destruction.

On peut encore apprécier aujourd'hui cette copie fidèle qui, elle, a survécu aux avanies du temps et des hommes. Elle est fixée au-dessus de la porte de la maison de Domrémy où Jeanne aurait vu le jour. Une reproduction agrandie se trouve dans le musée tout proche.

J'ai souvent observé cette statue de la Pucelle. Celle-ci est présentée en armure, agenouillée, les mains jointes. Comme tout le monde, je suis surpris par la grosseur inhabituelle de ses mains faites autant pour la prière que pour le combat. Cette Jeanne porte des cheveux longs – comme sur le croquis de Clément de Fauquembergue. Tête nue, le regard fixe, elle a un visage rond, les joues pleines, le cou « bref » comme l'a observé l'inquisiteur de la Foi Jehan Bréal.

La ressemblance entre cette statue et le portrait de Jeanne des Armoises que l'on peut admirer au château de Jaulny me frappe. Même pour un œil non averti, le visage des deux femmes présente de nombreuses similitudes. A moins que mon admiration pour Jeanne ne m'aveugle. En tout cas, il est évident que je ne la couve pas du même œil que le fabuliste du XVIIe siècle Jean de La Fontaine si on en juge par cette lettre citée par *Le Conteur orléanais* : « La Fontaine le visita [le monument d'Orléans] en 1633 ; il s'en ouvre ainsi à sa femme dans la seconde lettre de son voyage à Limoges : "En allant sur le pont, je vis la Pucelle ;

mais, ma foi, ce fut sans plaisir. Je ne lui trouvai ni l'air, ni la taille, ni le visage d'une amazone. L'infante Gradafillée en vaut dix comme elle…". »

Petite, brune et coquette

Jeanne était petite. Nous le savons d'abord par de nombreux témoins de l'époque. Mais surtout nous avons des renseignements précieux sur les registres des comptes de la ville d'Orléans. Charles, duc d'Orléans, prisonnier à Londres, donna l'ordre à ses gens, en juin 1429, d'acheter les étoffes nécessaires à la confection d'une robe et d'une huque pour la Pucelle.

On sait ce que la Pucelle a choisi. Pour la robe, une fine de Bruxelles vermeille, c'est-à-dire un tissu de laine de très grande qualité fabriqué à Bruxelles, de teinte vermillon, les deux aunes pour le prix de 8 écus d'or. La huque en laine vert perdu (foncé) pour 2 écus. Pour les doublures : du satin blanc et du cendal, ensemble avec la confection 1 écu. Pour faire les orties des deux pièces d'habits, une demi-aune de deux verts achetés à Jacques Compaing, autre drapier, pour 36 sols.

Le prix total de cette splendide robe, main-d'œuvre et tissu compris, s'élève à 13 écus d'or et 36 sols. Une vraie fortune. Cette robe montre que, contrairement à l'image que l'on a voulu donner d'elle, Jeanne aime le luxe et les choses raffinées.

On sait aussi que la robe a été taillée dans une pièce de tissu mesurant 2,376 mètres sur 1,485 mètre (en convertissant les mesures de l'époque). L'historien Adrien Harmand, dans son ouvrage *Jeanne d'Arc, ses costumes et son armure* publié en 1929, calcule ainsi la taille de la Pucelle et affirme qu'elle mesurait environ un mètre soixante.

On peut donc mettre un corps d'un mètre soixante, assez solidement charpenté sans qu'il soit disgracieux, dans cette armure qui fit battre en retraite les armées d'Anglais bien entraînées à l'art d'occire ses ennemis.

Encore fallait-il que ce corps soit capable de supporter une armure de vingt-cinq ou trente kilos, de manier l'épée ou la masse d'arme et de se tenir assez longtemps sur un cheval de combat pour guerroyer.

Jeanne court une lance

Lorsque saint Michel lui apparaît pour la première fois et lui ordonne d'aller en France pour délivrer Orléans et mener le roi au sacre à Reims, Jeanne répond à ses juges de Rouen le 22 février 1430 qu'elle n'était « qu'une pauvre fille qui ne savait pas monter à cheval ni conduire la guerre ». Cela n'a rien d'étonnant puisqu'elle n'a que treize ans.

Sept ans plus tard, avant de partir pour Chinon, Jeanne se rend à Nancy où elle rencontre le duc Charles de Lorraine et son gendre, René d'Anjou, duc de Bar, venu spécialement de Saint-Mihiel (le même René d'Anjou cité dans le *Da Vinci Code* comme étant l'un des responsables du fameux prieuré de Sion).

Cette rencontre nous est connue par plusieurs témoins du procès en nullité de condamnation de 1456 et en particulier par Durand Laxart, le parent de Jeanne de Burey-le-Petit, village voisin de Domrémy, Bertrand de Poulangy et Jean de Novellempont, dit de Metz, deux officiers de la compagnie de Baudricourt en garnison à Vaucouleurs. On sait ainsi que la Pucelle a bénéficié d'un sauf-conduit pour se rendre dans le duché voisin de Lorraine et qu'elle est revenue à

Vaucouleurs « le dimanche des Bures », c'est-à-dire le premier dimanche de carême. Soit, cette année-là, le 13 février. C'est donc quelques jours avant, compte tenu du temps nécessaire au voyage entre Nancy et Vaucouleurs *via* Toul et Dieulouard, que Jeanne fit merveille. Ce jour-là, devant la cour ducale, elle « court une lance ». Autrement dit, elle participe à une joute équestre, un sport moins violent que le tournoi mais nécessitant les mêmes aptitudes équestres. En effet, Jeanne manie la lance avec une telle dextérité, ses qualités de cavalière sont si remarquables que le duc, fasciné, lui offre un cheval noir et 4 francs.

Je me suis amusé à imaginer cette journée.

En ce dimanche de la quinquagésime de l'an de grâce 1428, toute la noblesse du duché est venue à Nancy pour assister au spectacle. La carrière vit au rythme de joutes passionnées devant une foule exubérante. Près des tribunes recouvertes de tapis précieux, au pied de la tour de la Commanderie, de jeunes écuyers mettent les chevaux en souffle. Entre les tentes et les pavillons frappés aux armes de la maison de Lorraine, des pages consciencieux portent fièrement l'écu de leur maître pendant que les chevaliers en armure se préparent au combat. Au milieu de sa cour, le vieux duc Charles exulte. La fête est grandiose. A ses côtés, René, son gendre, savoure ces instants inoubliables. La prochaine épreuve est la plus attendue. C'est, de loin, la plus insolite. Le duc, impatient comme un enfant, fait sonner les trompilles et donne brusquement le départ en agitant un chiffon de soie. Le silence est soudain.

Jeanne piqua des éperons. La bête bondit furieusement, emportant sa cavalière dans un tourbillon de poussière et d'écume. Debout sur ses étriers, la Pucelle chevauche un magnifique destrier noir de l'écurie de Charles. Un étalon puissant et nerveux, auquel le chanfrein surmonté d'une corne donne des allures de monstre. Les sabots frappent le sol encore gelé au rythme sonore et cadencé du triple galop. Sans perdre l'équilibre, Jeanne couche sa lance, prend appui sur le faucre, vise la quintaine, serre nerveusement la main sous son gantelet de fer et pousse un cri rauque. Le choc est brutal. Le lourd mannequin de paille enveloppé dans un sac de cuir est projeté à une dizaine de coudées. Jeanne relève sa lance, tire sèchement sur la bride pour calmer sa monture, vire à gauche et regarde le hourd.

Sur les gradins, Charles de Lorraine est debout pour saluer l'exploit. L'éblouissant Jean de Dieuleward, fasciné d'admiration, agite vivement son pennon. Il n'aurait manqué ce rendez-vous pour rien au monde. Pas plus que son ami Geoffroy de Foug, subjugué par une telle virtuosité. Ils sont venus pour elle. Pour la voir, pour l'entendre, pour lui parler. On dit qu'elle est capable de merveilles. Des prophéties prétendent même qu'elle peut accomplir des prodiges et venir en aide au roi.

Tous les seigneurs sont sous le charme. Gobert d'Aspremont, Roger d'Ainville, Henri de Bauffremont, Jacques d'Amance, Jean de Lenoncourt, Guillaume et Roger de Bassompierre et encore Pierre de Beauvau sont tout aussi heureux que Charles. Comme lui, ils apprécient en experts ce spectacle unique. Les nobles dames vêtues de riches étoffes aux couleurs lumineuses, coiffées de hennins colorés, ont tenu, elles aussi, à voir cette fille étrange. La jeune Isabelle de Lorraine est émerveillée par les qualités de la cavalière. La belle Alison du May est muette d'admiration.

Et de crainte aussi. On lui a dit tant de choses singulières sur cette créature !

Jeanne sait bien qu'elle est l'objet de toutes sortes de supputations. Elle n'en a cure. Elle met son cheval au trot, passe devant le duc qui la salue aimablement, libère le pas d'armes pour laisser aux varlets le temps de remonter la quintaine sur son pivot, se met en place une deuxième fois et attend le signal. A son tour, René donne le départ d'un signe de la main. Une nouvelle fois, Jeanne pique violemment les flancs de son étalon, couche sa lance, vise la cible, crispe sa main et fait voler au loin le gros mannequin de cuir.

Des cris d'allégresse envahissent aussitôt la carrière. Les uns agitent bannières et gonfalons, d'autres lèvent les bras au ciel. Un ménestrel tourne frénétiquement sa vielle, un autre ajoute à ce concert assourdissant le son éraillé d'une trompe.

Personne encore dans le duché de Lorraine n'avait vu femme chevaucher un destrier avec autant d'assurance et de légèreté. Jamais, au reste, personne jusqu'ici n'avait vu femme porter un habit d'homme et encore moins un équipement de guerre tel un seigneur banneret. Jamais avant Jeanne aucune femme n'avait couru une lance comme vient de le faire cette fille du pays du Barrois.

Le 7 mars, à Chinon, Jeanne court encore une lance en présence du roi et du duc d'Alençon qui, à leur tour, sont étonnés des dispositions de cette jeune fille.

Lorsqu'il dépose le 31 janvier 1456 à Vaucouleurs pour le procès en nullité, Jean de Novellempont donne quelques détails sur le voyage entre Vaucouleurs et Chinon : « Lorsqu'elle fut de retour à Vaucouleurs, aux environs du dimanche de Bures, il y a 27 ans le dimanche de Bures prochain, comme il me semble, moi-même et Bertrand de Poulangy avec deux de nos serviteurs et Colet de Vienne et un certain Richard l'Archer, conduisîmes la Pucelle vers le roi se trouvant à Chinon, à nos seuls frais. [...] En quittant Vaucouleurs par crainte des Anglais et des Bourguignons nous chevauchâmes quelques fois de nuit et fumes en chemin durant 11 jours de cheval jusqu'à Chinon. »

Il s'agit d'un raid de 151 lieues (660 km) effectué en onze jours, soit une moyenne journalière de 61 km. C'est-à-dire plus de dix heures passées à cheval, de jour et de nuit, onze fois de suite. Seuls des cavaliers très expérimentés peuvent accomplir de telles prouesses. Ce fut le cas de Jeanne.

Une cavalière hors pair

En de nombreuses occasions elle montrera, par la suite, ses qualités exceptionnelles de cavalière. Une anecdote relatée par le clerc Soudan, auteur supposé du « Journal du siège d'Orléans », illustre parfaitement sa maîtrise en la matière. Le 29 avril 1429, vers 8 heures du soir, lors de son entrée dans Orléans, Jeanne fut reçue par un grand cortège de gens de guerre ainsi que par des bourgeois et une foule enthousiaste. Durant le défilé dans les rues de la ville, un gracieux page précède la Pucelle en portant son étendard. Il s'approche trop près d'un porteur de torche et met le feu au pennon[1]. Aussitôt, Jeanne pousse son cheval, le fait sortir du rang, le fait tourner court autour du page et éteint le feu elle-même.

Le clerc Soudan écrit : « Elle éteignit le feu aussi

1. « Drapeau triangulaire à longue pointe, que les chevaliers du Moyen Age portaient au bout de leur lance » *(Petit Robert)*.

gentiment que si elle eût longuement suivi les guerres, ce que les gens d'armes tinrent en grande merveille et les bourgeois d'Orléans aussi. »

Rapidité de décision, précision dans la conduite du cheval et indépendance des gestes attestent de son expérience.

Le mercredi 8 juin 1429 à Selles-en-Berry, deux chevaliers bretons, Guy et André de Laval, viennent rejoindre l'ost royal pour participer aux futurs combats. Ils écrivent à leur mère : « Et fait le roi venir au-devant de lui la Pucelle. Certains disaient que cela avait été fait en ma faveur afin que je puisse la voir. Et cette Pucelle fit très bonne chère à mon frère et à moi, armée de toutes pièces sauf la tête et tenant sa lance à la main. »

Un peu plus tard, Guy de Laval rencontre à nouveau la Pucelle qui est sur le départ pour Romorantin. « Et s'est partie ce lundi aux vêpres de Selles pour aller à Romorantin, à trois lieues droit devant et approchant les arrivants : le maréchal de Boussac et grand nombre de gens d'armes et de la commune avec elle ; je la vis monter à cheval, armée tout en blanc sauf la tête, une petite hache en sa main sur un grand coursier noir qui, à l'huis de son logis, se démenait très fort et ne souffrait qu'elle monte. Et lors, elle dit : “Menez-le à la croix” qui était devant l'église auprès du chemin. Et lors elle monta sans qu'il se mût, comme s'il eût été lié. »

La manière d'agir de Jeanne ne relève pas du prodige mais vraisemblablement d'une belle expérience d'écuyère. « Son cheval, effrayé par le bruit de la troupe qui va se ranger pour le départ, énervé par une trop longue attente, attaché à l'anneau près de la porte, excité par le passage d'autres chevaux, tire au renard, tourne et refuse son cavalier. C'est bien normal puisqu'il s'agit d'un cheval entier et bien avoiné », nous dit Roger Senzig qui fut un excellent cavalier, et s'est intéressé de près aux chevaux et aux harnachements au XVe siècle. Il a étudié les croquis publiés par Adrien Harmand et observé à la loupe les nombreux dessins et autres peintures des cavaliers du Moyen Age.

Il constate qu'à cette époque, en raison de la rigidité de l'armure, le cavalier se tient debout sur les étriers, les jambes écartées. Du coup, les talons se trouvent éloignés des flancs de l'animal. Ainsi, pour éviter les grands mouvements de jambes, il porte des éperons suffisamment longs, ce qui ne manque pas de nous étonner aujourd'hui.

Les branches peuvent atteindre vingt centimètres pour les éperons de joute ou de combat.

Dans une telle situation, personne ne peut tenir plus de quelques minutes sur un fougueux destrier, emprisonné dans une armure, maniant l'épée au milieu d'une armée de soldats, s'il n'a pas été correctement formé et entraîné.

Jeanne et les chevaux

Jeanne eut de nombreux chevaux. Elle les aimait.

Au XVe siècle, les chevaux se distinguent par leur usage. Il y a le cheval de combat ou de joute : destrier, coursier ou roussin, il est entier, haut et fort et ne sert que durant les charges. Le cheval d'escarmouche : demi-coursier, lui aussi entier, plus léger donc plus maniable. Le cheval de parade : palefroi toujours entier, dressé pour avoir une allure fière et être habillé de harnais et de couvertures longues et luxueuses. Le cheval de route : trottier, ambleur ou haquenée, il n'est jamais monté par les écuyers et les chevaliers.

Nous savons que début février 1428, Jeanne fut priée de se rendre à Nancy. Un sauf-conduit et un cheval lui furent remis par Robert de Baudricourt. A Nancy, deux jours plus tard, le duc de Lorraine lui offre un cheval noir pour la féliciter de sa démonstration à la lance. Mais ce cadeau était imprévu. Pour son voyage à Chinon elle avait déjà négocié l'achat d'un cheval à un éleveur, Guillaume de Montigny-lès-Vaucouleurs, au prix de 16 francs. Son cousin, Durand Laxart, a fait l'avance de la somme. C'est avec ce cheval qu'elle effectue le trajet jusqu'à Chinon.

Le 7 mars 1428 (l'année commence à Pâques, cette année-là le 27 mars), Jeanne se trouve près du roi à Chinon. Elle fait la connaissance du duc d'Alençon qu'elle appelle « le beau duc ». Après le déjeuner, le roi va se détendre aux champs et Jeanne court une lance. Le duc est émerveillé de voir l'habileté et la maîtrise de Jeanne à cheval. Il lui offre aussi un cheval de son écurie, sans doute un destrier.

Après la levée du siège d'Orléans, le duc de Bretagne envoya le frère Yves Milbeau, son confesseur, et Hermine, son héraut d'armes, vers la Pucelle pour lui faire compliment de sa victoire. Il lui envoie aussi une dague et plusieurs chevaux de prix de son écurie.

En août 1429, la Pucelle étant à Soissons avec le roi, celui-ci ordonne l'achat d'un cheval pour elle au prix de 38 livres. Sans doute un très beau cheval car les comptes de la ville d'Orléans nous ont fait connaître plusieurs négociations de chevaux autour de 10 réaux soit 12 livres pour des trottiers.

Un mois plus tard, en septembre 1429, Jeanne refuse une haquenée réquisitionnée pour elle dans les écuries de Jehan Fouquerel, l'évêque de Senlis, pour une valeur de 200 saluts d'or, qu'elle trouve indigne d'elle. Le roi ordonne l'achat d'un autre cheval au prix pharamineux de 127 livres et 10 sols tournois. Ce fut certainement un très beau et très bon destrier.

Le 23 mai 1430, Jeanne monte un demi-coursier gris pommelé durant l'escarmouche engagée contre les Anglo-Bourguignons qui se terminera par sa capture. Au total, elle le dira à Rouen le 10 mars 1431, la Pucelle avait une écurie composée de cinq coursiers et plus de sept trottiers. Il est vrai que Jeanne devait assurer la monte de ses gens : Jehan d'Aulon, Jehan et Pierre d'Arc.

Pour monter à cheval il faut apprendre

Mais au fait, comment apprend-on à monter à cheval au XVe siècle ?

Le jeune noble, car seuls les nobles sont autorisés à monter à cheval et à porter les armes et personne ne se hasarde à transgresser la règle dans cette société féodale très hiérarchisée, le jeune noble, donc, rentre au service d'un gentilhomme vers l'âge de sept ans, en qualité de damoiseau ou de varlet. Sous les ordres d'un sergent d'écurie, il apprend à soigner les chevaux, prend conscience de l'importance de la musculation, de la mise en souffle. Il les fait également galoper et entretient l'ensemble de la sellerie.

Vers l'âge de quatorze ans, il devient écuyer. Il commence à monter à cheval, à revêtir l'armure, il porte l'épée et la lance, apprend à la coucher correctement, à se tenir en selle en toutes circonstances, à courir la quintaine ou le béhourd. La quintaine est un mannequin de cuir figurant un ennemi dûment équipé que les chevaliers, lancés au grand galop, cherchent à renverser en frappant au milieu de l'écu. Le béhourd est un exercice au cours duquel deux chevaliers s'élancent l'un contre l'autre en essayant mutuellement de se désarçonner.

Ces jeux d'entraînement autant que de divertissement faisaient partie des exercices préparant à des combats plus sérieux. La joute est un combat courtois à cheval, d'homme à homme, avec la lance. Même s'il s'agit d'un entraînement, les accidents mortels ne sont pas rares. Le tournoi, par contre, est prévu pour des groupes à cheval ou à pied qui se battent avec l'épée sans tranchant ni pointe, la masse d'arme ou la massette de bois. Un cérémonial très élaboré de ces jeux a été décrit par René d'Anjou (le fils de Yolande d'Anjou).

L'écuyer, qui suit à pied le chevalier, porte son écu (la carte de visite de l'époque), la lance, le heaume et, parfois, l'épée. Durant les combats, il l'aide à monter sur ses grands chevaux, il l'informe des dangers latéraux qu'il ne peut voir à cause du heaume, remplace les armes défaillantes, l'assiste au besoin pour se relever. Quelquefois, il lui sauve la vie. Le cas échéant, l'écuyer part avec son maître en captivité.

On estimait, au XVe siècle, qu'il fallait quatorze années de préparation pour être un bon cavalier et donc un bon chevalier : sept années pour la connaissance du cheval, sept années pour la pratique des armes. De nos jours, la formation d'un bon cavalier titulaire de l'éperon de vermeil dure aussi sept ans.

Il s'est écoulé sept années entre les premières voix célestes que Jeanne a entendues et son départ pour Chinon. Peut-être un hasard. Nous venons de montrer que Jeanne était une cavalière exceptionnelle mais elle n'a pu le devenir du jour au lendemain.

La famille d'Arc

« On eût dit que cette jeune fille avait été élevée non pas aux champs mais dans les écoles et dans la culture des lettres. […] Elle sut effectuer les révérences accoutumées à faire aux rois ainsi qu'elle eut été nourrie à la cour. »

Cet étonnement admiratif concernant Jeanne que livre dans ces lignes Jean Chartier[1], l'historiographe du roi Charles VII, est partagé par la quasi-totalité des témoins de cette époque. Admiration pour l'aisance et l'éducation dont fait preuve Jeanne et étonnement, voire scepticisme, vis-à-vis de ses origines peu favorables au développement de ces vertus. Les mêmes louanges mêlées des mêmes interrogations seront prodiguées à la stratège, à la diplomate et, comme on vient de le voir, à la cavalière. Nous y reviendrons dans le détail dans les chapitres suivants. Pour le moment, il s'agit d'essayer de comprendre comment une jeune bergère illettrée fille de modestes laboureurs a pu se métamorphoser en gente dame de la cour guerroyant avec succès au nom du dauphin Charles.

Peut-être faudrait-il vérifier, en oubliant la thèse des « bâtardisants », le postulat de départ de cette merveilleuse histoire et revoir l'image que l'on a retrouvée dans la plupart des manuels d'histoire du siècle dernier : Jeanne jeune bergère.

Quand, les 22 et 24 février 1431, les juges du procès de Rouen ont posé la question à l'accusée, sa réponse a été par deux fois sans équivoque : elle n'a « jamais gardé les moutons et autres bêtes ». L'image pieuse

1. Jean Chartier, officier du roi, est nommé historiographe de France en 1437. Sa chronique latine du règne de Charles VII prend la suite de celle du « Religieux de Saint-Denis », Michel Pintouin.

de la bergère gardant ses moutons en prend un coup. Mais intéressons-nous à cette humble masure censée représenter la demeure d'enfance de notre héroïne. Il est difficilement concevable qu'une enfant, aussi douée fût-elle, puisse s'épanouir dans un tel environnement. Mais après tout ce n'est qu'une image. Qu'en est-il de la réalité ?

A la fin du XIXe siècle, les recherches de Siméon Luce[1] nous ont permis d'apprendre que Jacques d'Arc était propriétaire de vingt hectares de terre. Grâce aux revenus de cette propriété, la famille bénéficiait d'une respectable aisance. Doyen de Domrémy, fermier général du lieu, il est procureur général du capitaine de Vaucouleurs, Robert de Baudricourt. A partir de 1419, la famille d'Arc n'habite plus dans une chaumière de Domrémy, mais dans la maison forte des seigneurs de Bourlemont appelée le « château de l'île ». (Annexes, p. 286.) En effet, d'après Siméon Luce (information reprise ensuite par Anatole France), Jacques d'Arc loue cette bâtisse afin que sa famille se protège des incessantes razzias organisées par des bandes de brigands qui sillonnent la région. Anatole France dépeint ce château construit sur une petite île au milieu de la Meuse comme étant « muni d'ouvrages de défense et d'un grand jardin »… Aujourd'hui quelques pierres au milieu de la Meuse témoignent encore de son existence.

Selon Pierre de Sermoise, Jacques d'Arc aurait appartenu à une famille d'ancienne chevalerie tombée en dérogeance (c'est-à-dire qui a perdu ses privilèges de noblesse par l'exercice d'une profession incompa-

1. Siméon Luce a consacré plusieurs ouvrages à Jeanne d'Arc et à sa famille : *Jeanne d'Arc et les ordres mendiants* (Paris, 1881) et *Jeanne d'Arc et le culte de saint Michel* (Paris, 1882).

tible avec elle) puisque la famille vivait des revenus de sa terre. Il faut noter qu'à l'époque la particule devançait la localité d'origine de l'intéressé et pas obligatoirement un titre nobiliaire.

Jacques d'Arc a vu le jour en 1375 à Ceffonds. Son épouse, Isabelle de Vouthon, venait du village de Vouthon, proche de Domrémy ; elle était connue sous le nom d'Isabelle Romée[1]. Henri de Vouthon, son frère, était curé de la paroisse de Sermaize.

Une bonne famille investie de responsabilités dans la communauté civile et religieuse. Mais cela est-il suffisant pour dispenser une éducation permettant à Jeanne de s'imposer à la cour royale ? D'ailleurs, pour s'imposer, ne fallait-il pas parler la même langue que ses interlocuteurs ?

Quelle langue parlait Jeanne ?

Du patois de Domrémy au français de France

On connaît le langage de Jeanne d'abord par sa correspondance. Il nous reste en original cinq de ses lettres. Deux ne sont pas signées : la lettre datée du 17 juillet 1429 au duc de Bourgogne et celle du 5 août 1429 aux habitants de Reims. Trois autres portent sa célèbre signature : la lettre du 9 novembre 1429 aux habitants de Riom a été écrite à Moulins. Celle du 16 mars 1430 aux habitants de Reims a été rédigée à Sully-sur-Loire. Enfin, celle du 28 mars 1430, également adressée aux habitants de Reims, a été écrite à Sully.

Sur l'une de ses lettres apparaît une correction qui pourrait nous laisser penser que Jeanne lisait par-dessus

1. « Rome » étant le surnom donné à ceux qui avaient accompli le pèlerinage du Puy en lieu et place de celui de Rome.

l'épaule du scribe les mots qu'elle lui dictait. A la fin de la lettre du 16 mars on peut lire : « Je vous mandesse anquores aucunes nouvelles de quoy vous fussiez bien [choyeux est rayé dans l'original] joyeux. » *Choyeux* est remplacé par *joyeux*, ce qui pourrait vouloir dire que Jeanne avait peut-être un léger accent germanique. Une autre indication nous est donnée lors du procès quand, le 21 février, interrogée sur les noms de ses père et mère, dit que son père était nommé Jacques Tarc.

On connaît aussi l'éloquence de Jeanne par les longues réponses qu'elle fait pendant le procès de Rouen. Elles montrent à quel point la Pucelle s'exprime dans un excellent français de France. Grâce à quoi elle a pu s'entretenir sans difficulté avec le roi dès leur première rencontre. Elle est à l'aise au milieu des gens de la cour et, plus tard, avec les chefs de guerre. Elle répond du tac au tac à ses juges qui sont tous de savants docteurs des universités ou des maîtres en théologie. Il n'y a pas eu, une seule fois, un problème de compréhension entre eux du fait de la langue.

Pourtant, au début du XVe siècle, on ne parle pas le même dialecte d'une région à l'autre. La langue du peuple, dite vulgaire, n'est pratiquement jamais écrite. Les grands événements sont transcrits en latin, comme ce fut le cas pour le procès de Jeanne dont les audiences se sont déroulées en français.

Or dans la région de Domrémy, les paysans parlent une langue composite faite de roman mélangé de patois local. « La langue connaît une dégradation certaine au fur et à mesure que l'on s'approche du XIVe siècle. [...] Le type d'écriture, la calligraphie changent, les règles grammaticales qui régissent l'écrit et qui avaient atteint une norme apparemment stable au XIIIe siècle, volent plus ou moins en éclats et l'on voit apparaître une dialectisation de plus en plus notable », écrit la médiéviste Monique Paulmier-Foucart dans *Ecriture et enluminure au Moyen Age.*

Et Jeanne, comment parlait-elle ? La question a été posée maintes fois par les historiens qui ont publié des dizaines d'ouvrages sur le sujet. L'expérience la plus intéressante, nous semble-t-il, est sans doute celle menée dans les années 1970 à Domrémy et sa région sous l'autorité d'Alain Atten, archiviste à Luxembourg.

Cet historien de grande réputation s'est entouré de linguistes, d'historiens, de conteurs pour mener une véritable enquête linguistique avec la complicité des habitants du pays de Jeanne. Ce travail extrêmement délicat a permis de reconstituer au plus près l'idiome des paysans du XVe siècle. Ce patois haut-meusien que parlaient encore les habitants de Domrémy il y a un demi-siècle est vraisemblablement celui qu'a entendu la Pucelle durant toute son enfance.

Mais Alain Atten est allé plus loin. Il a reconstitué le vocabulaire de l'époque puis il a utilisé ce matériau pour écrire des dialogues où l'on entend Jeannette parler avec ses amies, Hauviette et Mengette, puis avec un ange, avec sa mère, avec Baudricourt… jusqu'à son départ de Vaucouleurs. Pour donner plus de force à ce récit, les dialogues sont accompagnés par des instruments de musique de l'époque joués par Denis Bergerot et son groupe Gens de Lorraine. Le tout a été gravé sur un disque et vendu au profit de la basilique du Bois Chenu.

Les meilleurs spécialistes de l'épopée johannique ont unanimement salué la qualité remarquable de ce travail. Régine Pernoud : « Tout un pan de l'histoire de Jeanne se trouve rappelé à la vie », écrit-elle en guise d'encouragement. Jean Lanher, professeur à l'université de Nancy II : « C'est le reflet exact, non truqué, du résidu de patois rencontré dans cette région de haute Meuse. » Jean Colson, professeur à l'université catholique d'Angers : « J'avoue mon émotion quand j'ai entendu parler Jeannette. »

Alors, comment parlait-elle ? Ecoutons-la sur un court passage :

Mos veuy eum' d'jint d'louvéy l'sîche
De d'vot Orléans.
Eulles me d'jint qu j'aillie
A Vaucloûs !...
Messî Robin d'Baudricourt
C'atot l'cap'téne d'lè vill là.
C'atot pou'qu'î m'donnie
Dos geôs d'armes qui vinrint avo mî...
Ma qu'ost-ce que j'pouveuy fâre ?...
J'â dit inlà :
J'n sey qu'ine pawrotte, ine gâche que
N'sarôt à ch'fau fâre lè
Guère !
Mâ eulles n'ont mî arrêtey, mos
Veuy...
Et peuy, j'â éteu chî
M'nonon Deurand, eul Deurand Lachart daw
P'tiot Beurey.
J'â v'leu d'moréy chi leû
Quéque tôs
J'y seuy d'mréy hieuy joùnéyes et j'li
D'jeuy qu'î fallot m'onn'alléy
A Vauclôus... et leû, î
M'ommounot toulà !...
Et j'ai dit au cap'téne Robin qu'î
M'fallot alléy o'France, poutéy
Secous au Dawphin...

On devine à peu près le sens général de ce texte parce qu'on visualise des mots écrits. Mais dans un langage parlé, il y a fort à parier que ce serait moins évident. Traduisons donc :

« Mes voix me disaient de lever le siège
Devant Orléans.
Elles me disaient d'aller
A Vaucouleurs !...
Messire Robert de Baudricourt
C'était le capitaine de cette ville.
C'était pour qu'il me donne
des gens d'armes qui viendraient avec moi...
Mais qu'est-ce que je pouvais faire ?
J'ai dit comme ça :
Je ne suis qu'une pauvrette, une fille qui
Ne saurait aller à cheval ni faire la
Guerre !
Mais elles n'ont pas cessé mes
Voix...
Et puis, je suis allée chez
Mon oncle Durand, le Durand Laxart du
Petit-Burey.
J'ai voulu rester chez lui
Quelque temps.
J'y suis restée huit jours et je lui ai
Dit qu'il me fallait partir
Pour Vaucouleurs... et lui, il m'a
Emmenée là-bas.
Et j'ai dit au capitaine Robert qu'il
me fallait aller en France, porter
secours au dauphin... »

Que faut-il déduire de cette étude ?

« Il y a tout lieu de penser que cette reconstitution linguistique fondée sur le témoignage de patoisants haut-meusiens d'aujourd'hui donne une image relativement proche de l'idiolecte de Jeanne », écrit Michel Francard, professeur à l'université de Louvain. Celui-ci note comme une évidence la distance qui sépare le texte dialectal et sa traduction en français moderne. Il ajoute : « Il importe de souligner qu'une différence tout aussi perceptible existait entre le patois de Domrémy au XVe siècle et les autres dialectes parlés en France à la même époque. » Il précise : « Les différences essentielles entre le texte dialectal et la traduction française qui y correspond relèvent de la morphologie, du lexique et de la phonétique. La syntaxe paraît moins concernée. »

Ainsi, grâce au précieux travail d'archéologie linguistique entrepris en haute Meuse, nous disposons d'une référence pour la connaissance de l'idiolecte parlé dans le village où Jeanne a vécu les premières années de sa vie.

Or ce patois de la région de Domrémy que nous venons de découvrir n'est pas le français dans lequel s'exprimait la Pucelle. Il suffit de relire ses lettres pour s'en convaincre. Jeanne ne parlait pas le patois de sa région. Comment a-t-elle donc appris le français de France pratiqué alors à la cour du roi ? Le professeur avance une explication : elle a pu l'entendre dans la bouche de voyageurs qui empruntaient la voie romaine passant par Domrémy.

C'est un peu court. Aucune personne aussi douée soit-elle ne peut apprendre une langue en écoutant des voyageurs qui passent devant sa maison.

Une analyse linguistique effectuée à partir des lettres de la Pucelle et des réponses qu'elle fit au procès de Rouen permet de constater que Jeanne possède un vocabulaire très étendu puisé dans les champs sémantiques religieux, militaire, diplomatique et politique de son temps. Ce lexique, qui ne peut pas être celui des paysans de Domrémy, elle l'utilise avec justesse pour former des phrases à la syntaxe irréprochable. A l'évidence, Jeanne a dû recevoir une solide éducation intellectuelle. Elle parle parfaitement le français de France, et peut-être a-t-elle quelques notions de latin grâce à quoi elle est à l'aise avec n'importe quel interlocuteur.

« Je ne sais ni A ni B »

Et si l'on a dit qu'elle était illettrée, c'est, entre autres, en raison de l'interprétation un peu rapide de l'une des réponses qu'elle fit devant la commission de Poitiers : « Je ne sais ni A ni B. » On en a déduit qu'elle ne connaissait pas l'alphabet et, par voie de conséquence, qu'elle ne savait ni lire ni écrire.

La déposition de Gobert Thibaut, écuyer de l'écurie du roi, interrogé lors du procès en nullité, le 5 avril 1452, montre qu'elle répondait à une question précise de maître Pierre de Versailles, professeur de théologie sacrée, alors abbé de Talmont, évêque de Meaux lors de son décès. Gobert Thibaut témoigne : « Maître Pierre de Versailles lui adressa ces paroles : "Nous sommes envoyés vers vous de la part du roi." Jeanne répondit : "Je crois bien voir que vous êtes envoyés pour m'interroger. Je ne sais ni A ni B." »

Puis, elle demande à maître Jean Erault, également professeur de théologie sacrée et qui accompagne Pierre de Versailles, s'il a du papier et de l'encre et lui dit : « Ecrivez ce que je vais vous dire… »

Au regard de la question posée, « ni A ni B » revêt une signification toute différente et bien plus large que la simple connaissance de l'alphabet.

Jeanne n'a jamais laissé entendre qu'elle était illettrée. Elle affirme même le contraire, le 24 février 1431, à Rouen, quand elle rétorque à Jehan Beaupère qu'on lui « baille par écrit les points sur lesquels elle ne répond pas présentement ». Or à ce moment-là elle est emprisonnée, elle n'a donc pas de scribe à sa disposition, sinon les nombreux témoins nous l'auraient rapporté. C'est par conséquent de sa main qu'elle propose d'écrire.

Le 27 février elle déclare : « Arrivée à Sainte-Catherine de Fierbois, j'assistai à trois messes, puis j'envoyai une lettre aux hommes d'église de ce lieu pour leur demander d'avoir l'épée et ils me l'envoyèrent. »

« Comment saviez-vous que cette épée était là ? », demandent les juges de Rouen. « Je le sus par mes voix, répond l'accusée. Il y avait par-dessus cinq croix. Oncques n'avait vu l'homme qui l'alla quérir. J'écrivis aux gens d'église du lieu d'avoir pour agréable que j'eusse cette épée et les clercs me l'envoyèrent. Elle était sous terre, pas fort avant, et derrière l'autel comme il me semble. Au fait, je ne sais pas au juste si elle était devant l'autel ou derrière. Aussitôt qu'ils eurent trouvé cette arme, les clercs du lieu la frottèrent. La rouille tomba sans effort… »

Le 1er mars, à propos d'une lettre au comte d'Armagnac qui lui demande auquel des trois papes il doit obéir, Jeanne répond : « Le comte m'a bien écrit à ce sujet. Je répondis entre autres choses que quand je serai à Paris ou ailleurs, en repos, je lui écrirai. Je me disposais à monter à cheval quand je répondis ainsi au comte. »

Le juge précise qu'il a une copie de la lettre du comte d'Armagnac et de la réponse qu'elle lui a faite. Il lit les deux textes. « Reconnaissez-vous cette lettre ? », interroge-t-il. « Oui, sauf trois mots, répond l'accusée. Au lieu de rendez à la Pucelle, il faut rendez au roi. Et les mots "chef de guerre" et "corps à corps" n'étaient pas dans la lettre que j'ai envoyée. »

Cette anecdote témoigne une fois encore des capacités intellectuelles de la Pucelle et de son excellente mémoire. Peut-on imaginer en effet une illettrée qui « écrit » ou « fait écrire » à tout bout de champ à ses amis comme à ses ennemis ? Qui connaît chacun des mots contenus dans les lettres qu'elle envoie et dans celles qu'elle reçoit ?

La lettre que Jeanne adresse au comte Jean d'Armagnac contient sans doute des informations précieuses sur un autre sujet, d'ordre militaire, dont elle ne tient pas à parler. Elle ajoute : « Ma réponse avait trait à autre chose qu'au fait des trois papes. »

Le juge s'étonne enfin que la lettre de Jeanne porte les mots de Jhésus Maria suivis d'une croix. Il lui demande si c'est une habitude chez elle de signer ainsi. Réponse : « Sur aucunes oui, sur d'autres non. Quelques fois je mettais une croix afin que mon correspondant ne fît pas ce que je lui demandais. »

Jeanne fait donc une croix non pas parce qu'elle ne sait pas écrire, nous connaissons d'ailleurs sa signature au bas de plusieurs lettres, mais parce que c'est un code. C'est une habitude chez elle de cacher le sens des mots, de parler par paraboles quand il le faut pour n'être comprise que des seuls initiés. Cette croix qui intrigue tant son juge, elle l'apposera quelques jours plus tard sur la cédule d'abjuration au cimetière de Saint-Ouen en faisant un large sourire qui laisse perplexe tous les témoins de la scène.

Les voix

Est-ce en fréquentant l'école de Maxey, une localité voisine, où le curé de Domrémy se charge de son éducation religieuse, que Jeanne s'est rompue aux arts de l'éloquence et des lettres ? Pendant son procès à Rouen, elle se défendra d'avoir jamais gardé les moutons mais elle dit : « A l'âge de treize ans, j'eus une voix de Dieu pour m'aider à me gouverner. »

Cette dimension surnaturelle qu'elle donne à ses actes pour expliquer ses nombreux succès fait plutôt sourire de nos jours. Car, aujourd'hui, aucune personne sensée n'ose plus croire à l'intervention des esprits sur les événements de la vie publique. Et les plus fervents catholiques ne conçoivent pas que des êtres immatériels, les anges, les saints et les saintes du paradis, se mêlent aussi directement de politique au point de prendre le parti de l'un contre le parti de l'autre. Sauf, peut-être, une poignée d'irréductibles intégristes.

Jeanne affirme avoir entendu une voix pour la première fois lorsqu'elle avait treize ans. Une grande lueur apparut vers midi lorsqu'elle se trouvait dans le jardin de son père, sans doute celui du château de l'île à Domrémy. Puis deux autres voix vinrent régulièrement lui dicter sa conduite.

Les docteurs en théologie et autres savants qui interrogent Jeanne au procès de Rouen ont de sérieux doutes sur l'origine céleste des voix puisque sur les cinquante-cinq séances, dix-sept sont consacrées aux voix. Leur suspicion apparaît à chacune de leurs questions. Jeanne sent le piège. La plupart du temps, les réponses de l'accusée sont spontanées. Il arrive aussi qu'elle fasse des réponses plus réfléchies. Enfin, quand les questions sont trop gênantes, Jeanne ne répond pas du tout. « Passez outre ! », lance-t-elle à ses juges.

Cependant, tout au long des interrogatoires, elle donne de précieux indices sur ses mystérieuses voix qu'elle appelle ses conseils. Car les voix qui lui parlent ont aussi un visage, des yeux, des cheveux, des vêtements, elles sentent bon. Elles ont donc une apparence humaine.

Quelles sont ces voix et quelle mission lui ont-elles confiée ?

Le frère Seguin, professeur de théologie, doyen de la faculté de l'université de Poitiers, examinateur de Jeanne, dépose ainsi lors du procès en nullité : « J'ai vu Jeanne pour la première fois à Poitiers. Le Conseil du roi était réuni dans cette ville dans la maison d'une dame Lamacée et, parmi les conseillers, se trouvait l'archevêque de Reims, alors chancelier de France. [...] On nous avait dit que nous étions mandés de la part du roi pour interroger Jeanne. [...] Entre autres questions, maître Lombart demanda à Jeanne :

« Pourquoi êtes-vous venue ? Le roi veut savoir quel mobile vous a poussée à le venir trouver ?

Elle répondit de grande manière :

— Comme je gardais les animaux [Ce n'est pas elle qui parle mais une personne qui rapporte et déforme ses propos comme cela sera le cas durant tout le procès en nullité de condamnation], une voix m'apparut. Cette voix me dit : "Dieu a grande pitié du royaume de France. Il faut que toi, Jeanne, tu ailles en France." Ayant ouï cela, je me mis à pleurer. Lors, la voix me dit : "Va à Vaucouleurs. Tu trouveras là un capitaine qui te conduira sûrement en France et près du roi. Sois sans crainte." J'ai obéi à la voix. Et je suis arrivée au roi sans empêchement.

Là-dessus, maître Guillaume Aimery la prit ainsi à partie :

— D'après vos dires, la voix vous a dit que Dieu veut délivrer le peuple de France de la calamité où il est. Mais si Dieu veut délivrer le peuple de France, il n'est pas nécessaire d'avoir des hommes d'armes. »

Jeanne fit cette réponse d'une habileté restée dans les annales : « Les hommes batailleront et Dieu donnera la victoire. »

« Moi qui parle, poursuit Seguin, je demandai à Jeanne quel idiome parlait la voix. “Un meilleur que le vôtre”, me répondit-elle. En effet, j'ai le parler limousin. »

Ecoutons Jeanne s'exprimer elle-même devant ses juges. Elle tient tête aux meilleurs docteurs en théologie de l'époque, aux plus grands experts en matière de foi. Le procès commence le mardi 9 janvier 1430. Mais la première audience publique n'a lieu que le 21 février.

Les choses commencent plutôt mal pour l'accusée. Le président du tribunal, l'évêque Pierre Cauchon de Sommièvre, lui demande de prêter serment sur l'Evangile et de dire la vérité. Jeanne refuse :

« J'ignore la matière de l'interrogatoire. Peut-être me demanderez-vous telles choses que je ne dois pas vous dire.

Cauchon insiste :

— Jeanne, je vous requiers encore de prêter serment et de dire la vérité.

— De mon père, de ma mère et des choses que j'ai faites depuis que je pris le chemin de France, volontiers je jurerai. Mais quant aux révélations qui me viennent de Dieu, je n'en ai onques rien dit ni révélé à personne sinon à Charles, mon roi. Je n'en dirai pas plus, dût-on me couper la tête, parce que mon conseil secret (mes visions, j'entends) m'a défendu d'en rien dire à personne... »

Le lendemain, maître Jean Beaupère poursuit l'interrogatoire :

« Quand avez-vous commencé à entendre les voix ?

— J'avais treize ans quand j'eus une voix de Dieu pour m'aider à me bien conduire. La première fois j'eus grand peur. Cette voix vint sur l'heure de midi, pendant l'été, dans le jardin de mon père. »

Maître Jean Beaupère continue :

« De quel côté entendîtes-vous la voix ?

— J'ai entendu cette voix à droite, du côté de l'église et rarement elle est venue à moi sans être accompagnée d'une grande clarté. Cette clarté vient du même côté que la voix... Quand je vins en France, j'entendais souvent la voix...

— Comment était la voix ?

— Il me semble que c'était une bien noble voix et je crois qu'elle m'était envoyée de la part de Dieu. A la troisième fois que je l'entendis, je reconnus que c'était la voix d'un ange. Elle m'a toujours bien gardée.

— Pouviez-vous la comprendre ?

— Je l'ai toujours bien comprise.

— De quelle sorte était cette voix ?

— Vous n'en saurez pas davantage aujourd'hui sur cela.

— La voix parlait-elle souvent ?

— Deux ou trois fois par semaine elle m'exhortait à partir pour la France.

[...]

— Dites-nous par quel conseil vous prîtes l'habit d'homme ?

— Passez outre !

— Mais répondez donc !

— Passez outre ! »

Elles sont bien étranges ces voix. Non seulement on peut les entendre mais on peut aussi les voir, comme elle va le dire au tribunal. Et pas seulement Jeanne, mais aussi le roi et d'autres. Ici, pour les juges, il n'est question bizarrement que d'une seule voix. Mais on ne sait pas laquelle.

Le samedi 24 février 1430, soixante-deux assesseurs siègent à côté de l'évêque Cauchon. Ils veulent mieux connaître l'accusée qui est là, devant eux. Cette jeune femme d'une vingtaine d'années, habillée en homme, qui leur tient tête, leur répond hardiment. Ils n'ont jamais vu ça. L'un des assesseurs demande :

« Depuis quand n'avez-vous pas entendu la voix qui vient à vous ?

— Je l'ai entendue hier et aujourd'hui.

— A quelle heure, hier, l'avez-vous entendue ?

— Hier, je l'ai entendue trois fois : une fois le matin, une fois à l'heure des vêpres et une troisième fois au coup de l'Ave Maria du soir. Il m'arrive de l'entendre plus souvent encore.

— Que faisiez-vous hier matin quand la voix vint ?

— Je dormais et j'ai été réveillée.

— Vous a-t-elle réveillée en vous touchant le bras ?

— Elle m'a réveillée sans me toucher.

— La voix était-elle dans votre chambre ?

— Non, que je sache, mais elle était dans le château.

[…]

— Que vous a-t-elle dit ?

— Elle m'a dit de répondre hardiment.

— La voix vous a-t-elle dit quelques paroles avant d'être invoquée ?

— La voix m'a dit quelques paroles mais je n'ai pas tout compris.

— La voix vous a-t-elle défendu de tout dire ?

— Je ne vous répondrai pas là-dessus. J'ai des révélations touchant le roi que je ne vous dirai point.

— La voix vous a-t-elle défendu de dire des révélations ?

— Je n'ai pas été conseillée sur cela. Donnez-moi un délai de quinze jours et je vous répondrai.

[…]

— La voix vous vient-elle de Dieu ?

— Oui, et par son ordonnance. Je le crois fermement comme je crois à la foi chrétienne et que Dieu a racheté des peines de l'enfer.

— La voix que vous dites vous apparaître est-elle un ange ou Dieu immédiatement, ou un saint ou une sainte ?

— Cette voix vient de la part de Dieu.

— Expliquez-vous.

— Je crois que je ne vous dis pas pleinement ce que je sais. J'ai plus grande crainte de faillir en disant quelque chose qui déplaise à ces voix que je n'ai souci de vous répondre à vous. Quant à vos questions sur ma voix, je vous demande un délai.

— Croyez-vous qu'il déplaise à Dieu qu'on dise la vérité ?

— Les voix m'ont dit de révéler certaines choses au roi et non pas à vous. Cette nuit même, la voix m'a dit beaucoup de choses pour le bien de mon roi.

[…]

— Pourquoi la voix ne parle-t-elle plus maintenant au roi ainsi qu'elle le faisait quand vous étiez en sa présence ?

— Je ne sais si c'est la volonté de Dieu…

— Votre conseil vous a-t-il révélé que vous échapperiez à la prison ?

— Je ne vous ai à le dire.

[…]

— Avec les voix, voyez-vous autre chose ?

— Je ne vous dirai pas tout. Je n'en ai pas congé. Au surplus, donnez-moi par écrit les points sur lesquels je ne réponds pas actuellement.

— La voix à laquelle vous demandez conseil a-t-elle un visage et des yeux ?

— Vous n'aurez pas encore cela de moi. C'est un dicton de petits enfants que les gens sont pendus quelques fois pour avoir dit la vérité. »

Samedi 27 février 1430. Quatrième interrogatoire public. Cinquante-trois assesseurs entourent l'évêque Cauchon. L'histoire des voix intrigue décidément beaucoup les juges. On demande à Jeanne :

« Depuis samedi, avez-vous entendu la voix ?

— Oui, vraiment, plusieurs fois.

— Samedi, à l'audience, avez-vous entendu la voix ?

— Ce n'est pas de votre procès.

— C'est du procès, répondez donc !

— Je l'ai entendue.

— Que vous a-t-elle dit, ce samedi ?

— Je ne l'entendais pas bien, ni rien que je puisse vous redire jusqu'à mon retour dans ma chambre.

— Que vous a dit la voix à votre retour ?

— Elle m'a dit de vous répondre hardiment.

— A quel propos vous l'a-t-elle dit ?

— Je demande conseil à ma voix sur les questions que vous me faites.

— La voix vous a-t-elle dit de cacher quelque chose ?

— Je répondrai volontiers sur ce que Dieu me permettra de révéler. Quant à ce qui touche aux révélations concernant le roi de France, je ne les dirai pas sans congé de ma voix.

— La voix vous a-t-elle défendu de tout dire ?

— Je ne l'ai pas bien comprise.

— Que vous a dit la voix en dernier lieu ?

— Je lui ai demandé conseil relativement à quelques points sur lesquels j'avais été interrogée. »

A l'évidence, *la* voix est auprès de Jeanne. Elle est dans le château, elle assiste aux audiences. Mais Jeanne ne comprend pas très bien de la place où elle est. Peut-être la voix est-elle cachée derrière les rideaux, puisque le notaire Manchon y a vu des gens qui prenaient des notes. En tout cas, elle attend le retour de l'accusée dans sa chambre pour lui donner des conseils et lui suggérer sans doute les réponses à apporter aux questions les plus délicates des éminents juristes qui tourmentent l'accusée.

L'interrogatoire continue sur le même sujet. Il n'y a plus une seule voix mais deux puis trois.

« Est-ce la voix d'un ange qui vous parlait ou bien celle d'un saint, d'une sainte ou la voix de Dieu directement ?

— C'est la voix de sainte Catherine et de sainte Marguerite. Là-dessus, j'ai congé de Notre-Seigneur. Que si vous doutez, envoyez à Poitiers où autrefois j'ai été interrogée.

— Comment savez-vous que ce sont deux saintes ?

— Je sais bien que ce sont elles. Je les distingue bien l'une de l'autre.

— Comment cela ?

— Par le salut qu'elles me font.

— Y a-t-il longtemps qu'elles communiquent avec vous ?

— Il y a bien sept ans passés qu'elles m'ont prise sous leur garde.

— A quoi les reconnaissez-vous ?

— Elles se nomment à moi.

— Ces saintes sont-elles vêtues de la même étoffe ?

— Je ne vous en dirai pas davantage à cette heure…

— Ces saintes sont-elles du même âge ?

— Je n'ai pas congé de vous le dire.

— Ces saintes parlent-elles à la fois ou l'une après l'autre ?

— Je n'ai point congé de vous le dire.

— Laquelle vous est apparue la première ?

— Je ne les ai point connues tout de suite.

— N'y a-t-il que les saintes qui vous aient apparu ?

— J'ai aussi reçu le confort de saint Michel.

— Laquelle des apparitions vous est venue la première ?

— C'est saint Michel […]. Je le vis devant mes yeux et il n'était pas seul mais bien accompagné d'anges du ciel.

— Vîtes-vous saint Michel et les anges en corps et en réalité ?

— Je les vis des yeux de mon corps aussi bien que je vous vois. Quand ils s'en furent, je pleurai et j'aurais bien voulu qu'ils m'emportassent avec eux.

— En quelle figure était saint Michel ?

— Il n'y a pas de réponse là-dessus, je n'ai pas congé de vous le dire.

— Que vous dit saint Michel cette première fois ?

— Vous n'en aurez pas de réponse aujourd'hui. »

Jeanne est pressée de questions. Lorsqu'un juge

l'interroge, elle répond. Mais, déjà, un autre l'interrompt pour lui en poser une autre afin de la troubler, affirme Jean Massieu, huissier au tribunal de Rouen. L'accusée ne se laisse pas démonter, elle leur lance : « Beaux seigneurs, faites donc l'un après l'autre. »

Jeudi 1er mars. Cinquième interrogatoire public. Cinquante-huit assesseurs assistent l'évêque Cauchon. L'un des juges revient une fois encore sur le mystère des voix. Il demande à Jeanne :

« Depuis mardi dernier avez-vous conversé avec sainte Catherine et sainte Marguerite ?

— Oui, mais je ne sais l'heure.

— Les voyez-vous toujours dans les mêmes vêtements ?

— Je les vois toujours sous la même forme et leurs têtes sont couronnées très richement.

— Et le reste de leurs costumes ? Leurs robes ?

— Je ne sais.

— Comment savez-vous que ce qui vous apparaît est homme ou femme ?

— Je le sais bien. Je le reconnais à leur voix…

— Quelle figure voyez-vous ?

— La face.

— Ont-elles des cheveux ?

— Il est bon à savoir qu'elles en ont.

— Leurs cheveux sont-ils longs ou pendants ?

— Je ne sais.

— Ont-elles des bras ?

— Je ne sais si elles ont des bras ou autres membres.

— Vous parlent-elles ?

— Leur langage est bon et beau, je les entends très bien.

— Comment parlent-elles puisqu'elles n'ont pas de membres ?

— Je m'en réfère à Dieu.

— Quelle espèce de voix est-ce ?

— Cette voix est belle et douce et humble et elle parle français.

— Sainte Marguerite ne parle donc pas anglais ?

— Comment parlerait-elle anglais puisqu'elle n'est pas du parti des Anglais ?

[...]

— Quelle figure avait saint Michel quand il vous apparut ?

— Je ne lui ai pas vu de couronne et de ses vêtements je ne sais rien.

— Etait-il nu ?

— Pensez-vous que Dieu n'ait pas de quoi le vêtir ?

— Avait-il des cheveux ?

— Pourquoi les lui aurait-on coupés ?

— Y a-t-il longtemps que vous n'avez pas vu saint Michel ?

— Je n'ai pas vu saint Michel depuis que j'ai quitté le château de Crotoy [vers le 21 novembre]. Je ne le vois pas bien souvent.

— Vos voix vous ordonnent-elles de vous confesser ?

— Sainte Catherine et sainte Marguerite me font volontiers me confesser quelques fois, tantôt l'une, tantôt l'autre. »

Jeanne précise encore qu'elle met des chandelles devant l'image de sainte Catherine et qu'elle ne fait pas de différence entre « sainte Catherine qui est au ciel et celle qui se montre à moi ». Les saintes qui viennent à elle sentent bon. Quant à l'aspect physique de saint Michel, il est « en la forme d'un très vrai prud'homme ».

Un archange et deux saintes

Qui sont saint Michel, sainte Catherine et sainte Marguerite qui conseillent Jeanne ?

Les théologiens distinguent dans la hiérarchie céleste neuf chœurs qui sont, par ordre de dignité croissante : les Anges, les Archanges, les Principautés, les Puissances, les Vertus, les Dominations, les Trônes, les Chérubins et les Séraphins.

Les anges jouent souvent un rôle important dans la Bible mais ils sont la plupart du temps désignés en termes vagues. Trois seulement ont été nommés : Michel (qui est comme Dieu), Gabriel (force de Dieu) et Raphaël (Dieu guérit). Dans son Apocalypse (XIII, 7-12), saint Jean rappelle la guerre qui eut lieu entre les anges après la création. Michel et ses anges ont vaincu le dragon.

Saint Michel intervint sur terre pour accomplir de nombreux miracles. Il aurait emporté le corps de Moïse décédé que revendiquait le diable et procéda, seul, à son inhumation. De sorte que personne ne sut jamais le lieu de cette sépulture.

Quant à sainte Marguerite qui apparut à Jeanne, elle serait née au IIIe siècle à Antioche (aujourd'hui en Turquie). Le père de Marguerite, Æderius, occupait un poste élevé parmi les prêtres païens. A la mort de son épouse, il confia Marguerite à une nourrice en ignorant que celle-ci était convertie au christianisme. Elle instruisit l'enfant dans la religion du Christ et la fit baptiser. Marguerite s'engagea à rester vierge pour l'amour du Christ. Lorsque son père l'apprit, il la chassa de sa maison et Marguerite devint bergère à la campagne. (On voit ici trois particularités qu'elle partage avec Jeanne : la virginité, l'amour du Christ et les travaux des champs.)

Un jour qu'elle gardait les moutons, elle fut remarquée par le préfet romain Olibrius. « Si elle est libre, je l'épouse, dit-il à son valet. Si elle ne l'est pas, je la veux pour concubine. » La jeune fille lui dit qu'elle était noble, qu'elle s'appelait Marguerite et qu'elle était chrétienne. Olibrius fut ravi des deux premières informations. « Tout est noble en toi, lui dit-il. Il n'est pas de perle au monde (Margarita) qui égale ta beauté. Mais la troisième ne te sied pas. Car il est indigne de toi d'adorer un Dieu crucifié. »

Le lendemain, il la fit emprisonner. Elle continua cependant à déclarer sa foi dans le christianisme. Olibrius la fit fouetter avec des fouets garnis de pointes de fer. Mais ses blessures furent vite guéries. Les prodiges se multiplièrent. Elle mit en fuite un dragon en lui montrant sa croix, puis elle le foula aux pieds, l'attacha avec une ceinture et jeta son corps à la mer.

Le 20 juillet 255, après de nouveaux supplices et de nouveaux miracles, après avoir longuement prié pour ses bourreaux, Marguerite eut la tête tranchée d'un coup d'épée. Son corps fut enterré sur le mont Carmel et sur sa tombe fut érigée une chapelle.

Durant tout le Moyen Age, le culte de sainte Marguerite fut très populaire. Sainte Marguerite fut incorporée dans le groupe des quatorze saints et auxiliaires ainsi appelés parce qu'ils étaient devenus célèbres pour l'efficacité de leur invocation. Sainte Marguerite est représentée avec le dragon couché à ses pieds, la tête d'Olibrius à côté d'elle et, à la main, une petite croix est invoquée contre les maux de reins et par les femmes prêtes à accoucher.

L'autre sainte qui apparaît à Jeanne est Catherine d'Alexandrie. Elle est aussi l'une des plus célèbres martyres des premiers siècles de l'ère chrétienne. Et l'on notera aussi chez elle quelques analogies avec Jeanne. Son père, dit la légende, était Costos, roi d'Alexandrie, et sa mère Sabinelle, princesse samaritaine.

A dix-sept ans, elle était la plus belle et la plus savante des filles d'Alexandrie. Elle voulait se marier à condition que ce fût avec un prince aussi beau et aussi savant qu'elle. Aucun prétendant n'osa défier de telles conditions. L'ermite Ananias lui annonça qu'il avait découvert l'époux rêvé. « La Vierge Marie te le présentera », dit-il. Marie se présenta avec l'Enfant Jésus. « Le veux-tu ? demanda Marie.

— Oh, oui ! répondit Catherine.

— Et toi, la veux-tu ? demanda Marie à Jésus.

— Oh, non ! dit l'enfant, elle est trop laide. »

Catherine courut chez l'ermite et lui raconta l'entrevue. « Ce n'est pas de la laideur de ton corps mais de celle de ton âme orgueilleuse qu'il voulait parler », lui dit Ananias. Puis, il l'instruisit sur le christianisme, la baptisa et parvint à la rendre humble. Jésus la trouva alors très belle. La Vierge lui passa un anneau d'or au doigt. Ainsi fut célébré le mariage mystique de Catherine.

Désireuse de rejoindre son époux céleste, Catherine ne songea plus qu'au martyre. Comme l'empereur Maximin passait à Alexandrie, elle alla lui reprocher de persécuter les chrétiens, lui démontrant la fausseté de la religion païenne. L'empereur convoqua sur-le-champ les meilleurs savants et professeurs de l'université et les somma de la confondre. Mais Catherine réussit à les convertir à la foi chrétienne. L'archange saint Michel était assis à ses côtés pendant toute la discussion. L'empereur, ivre de colère, fit brûler vifs tous les savants.

Catherine, quant à elle, fut fouettée pendant deux heures et jetée dans un cachot sombre, sans nourriture. L'impératrice Faustine voulut voir Catherine et demanda à Porphyrius, un officier de la garde, de la conduire près d'elle. En entrant, elle trouva Catherine resplendissante de santé. Toutes ses blessures étaient guéries. Une colombe blanche lui apportait de la nourriture.

Le lendemain, l'empereur fut ébloui par sa beauté. Il lui demanda de l'épouser. Catherine refusa.

Le préfet Cusarsates suggéra alors à l'empereur de la faire céder par la crainte d'un supplice particulièrement cruel : celui de faire passer son corps dans une machine infernale composée de scies et de roues munies de pointes de fer.

Catherine fut attachée à l'intérieur. Mais elle n'eut pas peur. Un ange vint l'enlever et la machine explosa, tuant les soldats par centaines. L'impératrice demanda à son époux de relâcher la prisonnière. Maximin la fit décapiter ainsi que Porphyrius et toute sa garde. Puis, ce fut au tour de Catherine. D'un coup d'épée, elle perdit la tête. Mais à la place du sang coula du lait.

Voilà ce que l'on sait de saint Michel, de sainte Marguerite et de sainte Catherine. Mais ce ne sont que des légendes.

Il appartient à chacun de croire ou de ne pas croire aux anges et aux archanges, aux esprits bons ou mauvais. Quant à nos deux saintes du paradis, l'invraisemblance du récit de leur vie, de leur mort et de leur martyre rend leur existence terrestre suspecte.

Certes j'avais lu leur légende, mais je n'avais pas cherché au-delà. C'est grâce aux travaux érudits de Roger Senzig que j'ai appris qu'elles n'avaient jamais existé et que le pape Jean XXIII les avait tout bonnement exclues du martyrologe des saints.

En fait sainte Catherine et sainte Marguerite n'ont jamais eu d'existence réelle. Nous pouvons donc nous joindre à l'académicien Jean Guitton qui observe : « Il est évident que le sceptique peut être fondé à se demander comment une sainte peut apparaître si elle n'a jamais existé. »

La bergère et les franciscains

En tout cas, ces trois saints sont représentés, d'après Jean Bancal, dans les vitraux des églises que Jeanne avait fréquentées. Sainte Catherine à l'église de Domrémy et sainte Marguerite d'Antioche à Maxey, à quelques lieues. La chapelle de Moncel, près de Domrémy, était vouée à saint Michel.

Interrogée à son procès sur leur aspect matériel, Jeanne dira avoir vu et embrassé ces voix, ajoutant qu'elles sentaient bon. Les voix de Jeanne ont-elles une origine humaine ? Le témoignage de Jean Morel, un de ses trois parrains, interrogé le 28 janvier 1456 lors du procès en nullité, fait état (article VI) de « rencontres » entre Jeanne et des gentes dames à l'hermitage de Notre-Dame de Bermont, à côté de Domrémy.

Les nobles dames de Commercy, de Bourlémont et de Gondrecourt se rendent souvent à Domrémy. Il s'agit d'Agnès de Vaudémont, de Jehanne de Joinville et de Marie de Bourlémont (fille du propriétaire du château habité par la famille d'Arc).

Nous n'avons aucune preuve de la rencontre de Jeanne et de ces gentes dames dont on sait seulement qu'elles fréquentaient toutes régulièrement l'hermitage de Notre-Dame de Bermont.

Une autre dame fait aussi beaucoup parler d'elle en ce début de siècle. Colette de Corbie parcourt le royaume dans tous les sens pour réformer l'ordre des clarisses. On la voit souvent dans l'est du pays. Principale animatrice du mouvement franciscain (favorable aux Armagnacs alors que les dominicains sont pro-anglo-bourguignons), Colette est aussi en contact régulier avec Yolande d'Anjou, membre du tiers ordre franciscain.

Jeanne portera une bague gravée de trois croix et des mots Jhésus Maria, signe de ralliement des franciscains. C'est cette devise que la Pucelle fera peindre en grosses lettres sur son étendard. Il faut savoir aussi qu'à cette époque, les franciscains du tiers ordre utilisaient entre eux un langage codé, s'appelant saint et sainte au lieu de frère et sœur…

Jeanne et ses maîtres d'armes

Si Jeanne a reçu une solide formation politique et religieuse, elle a appris aussi un métier inhabituel pour les jeunes filles de son époque : celui des armes.

Quels auraient pu être les instructeurs de Jeanne à Domrémy ? Aucun document ne les désigne nommément. Mais les déclarations de Bertrand de Poulangy[1] et

1. Bertrand de Poulengy, Poulangy ou Polongy, dit Polichon, seigneur de Gondrecourt, est un gentilhomme champennois, né vers 1392. Il serait le fils de Jean de Poulengy qui avait été anobli en 1425. Lors de sa déposition au procès en révision, le 6 février 1456, âgé d'environ soixante-trois ans, il déclarait être écuyer de la maison du roi. Bertrand de Poulengy est l'un des deux chevaliers à qui Baudricourt confia Jeanne pour la mener à Chinon, le second étant Jean de Metz. Il accompagna la Pucelle dans toute la suite de l'épopée.

de Jean de Novellempont dit de Metz[1], lors du procès en nullité de condamnation, nous éclairent sur le rôle qu'ils ont pu jouer.

Bertrand de Poulangy dépose ainsi : « Il dit que cette Jeanne la Pucelle vint à Vaucouleurs vers l'Ascension du Seigneur, comme il lui semble et alors il la vit parler avec Robert de Baudricourt alors capitaine de ladite ville. Il dit que Jacques d'Arc fut son père, le nom de la mère il l'ignore mais il a été souvent à leur domicile et sait qu'ils étaient de bons travailleurs comme il a vu. »

Qu'allait donc faire Bertrand de Poulangy au domicile de Jacques d'Arc et de la Pucelle ? Pourquoi ne connaît-il pas le nom de la mère ? Quelle était sa mission véritable ?

Déposition de Jean de Novellempont : « Lorsque Jeanne la Pucelle fut parvenue au lieu et ville de Vaucouleurs, elle était logée dans la maison d'un certain Henri le Royer. [...] Puis, il s'adresse à elle et lui dit : "Ma mie, que faites-vous ici ? Faut-il que le roi soit chassé de son royaume et que nous devenions anglais ?". »

Jeanne lui répond : « Je suis venue à chambre du roi afin de parler à sire Robert de Baudricourt pour qu'il veuille me conduire ou me faire conduire vers le roi. Mais il n'a souci ni de moi ni de mes paroles. Cependant, avant mi-carême, il faut que je sois près

1. Jean de Metz ou Mès, seigneur de Nouillonpont ou Novellempont, est un des deux gentilshommes – bien qu'il n'aurait été anobli, selon certains auteurs, qu'en 1448 – qui accompagnèrent Jeanne. Mais nous ne savons que peu de choses de cet homme qui serait né vers 1399 selon sa déposition au procès en révision. Interrogé le 31 janvier 1456, il se déclare être âgé de cinquante-sept ans environ.

du roi, dussé-je pour cela user mes jambes jusqu'aux genoux car personne au monde, ni roi ni duc, ni fille du roi d'Ecosse ou autres ne peut recouvrer le royaume de France. Il n'y aura secours que de moi quoique je préférerais filer près de ma mère parce que n'est guère mon état ; mais il faut que j'y aille et je ferai cela parce que Dieu veut que je le fasse. »

Jean de Novellempont s'adresse à la Pucelle en l'appelant « ma mie ». Il faut croire qu'il la connaît bien. Or lui aussi est un officier du roi de France puisqu'il est aux ordres du capitaine de Vaucouleurs. Comment a-t-il pu connaître Jeanne qui n'a jamais quitté son village ? On sait que ces deux officiers, Novellempont et Poulangy, ont conduit la Pucelle à Chinon et qu'ils étaient encore ensemble à Poitiers comme l'atteste l'écuyer Gobert Thibaut dans sa déposition du 5 avril 1452 : « Le témoin vit ceux qui l'emmenèrent au roi, à savoir Jean de Metz, Jean Coulon et Bertrand de Poulangy qu'elle tenait en grande familiarité et amitié. »

Les historiens, qu'ils soient ou non défenseurs de l'orthodoxie johannique, ne manquent pas d'explications à cette habileté précoce dans l'art de la guerre et dans la pratique de l'équitation dont faisait montre la Pucelle. Ils manquent douloureusement de preuves pour les étayer. Il faut donc rester extrêmement prudent et accepter qu'on ne peut élaborer que de simples suppositions ou supputations dans ce domaine.

Il serait tout aussi recevable que la jeune fille, en bon garçon manqué, fût initiée au maniement des armes par ses frères dans le jardin clos et protégé des regards du château de l'île.

On s'est étonné des performances de Jeanne parce qu'il s'agissait d'une jeune femme pratiquant des disciplines réservées aux hommes. Deux de ses frères l'ont accompagnée et ont participé activement à ses campagnes militaires. On ne s'est jamais posé la question de leurs compétences en matière d'équitation ou de combat, pourtant il n'y a rien d'inné dans la maîtrise de ces disciplines, même quand on est un homme…

Toujours est-il que c'est à cheval et sachant se battre que Jeanne se rend à Chinon, escortée par Jean de Novellempont et Bertrand de Poulangy.

Chinon

« Petite ville, grand renom », telle est la devise de Chinon, cette commune de Touraine appelée aussi « la fleur du jardin de la France ». Qui n'a pas entendu parler du fier château qui domine de sa majesté le cours tranquille de la Vienne ? Pillé par Hasting le Viking puis fortifié par Richard Cœur de Lion et Philippe Auguste, le château de Chinon possède un autre titre de gloire. En 1427, l'installation en ses murs de la cour du dauphin Charles alors « roi de Bourges » serait restée anecdotique si en février 1428 une jeune femme portant des habits masculins n'était venue changer la marche de l'Histoire. L'épisode de Jeanne la Pucelle reconnaissant le dauphin Charles au milieu de sa cour dans laquelle il avait décidé de se fondre reste dans tous les esprits, indissociable de Chinon. Si on peut mettre sur le compte d'un hasard bienheureux, d'une précognition ou d'une intuition extraordinaire cet événement, il est plus difficile de comprendre les raisons qui ont poussé le dauphin à mettre entre les mains de cette jeune femme de si basse extraction sa vie et la destinée de son royaume.

Nous avons évoqué la prégnance dans ce XVe siècle d'une vision ésotérique de l'organisation du monde et des événements qui le font avancer. Elle ne suffit pas à expliquer cette confiance aveugle (malgré l'examen que Jeanne doit subir par le parlement et les docteurs de l'université de Poitiers afin de s'assurer qu'elle n'est pas un suppôt de Satan) qu'accorde le futur roi de France à une inconnue. On est en droit de se demander ce qui a convaincu le dauphin.

Les « bâtardisants » peuvent légitimement avancer la thèse du sang royal qui coulerait dans les veines de la bergère pour expliquer l'aisance immédiate de Jeanne parmi les grands de la cour, l'accueil sans réserve qu'elle en a reçu et le crédit instantané que lui a témoigné le Dauphin. N'ayant pas d'explications satisfaisantes à ce sujet de la part des historiens « officiels » qui se cantonnent à la crédulité superstitieuse suscitée par ce siècle de prophéties, je me suis penché sur les arguments des « bâtardisants ». Ils voient dans un mystérieux signe au centre de certains interrogatoires du procès de Rouen la réponse possible à leurs interrogations.

Reprenons les minutes du procès de Rouen. Jeanne est interrogée sur sa rencontre avec le roi à Chinon :

« Qui vous montra le roi ?

— Quand j'entrai dans la chambre du roi, je le reconnus entre les autres par le conseil et les révélations de ma voix et lui dis que je voulais aller faire la guerre aux Anglais.

— Lorsque la voix vous désigna votre roi, y avait-il quelque lumière ?

— Passez outre !

— Répondez donc !

— Plus d'une fois, avant que mon roi me mît en œuvre, il eut des révélations et de belles apparitions.

— Quelles révélations et quelles apparitions a eues votre roi ?

— Ce n'est pas moi qui vous le dirai. Ce n'est pas encore à répondre. Envoyez vers le roi et il vous le dira. »

Jeanne parle de ses voix, de ses révélations et de ses apparitions en précisant que le roi a entendu les mêmes voix et vu les mêmes apparitions. Maître Jean Beaupère veut en savoir plus. Il demande :

« Comptiez-vous être reçue par le roi ?

— La voix m'avait promis que le roi me recevrait aussitôt après ma venue. Ceux de mon parti reconnurent bien que cette voix m'avait été envoyée de par Dieu. Ils ont vu et reconnu la voix. Je le sais bien.

— De qui parlez-vous ?

— Mon roi et plusieurs autres ont vu et entendu les voix venant à moi. Là était Charles de Bourbon avec deux ou trois autres. »

Elle lui adresse alors ces mots restés célèbres : « Moi, je te le dis, de la part de Messire Dieu, que tu es vraiment héritier de France et il m'envoie à toi pour te conduire à Reims où tu recevras ton digne sacre. »

Charles et Jeanne s'écartent de la foule.

Personne ne peut plus entendre les paroles qu'ils échangent.

L'entretien, dans l'embrasure d'une fenêtre de la grande salle du château, dure près de deux heures. Cependant, « après l'avoir entendue, le roi paraissait joyeux », rapporte Simon Charles, président de la Chambre des comptes.

La conversation est restée mystérieuse et les historiens n'ont jamais réussi à percer le secret qui, dès cet instant, lie le roi et cette inconnue. Les juges de Rouen vont essayer de savoir ce qui s'est dit ce jour-là entre Charles et Jeanne. La Pucelle est interrogée sur ce sujet le 27 février 1430 au cours du quatrième interrogatoire.

Les juges lui demandent « comment son roi ajouta foi à ses dires ; répondit qu'il avait de bonnes enseignes et par ses clercs ». Elle ajoute que « son roi eut signe de ses faits avant de croire en elle ».

Le 1er mars, cinquième interrogatoire. « Jeanne, interrogée à nouveau sur le signe donné au roi qu'elle venait de Dieu, répondit :

— Je vous ai toujours répondu que vous ne me tireriez pas ça de ma bouche. Allez le lui demander !

Interrogée si elle a juré de ne pas révéler ce qui lui serait demandé touchant le procès, répondit :

— Je vous ai dit naguère que je ne vous dirai pas ce qui a trait à notre roi ; et de ce qui va à lui je ne parlerai pas.

Interrogée si elle ne sait point le signe qu'elle donna à son roi, répondit :

— De ce que j'ai promis de tenir bien secret, je ne vous le dirai.

Et dit en outre :

— Je l'ai promis en un tel lieu que je ne puis vous le dire sans me parjurer.

Interrogée à qui elle l'a promis, répondit :

— Aux saintes Catherine et Marguerite et fut montré au roi.

Interrogée si elle a vu la couronne sur la tête de son roi quand elle lui montra le signe, répondit :

— Je ne puis vous le dire sans me parjurer. »

Quels sont ces secrets qui vont sceller définitivement le destin de la petite bergère de Domrémy et celui du dauphin Charles ? Les juges de Rouen ont cherché à faire la lumière sur ce mystère. Mais Jeanne a juré de ne jamais rien dire, on vient de le voir. « J'ai des révélations touchant le roi que je ne vous dirai point. »

Jeanne est longuement interrogée, le 10 mars, lors du premier interrogatoire secret sur ce fameux signe qu'elle aurait montré au dauphin.

« Interrogée quand le signe vint à son roi quelles révérences elle lui fit, répondit [...], s'agenouilla plusieurs fois.

Interrogée quel est le signe qu'elle donna à son roi lorsqu'il vint à lui, répondit qu'il est beau et honoré et bien croyable et le meilleur et le plus riche qui soit au monde.

Interrogée si ledit signe dure encore, répondit qu'il est bon à savoir et qu'il durera encore mille ans et outre ! Item dit que ledit signe est au trésor du roi.

Interrogée si c'est or ou argent ou pierres précieuses ou couronne, répondit :

— Je ne vous en dirai autre chose et ne saurai homme décrire aussi riche chose comme est ce signe.

[...] Item dit qu'un ange de par Dieu et non de par un autre bailla le signe au roi.

Interrogée si les gens d'église virent le signe des susdits, répondit que quand son roi et ceux qui étaient avec lui eurent vu ledit signe et aussi l'ange qui le bailla, elle demanda à son roi s'il était content et il répondit que oui. [...]

Et alors elle partit et s'en alla dans une petite chapelle assez près et ouït alors dire qu'après son départ plus de 300 personnes virent ledit signe. »

Jean de la Fontaine[1] demande : « Pourquoi ne

1. Examinateur au procès, à ne pas confondre avec son homonyme, le célèbre fabuliste du XVIIe siècle.

voulez-vous pas faire voir votre signe ? » Et Jeanne répond qu'à Poitiers « les clercs cessèrent de me harceler quand ils eurent vu le signe »…

Jeanne fait donc une différence entre le *secret* et le *signe*.

Ce signe, Jeanne ne le porte donc pas sur elle puisqu'on peut le voir après son départ. Il s'agit par conséquent d'un objet. Une pièce d'identité en quelque sorte qui atteste de sa qualité. « Ce signe n'est-il pas une médaille ou une bague qui accompagnait son trousseau, révélant ainsi son identité : sœur du roi, sœur du duc Charles, tous trois enfants du duc Louis d'Orléans ainsi que Dunois ? », s'interroge Bernard-Jean Daulon[1]. « Seule une telle parenté peut lui permettre autant de familiarité. […] Il n'y a pas de mystère, mais un secret à garder. »

Le chapelain de la Pucelle, frère Jean Pasquerel, dira en 1456 : « Notre seigneur le roi et le duc d'Alençon connaissent très pleinement les faits et gestes de Jeanne. Ils sont même au courant de certains secrets qu'ils pourraient révéler s'ils voulaient. » Sous-entendu : ce n'est pas à moi de le faire !

Pour les « bâtardisants » dont Bernard-Jean Daulon fait partie, c'est à Poitiers que Jeanne d'Arc a livré le secret de sa naissance.

Une vraie pucelle

Avant de confier quelque mission que ce soit à Jeanne dont la tenue vestimentaire et le comportement

1. *Jehanne 1407-1452*, Editions de la Baule.

intriguent bien des esprits, le roi décide de demander l'avis des théologiens. Il ordonne qu'elle soit examinée par une commission d'enquête présidée par Regnault de Chartres, archevêque de Reims. Cette commission est installée à Poitiers, siège du parlement et de l'université. Jeanne s'y rend le 11 mars 1428. Elle loge chez Jehan Rabateau, président du parlement.

La virginité de Jeanne est dûment vérifiée pour la première fois, sous le contrôle de Yolande d'Anjou. On peut s'étonner de voir la reine des Quatre Royaumes, belle-mère du roi, superviser l'examen clinique de celle qui est encore une inconnue venue d'une campagne éloignée. Je reviendrai sur le rôle qu'aurait pu jouer Yolande d'Anjou dans cette affaire, rôle primordial qui aurait fait de cette puissante dame une source d'inspiration, un modèle, un demi-siècle plus tard, pour un certain Nicolas Machiavel. Notons aussi que les savants docteurs en théologie se déplacent eux-mêmes au domicile de Jeanne, et non l'inverse.

En s'appelant ouvertement la Pucelle, Jeanne fait savoir à tous qu'elle est la vierge pure envoyée de Dieu. En même temps, il s'agit d'une précaution à l'égard de la sainte Inquisition puisque l'Eglise admet qu'une vierge ne peut être une sorcière, n'ayant pas fait commerce avec le diable.

Qu'en pensaient ses contemporains ? Raoul de Gaucourt, Grand Maître de l'hôtel du roi, nous dit « qu'elle était chaste et qu'il n'a jamais eu connaissance qu'elle eut un rapport avec un homme car les soirs, en allant se coucher, elle avait toujours des femmes avec elle »… A cette époque, hommes ou femmes dormaient entièrement nus.

Simon Beaucroix, écuyer, ajoute : « Cette Jeanne

dormait toujours avec des jeunes filles car elle n'aimait pas dormir avec de vieilles femmes. »

Louis de Coutes, page de la Pucelle : « J'ai été désigné pour faire partie de la maison de Jeanne dans la tour de Coudray, à Chinon. Je me tenais continuellement à ses côtés de jour car, de nuit, elle avait toujours des femmes avec elle. »

Jehan Pasquerel, membre de l'ordre des frères Ermites de Saint-Augustin, chapelain de la Pucelle : « J'ai entendu dire qu'au moment de la venue de Jeanne vers le roi à Chinon, elle fut examinée par deux fois par des femmes pour savoir ce qu'il en était d'elle, si elle était homme ou femme, vierge ou déflorée. Elle fut trouvée femme, vierge et jeune fille lors de l'examen par la reine de Sicile et les dames de Gaucourt et de Trèves. »

Marguerite la Touroulde, veuve de René de Bouligny, conseiller du roi : « J'ai su qu'elle était vierge car je l'ai vue plusieurs fois toute nue aux bains et aux étuves et j'ai pu le constater. »

Guillaume Colles, dit Boisguillaume, notaire du procès de Rouen : « J'ai entendu dire par plusieurs personnes dont je ne me souviens plus les noms que cette Jeanne fut examinée par des matrones et qu'elle fut trouvée vierge par la duchesse de Bedford et que le duc de Bedford était dans un endroit secret d'où il avait pu suivre cet examen. »

Thomas de Courcelles, chanoine de Paris, juge adjoint à Rouen : « J'ai entendu dire par l'évêque de Beauvais qu'elle avait été examinée et trouvée vierge. De toute manière, si l'on ne l'avait pas trouvée vierge, cela aurait été publié durant le procès. »

Guillaume de la Chambre, maître ès arts et médecin : « J'ai entendu parler de l'examen de Jeanne au sujet de sa virginité et j'ai pu le constater moi-même lors de sa maladie en prison lorsque j'ai dû l'examiner, comme nue, que j'ai pu lui tâter les reins et constater qu'elle était très étroite. »

Jehan d'Aulon, maître d'ost de la Pucelle : « Icelle Pucelle fut baillée à la reine de Sicile mère de la reine, notre souveraine dame et à certaines dames étant avec elle, par lesquelles icelle Pucelle fut vue, visitée et secrètement regardée et examinée des secrètes parties dc son corps, mais après qu'elles eurent vu et regardé tout ce que faisait et regarder en ce cas, ladite dame dit et relata au roi qu'elle et lesdites dames trouvèrent que c'était une vraie et entière pucelle en laquelle n'apparaissait aucune corruption ou violence. J'étais présent quand ladite dame fit son rapport. »

Jehan Marcel, citoyen et bourgeois de Paris : « J'ai entendu dire que la duchesse de Bedford avait examiné Jeanne pour savoir si elle était vierge ou non et qu'elle la trouva vierge… J'ai également entendu dire par un certain Jehannot Simon que la dame de Bedford lui avait commandé d'exécuter une tunique pour femme pour ladite Jeanne et qu'un jour, lorsqu'il voulut lui faire un essayage, il lui toucha délicatement la poitrine, elle en fut indignée et lui envoya une gifle. »

Jeanne a été examinée deux fois à Chinon par Yolande d'Anjou, assistée par Jehanne de Preuilly, épouse de Raoul de Gaucourt et par Jehanne de Mortemer, femme de Robert le Maçon, seigneur de Trèves. Une fois pour savoir si c'était un homme ou une femme, une autre fois pour savoir si elle était vierge.

La troisième visite médicale fut effectuée durant le procès de Rouen par Anne de Bourgogne, sœur de Philippe le Bon et épouse de Jehan, duc de Bedford, régent du roi d'Angleterre pour la France, assistée par lady Anne Bavon et une autre dame de qualité anglaise dont le nom ne nous est pas parvenu. Jeanne fut trouvée intacte, comme l'affirment tous les témoins.

Jeanne avait deux particularités physiques. L'une que nous donne Guillaume de la Chambre lequel constate, « après lui avoir tâté les reins », qu'elle était très étroite. L'autre révélée par Jehan d'Aulon : « J'ai ouï dire à plusieurs femmes qui ont vu nue ladite Pucelle à plusieurs reprises et su ses secrets que jamais n'avait eu la secrète maladie des femmes et que jamais n'en put rien connaître ou apercevoir par ses habillements ou autrement. »

Le mystérieux registre de Poitiers

Revenons à Poitiers. Jeanne dit beaucoup de choses aux enquêteurs. Sans doute sur sa véritable identité et sur la nature de ses voix puisqu'elle renverra sans cesse ses juges de Rouen à son interrogatoire de Poitiers.

Elle est questionnée le 27 février 1430 :

« Est-ce la voix d'un ange qui vous parlait ou bien celle d'un saint ou d'une sainte ou la voix de Dieu directement ?

— C'est la voix de sainte Catherine et de sainte Marguerite. Là-dessus j'ai congé de Notre-Seigneur. Que si vous en doutez, envoyez à Poitiers où j'ai autrefois été interrogée.

[...]

— Ces saintes sont-elles vêtues de la même étoffe ?

— Je ne vous en dirai pas davantage à cette heure. Je n'ai pas congé de le révéler. Si vous ne me croyez, allez à Poitiers.

— Laquelle des deux vous est apparue la première ?

— Si j'en ai congé je vous le dirai volontiers. C'est d'ailleurs marqué au registre de Poitiers.

— Pourquoi dire à votre roi ce que vous nous cachez ?

— Je voudrais bien que vous qui m'interrogez vous eussiez copie du livre qui est à Poitiers, pourvu qu'il plût à Dieu.

— Quelles révélations eut votre roi ?

— Vous ne les aurez pas de moi encore cette année. Pendant trois semaines j'ai été interrogée par les clercs à Chinon et à Poitiers. »

Le 22 février, elle avait déjà prévenu ses juges : « Si vous étiez bien informés de moi, vous devriez vouloir que je fusse hors de vos mains. »

Malheureusement les procès-verbaux de cette enquête, appelée le « livre » ou le « registre » de Poitiers, ont malheureusement disparu. Même les juges de Rouen ne les ont jamais consultés bien que Jeanne y ait fait référence à de nombreuses reprises. C'est surprenant.

En 1933, un écrivain français ami du pape Pie XI, Edouard Schneider, aurait découvert ce fameux registre de Poitiers et notamment les procès-verbaux de l'interrogatoire de la Pucelle en consultant les archives vaticanes. Edouard Schneider, décédé à Paris en 1960, auteur de *Jeanne d'Arc et ses lys*, ne fait cependant aucune révélation sur la naissance de Jeanne dans son livre. Selon plusieurs de ses amis, comme Bernard-Jean Daulon ou Gérard Pesme, Edouard Schneider aurait fait l'objet d'« amicales pressions » pour ne rien révéler de ce qu'il avait découvert afin de « préserver la légende ».

Son libre accès à la bibliothèque du Vatican lui valut la haine du cardinal Tisserant qui en était le bibliothécaire, affirme Bernard-Jean Daulon.

Gérard Pesme lui-même eut quelques soucis avec Mgr Tisserant. Il s'en explique dans une longue lettre qu'il adressa au pape Paul VI et que nous reproduisons dans son intégralité.

Le 4 juin 1972

Très Saint Père,

Humblement prosterné aux pieds de Votre Sainteté et implorant la faveur de la bénédiction apostolique, j'adresse cette supplique destinée à exposer, en toute bonne foi et avec la plus entière franchise, le grave différend qui m'opposait à son éminence Monseigneur le cardinal Tisserant qui vient de mourir.

Afin que Votre Sainteté connaisse exactement et véridiquement les origines de ce différend, je me permets de Lui envoyer un exemplaire de la 5ᵉ édition de mon livre sur Jeanne d'Arc.

Si Votre Sainteté me fait l'insigne grâce de lire au moins le préambule de cet ouvrage, Elle verra pourquoi cet antagonisme a pu éclater entre nous deux.

Afin d'éclairer complètement le débat, voici dans son intégralité la conversation que j'ai eue, en 1958, avec mon confrère Edouard Schneider, le grand écrivain catholique, citoyen d'honneur du Vatican, et, ainsi, toutes les confidences qu'il m'a faites.

Après avoir lu l'ouvrage de ce confrère, publié en 1952, et intitulé *Jeanne d'Arc et ses lys, la légende et l'histoire*, je suis allé le voir de la part de Jean Grimod, autre confrère historien, qui m'avait prévenu en me disant : « Il vous dira tout, mais n'écrira rien. »

Je fus particulièrement bien reçu par Edouard Schneider qui parla d'abondance pendant deux heures, avec vivacité et intelligence, et montra une mémoire prodigieuse. Comme je lui disais, les présentations faites :

— J'ai lu votre excellent livre sur Jeanne d'Arc. Vous y affirmez sa naissance royale, mais vous n'en donnez pas les preuves. Pour être aussi affirmatif, je suppose que vous les avez eues en mains. Pouvez-vous me dire où vous les avez trouvées ?

— Mais… au Vatican ! s'exclama-t-il, en levant les bras comme le faisait Churchill en apostrophant les foules. Dans le « Livre de Poitiers »… Un jour que je me trouvais dans la Bibliothèque vaticane, en compagnie de Mgr Tisserant, qui en était alors le bibliothécaire, j'avisai une armoire fermée à clef et lui dis, en souriant, est-ce là, Monseigneur, que se trouvent les fonds secrets du Vatican ?

— Il n'y a pas de fonds secrets au Vatican, me répondit-il.

— Serait-il possible d'accéder aux documents conservés dans cette armoire ?

Après quelque hésitation, Mgr Tisserant acquiesça et s'en fut chercher la clef dans son bureau. L'armoire fut ouverte et c'est là que j'ai trouvé ce fameux « Livre de Poitiers » dont tous les historiens de France déploraient amèrement la disparition. En réalité, ce n'est pas un livre, mais le manuscrit des interrogatoires subis par Jeanne la Pucelle en 1428, à Poitiers, et ses réponses aux membres de la commission ecclésiastique constituée par le roi. J'ai pu ainsi constater que ces prêtres ne croyaient pas aux « voix » de Jeanne et qu'ils refusaient de la cautionner comme une « envoyée de Dieu ». Devant cette obstination qui gênait le monarque, il fut obligé de faire envoyer à Domrémy deux moines pour enquêter sur place. C'est ce rapport écrit des deux moines qui mentionne que dans ce petit village de trente feux tous les habitants avaient certifié que Jeanne était la fille de la reine de France née Isabeau de Bavière, et de son amant le duc Louis d'Orléans, frère du roi Charles VI. Je pris copie de ce rapport ainsi que d'une partie des interrogatoires lorsque, quelques jours plus tard, Mgr Tisserant vint me voir travailler en me demandant ce que j'avais trouvé d'intéressant. J'hésitais à le lui dire, me doutant qu'il n'en serait pas satisfait. Ce fut un beau scandale ! Et vous vous doutez de la suite : on me fit faire le serment de ne pas révéler par écrit mon extraordinaire découverte, car cela risquait de détruire la légende mystique établie par la famille royale pour camoufler cette naissance illégitime dont la révélation prouvait la bâtardise du Dauphin…

Vous entrevoyez le secret d'Etat…

— C'est donc pour éviter la destruction de cette légende

que vous, grand catholique, respectant votre serment, vous n'avez pas osé fournir vos preuves dans votre ouvrage ?

— Evidemment. Mais aussi parce que j'avais perdu la copie que j'avais prise du « Livre de Poitiers » et surtout le rapport des deux moines, pièce capitale. En effet, j'avais conservé tous mes papiers à mon domicile de Rome. Ayant décidé de revenir à Paris après l'amnistie accordée aux collaborateurs (j'avais été un fidèle ami du maréchal Pétain), je confiai à une vieille amie, la marquise de Félici, qui demeurait au palais Zanardelli, mes quatre caisses précieuses dans l'une desquelles se trouvait cette copie avec d'autres documents. Or, quand j'écrivis, de Paris, à cette très vieille dame, de me faire parvenir mes bagages, j'appris, par ses neveux, que cette bonne amie venait de mourir.

Lesdits neveux me faisaient savoir qu'ils avaient bien trouvé mes trois caisses et qu'ils allaient me les envoyer. Trois caisses ? Il y en avait donc une de perdue… Je partis aussitôt pour Rome et ne pus que constater la réalité et la bonne foi des neveux : ma caisse la plus précieuse avait disparu. Que s'était-il passé ? Malgré une longue enquête minutieuse, je n'ai jamais pu le savoir.

— Eh bien, cher Monsieur, je puis peut-être vous le dire…

— Vous ?

— Oui, par déductions. Aviez-vous révélé à la marquise de Félici l'existence dans cette caisse de vos copies du « Livre de Poitiers » ?

— Assurément. C'était une confidente très sûre.

— Sans doute. Mais à l'heure de la mort et de la dernière confession, elle a peut-être cru qu'elle faisait mal en recélant ce document compromettant. Si elle l'a dit à son confesseur, celui-ci a dû s'empresser de l'emporter et de l'offrir à qui de droit.

— Vous m'ouvrez des horizons extraordinaires !… J'aurais dû m'en douter et c'est pour cela que mes recherches ne pouvaient pas aboutir ! Surtout que je savais que Mgr Tisserant avait bouleversé les fonds secrets du Vatican, après ma trouvaille du « Livre de Poitiers », afin que personne ne puisse plus trouver ce « document révélateur ».

Voilà, Très Saint Père, la relation intégrale et la plus exacte des propos que m'a tenu Edouard Schneider.

Il m'a confirmé ses dires par plusieurs lettres, contrairement aux pronostics de Grimod. J'en ai publié dans mon livre, et vous pourrez le constater, j'y ajoute la photocopie d'une autre datée du 3 juin 1959. Dès la parution de mon livre, en 1960, Mgr Tisserant a été contre moi, déclarant à qui voulait l'entendre qu'Edouard Schneider n'avait pas pu trouver le « Livre de Poitiers » au Vatican puisqu'il n'y avait jamais été et que l'histoire de sa caisse précieuse perdue était une fable, ajoutant que j'avais inventé toute cette ridicule histoire…

Or, poussé un peu dans ses derniers retranchements, son éminence a écrit à Monsieur Max de Percin, le 2 octobre 1961 : « Je n'ai aucune raison de mettre en doute la sincérité de feu Edouard Schneider. » Cela paraît, maintenant, d'autant moins possible, que Monsieur David-Darnac raconte à la page 377 de son livre *Le Dossier de Jeanne* paru en 1968 :

« A cette preuve évidente de l'existence du « Livre de Poitiers » retrouvé aux archives du Vatican, ajoutons-en une autre provenant d'une déclaration qui nous a été faite personnellement et à plusieurs reprises, au mois de novembre 1966, par un prêtre de la religion catholique cloué dans son lit par une paralysie des membres inférieurs. Conduit auprès de lui par un de ses anciens camarades de séminaire, nous lui avons d'abord demandé s'il avait bien été en relation personnelle avec Edouard Schneider ; ce prêtre nous a répondu qu'il était un ami intime de cet auteur, au point qu'il l'avait hébergé à son domicile personnel pendant plusieurs mois.

« Sur notre question directe : "Edouard Schneider vous a-t-il jamais fait part, mon Père, de la découverte qu'il aurait faite du 'Livre de Poitiers', aux archives du Vatican ?" La réponse a immédiatement fusé : BIEN SÛR, IL ME PARLAIT DE CELA TOUS LES JOURS, et cette déclaration si nette a été suivie d'un grand nombre de précisions relatives aux conditions dans lesquelles Edouard Schneider prit connaissance de cet inestimable document. »

J'ajoute qu'une lettre reçue de Monsieur Jean Bancal, en date du 24 décembre 1968, auteur du livre *Jeanne d'Arc princesse royale*, confirme ce récit de la façon suivante : « J'avais eu de longs entretiens avec David-Darnac, il y a environ dix-huit mois, et il m'avait raconté de vive voix ce qu'il écrit dans son second livre sur le témoignage du prêtre qui avait hébergé Edouard Schneider chez lui peu après la Libération. Ce prêtre, paraît-il, était excédé par cette histoire du "Livre de Poitiers" parce que Edouard Schneider n'avait aucun autre sujet de conversation et ne parlait que de sa découverte du matin au soir. »

En conclusion, à l'encontre des dires de Mgr Tisserant, LE LIVRE DE POITIERS SE TROUVE BIEN DANS LES ARCHIVES DU VATICAN.

La raison d'Etat qui obligea si longtemps Charles VII à empêcher la révélation du secret de la naissance de la Pucelle n'existe plus aujourd'hui et aucun motif valable ne semble pouvoir être opposé à la divulgation de ce document nullement attentatoire à la sainteté de Jeanne.

C'est pourquoi, Très Saint Père, je forme le souhait qu'à l'instar du pape Pie IX qui autorisa deux écrivains français, en 1856, à copier le « Mystère du Siège d'Orléans » se trouvant dans la Bibliothèque vaticane, Votre Sainteté prenne la décision d'y faire rechercher le « Livre de Poitiers » et d'autoriser l'Académie d'histoire de déléguer deux de ses membres pour aller à Rome en prendre les copies.

Daigne, Très Saint Père, Votre Sainteté agréer l'hommage de mes sentiments de très profond respect.

Gérard PESME de l'Académie d'histoire.

Auteur de *Jehanne d'Arc n'a pas été brûlée* aux éditions Balzac.

Le cardinal Tisserant… Je me remémore cette lettre que m'a adressée un lecteur de *L'Est républicain*, Georges Beix, de Belfort, me faisant part du témoignage de son père Paul Alix Beix qui fut un intime du fameux cardinal :

« Le cardinal Tisserant fêta son jubilé de sacerdoce. C'est à ce moment-là qu'il eut une conversation privée avec mon père. Il lui avait toujours dit qu'il possédait quelques secrets d'Eglise qui, s'ils étaient révélés, feraient trembler la foi. Etant jeune prêtre au Vatican et secrétaire d'un cardinal haut placé, ils furent tous deux envoyés par le pape Benoît XV, au moment de la canonisation de Jeanne à Rome, à l'église de Pulligny. Ils ont apposé des scellés sur toutes les portes de l'église. Ils restèrent sur place durant une semaine environ. Le cardinal a dit ces paroles au futur cardinal : "Ah ! si les Français connaissaient la vérité, quelle désillusion !". »

« Ah ! si les Français connaissaient la vérité, quelle désillusion ! »

Quand je l'ai lue, cette phrase m'a laissé le goût amer des vérités inachevées, le sentiment d'un mensonge dans lequel « on » nous aurait, moi-même mais aussi mes concitoyens, intentionnellement laissés mariner. J'ai encore un sentiment de frustration quand elle revient à mon esprit. Surtout si elle a été prononcée par une personne à laquelle je voue le plus grand respect, le cardinal Tisserant, au sujet d'une vérité concernant un personnage pour lequel j'ai la plus grande admiration, Jeanne.

Le cardinal Eugène Tisserant était originaire de Nancy où il est né le 24 mars 1884. Il fut ordonné prêtre le 4 août 1907. Un an plus tard, le Vatican fait appel à ce jeune homme brillant, passionné par les langues orientales, pour enseigner l'assyrien à la future université pontificale de Latran. Il est aussi nommé scriptor à la Bibliothèque vaticane, chargé de classer les manuscrits orientaux.

Dans leur ouvrage particulièrement documenté, *Eminences grises* (Fayard, 1992), Roger Faligot et Rémi Kauffer précisent que durant le premier conflit mondial, le curé lorrain est affecté au renseignement dans le cadre du 2e Bureau. Nonce apostolique en 1919, il aura alors « carte blanche pour réformer les archives et la documentation vaticanes » lorsque son ami

Mgr Ratti sera élu pape le 6 février 1922 sous le nom de Pie XI.

Le cardinal Ehrlé, étant préfet allemand de la Bibliothèque vaticane et presque aveugle, le prélat lorrain a « accès au plus précieux des sanctuaires », affirment les auteurs d'*Eminences grises*. « On y pénètre par la porte Sainte-Anne, "l'entrée de service" du Vatican. Franchissant le cordon des gardes suisses puis traversant la petite église Sainte-Anne, on rejoint la bibliothèque apostolique et ses fameuses archives secrètes (*Archivio segréto*), celles dont tout le monde parle mais que presque personne n'a vues. Un trésor. S'y entrepose la mémoire intime du Vatican, en particulier les rapports confidentiels des nonces à l'étranger depuis le XVIe siècle : les plus petits secrets des grands de ce bas monde y sont méticuleusement répertoriés. »

Le 15 juin 1936, Eugène Tisserant reçoit la pourpre cardinalice des mains de son ami Pie XI. Celui-ci meurt brusquement le 10 février 1939. Le prélat lorrain est convaincu que son ami qui s'apprêtait à faire une déclaration antifasciste a été victime d'un assassinat.

Durant la guerre, le cardinal gaulliste Eugène Tisserant, surnommé « l'Américain », jouera un rôle actif contre l'Allemagne nazie. A la Libération, ce n'est plus la peste brune qui fait peur mais la révolution rouge. La crainte d'une invasion soviétique conduit le bibliothécaire du Vatican à microfilmer les archives les plus sensibles qui seront mises en lieu sûr.

A la mort de Pie XII, le cardinal Eugène Tisserant est doyen du Sacré Collège. Il hérite du titre prestigieux de cardinal bibliothécaire-archiviste de la Sainte Eglise Romaine. Il devient le maître incontesté de la

Vaticane et de ses archives secrètes. Le 27 mars 1971, Eugène Tisserant remet au pape ses fonctions d'archiviste et de bibliothécaire.

Il se retire dans son appartement situé 4, via Giovanni Prati, où vit aussi sa nièce. Il mourra moins d'un an plus tard, le 21 février 1972. Il est enterré à Saint-Pierre de Rome après avoir servi six papes. Lorsque les officiers du Saint-Siège voulurent apposer les scellés sur la porte de la demeure du défunt Prince de l'Eglise, comme le veut la tradition, ils s'aperçurent qu'ils avaient été doublés. Les archives personnelles du cardinal, constituées des notes qu'il avait l'habitude de prendre par écrit avant de les mettre au propre à la machine à écrire, avaient disparu.

Deux mois plus tard, un hebdomadaire français, *Paris Match*, s'empare du scandale et croit savoir que parmi ces « révélations explosives », il y aurait des documents concernant la mort du pape Pie XI, décédé en 1939 à la veille de la Seconde Guerre mondiale. Il aurait été empoisonné. Peut-être par Mussolini. Mais les journalistes ne connaissent pas le contenu des documents sulfureux.

Le scandale prend rapidement la dimension d'une affaire d'Etat. L'appartement de Mgr Tisserant est perquisitionné par la police italienne. Des documents sont saisis et restitués au Vatican.

D'après *L'Est républicain* : « Un prélat français, Mgr Roche [le secrétaire de Tisserant], aurait expédié secrètement 12 malles de documents quelque part en France. [...] Le Vatican aurait demandé l'aide des autorités françaises pour rentrer en possession des papiers comme documents secrets d'Etat. »

Aujourd'hui je ne peux pas m'empêcher de penser que parmi ces documents tant convoités, certains d'entre eux pourraient concerner Jeanne.

La réaction assez violente du cardinal Tisserant à l'égard de l'écrivain Edouard Schneider lorsque celui-ci effectuait des recherches sur la Pucelle dans les archives de la Bibliothèque vaticane est significative. On sait aussi qu'il est venu dans la petite église de Pulligny au début du XXe siècle. Si l'on en croit le témoignage de Paul Alix Beix, il connaissait le *secret* de Jeanne.

A-t-il simplement recopié les principaux documents qu'il était chargé de classer ? A-t-il recopié le « Livre de Poitiers » dans lequel Jeanne livre à la commission d'enquête l'origine de ses voix et le secret qui la lie au roi, c'est-à-dire, finalement, son origine royale ? A-t-il découvert autre chose sur notre héroïne ?

Le mystère reste entier pour l'instant puisque le cardinal a su mettre en lieu sûr les secrets d'Eglise découverts au cours de sa longue mission au Vatican de 1908 à 1971.

Je sais que Roger Senzig a déjà entrepris de nombreuses démarches auprès du Vatican afin d'en savoir un peu plus sur ce registre de Poitiers. Mais ses requêtes sont toutes restées infructueuses, au mieux on lui a renvoyé une réponse polie.

Je décide de tenter ma chance à mon tour. Je reçois moi aussi plusieurs réponses, polies mais fermes.

« Le Livre de Poitiers n'existe pas dans nos archives », m'écrit la secrétaire du doyen du Sacré Collège, en réponse à la lettre que j'avais adressée à un certain Joseph Ratzinger, celui-là même qui deviendra plus tard Benoît XVI.

On remarquera que le prélat ne nie pas l'existence du livre en tant que tel puisqu'il le fait précéder d'un article défini et circonscrit son existence aux strictes limites de « nos archives ».

Je ne lâche pas. Je fais intervenir un prélat qui officie à la Bibliothèque. C'est un Français, proche parent de l'un de mes amis journalistes de Moselle, Patrick, auquel je glisse la lettre suivante :

Salut P.P.

Je me permets de revenir vers toi à propos de Jeanne. Comme tu me l'as aimablement proposé, j'aimerais que tu intercèdes en ma faveur auprès de ton parent qui est assis à la droite du Saint Père au Vatican. Même si je suis un vrai mécréant, j'espère qu'il m'accordera l'absolution.

Pour compléter mon enquête sur la Pucelle dont nous avons longuement parlé, je souhaiterais savoir s'il peut jeter un rapide coup d'œil sur certains documents disons, un peu confidentiels. Très concrètement, j'aimerais savoir :

1°) S'il existe des documents relatifs aux fouilles effectuées dans la basilique de Cléry-Saint-André, près d'Orléans et plus précisément dans la chapelle de Longueville où est inhumé Dunois, le Bâtard d'Orléans ? Les fouilles datent de juin 1887, c'est-à-dire de l'époque des préliminaires du procès en canonisation de Jeanne.

2°) S'il existe des documents concernant des fouilles ou travaux effectués à la fin du XIXe et/ou au début du XXe siècle à l'église de Pulligny-sur-Madon, près de Nancy ?

3°) Selon certains historiens, le cardinal Eugène Tisserant, originaire de Nancy, aurait compulsé et classé certaines archives du Vatican, notamment celles concernant Jeanne la Pucelle. Il en aurait fait la confidence à l'écrivain catholique Edouard Schneider. Les deux hommes auraient parlé du fameux « Livre de Poitiers » qui contient, dit-on, les secrets de Jeanne, révélés par elle à ses premiers examinateurs. Que sait-il à ce sujet ?

4°) Les pièces du procès en canonisation ainsi que l'enquête préliminaire sont-elles publiques ou en tout cas consultables ? Si oui, peut-on avoir des microfilms et à quel prix ?

5°) Le Vatican dispose-t-il d'informations et de documents concernant la Dame Jeanne des Armoises vivant au XVe siècle et que d'aucuns ont appelé la fausse Jeanne d'Arc, que l'on rencontre de 1436 à 1440 à Metz, Arlon, Cologne, Orléans, Paris ?

6°) Enfin, j'aimerais avoir quelques infos et si possible des photocopies de :

— L'original du « Journal d'un Bourgeois de Paris » archivé à la Bibliothèque apostolique vaticane sous le numéro Ms Reg Lat. 1923 f 168 v° et 169 (année 1440).

— Le « Mystère du siège d'Orléans » dont l'exemplaire original est à la Bibliothèque Vaticane dans le Fonds de la reine Christine de Suède (1626-1689) qui fonda à Rome l'Académie des Arcades.

— Le procès de Jeanne à Toul en 1428 dont il ne reste aucune trace connue.

Enfin, si je peux me permettre, ton parent aurait-il des infos sur le scandale qui a secoué l'Etat du Vatican en 1972 à la mort de Mgr Tisserant ? On sait que des documents ont disparu. La police est intervenue. Et puis les choses se sont tassées.

Voilà les questions que je me pose et les documents que je recherche. Je te remercie d'adresser à ton cher parent mes plus vifs remerciements pour l'aide qu'il voudra bien m'apporter. Il va de soi que je peux me déplacer pour le rencontrer si il le souhaite.

Merci à toi,

Bien cordialement.

Je ne recevrai jamais de réponse. J'apprendrai quelques mois plus tard que le prélat s'est fâché avec mon ami journaliste à la suite de mon courrier.

Ce refus obstiné de l'Eglise de Rome de communiquer quelques informations sur ce fameux « Livre de Poitiers » renforce ma conviction que Jeanne n'est pas une simple bergère illuminée.

Œuvre divine ou invention humaine ?

L'Eglise d'aujourd'hui paraît peu désireuse de revenir sur cette histoire ancienne. La canonisation tardive de notre héroïne nationale serait en partie subordonnée à des motifs « clientélistes » plus qu'authentiquement spirituels ou théologiques.

Ce pragmatisme n'était-il pas de mise dans le royaume de France de ce début de XVe siècle ?

Le questionnement intime du savant Æneas Sylvius, élu pape sous le nom de Pie II en 1458, me semble répondre à cette question et mettre par là même un bémol sur la partition religieuse de l'épopée quasi messianique de la Pucelle.

Dans sa *Description de l'Europe*, publiée sous le nom de son secrétaire, « Gobelin », le pape Pie II écrit ces lignes après avoir conté l'histoire de Jeanne : « Etait-ce œuvre divine ou humaine ? Il me serait difficile de l'affirmer. Quelques-uns pensent que les Anglais prospéraient, les grands de France étant divisés entre eux, sans vouloir accepter la conduite de l'un des leurs, peut-être que l'un d'eux plus sage et mieux éclairé aura imaginé cet artifice, de produire une vierge divinement envoyée, et à ce titre réclamant la conduite des affaires ; il n'est pas un homme qui puisse refuser d'avoir Dieu pour chef ; c'est ainsi que la direction de la guerre et le commandement militaire ont été remis à la Pucelle. »

Quelle peut être cette personne « plus sage et mieux éclairée » que les autres, susceptible d'avoir « inventé cet artifice d'induire cette fille à dire qu'elle était envoyée de Dieu » dont parle le pape Pie II ? Qui peut avoir suffisamment de recul, d'audace et d'intelligence pour avoir conçu et programmé une opération aussi délicate ?

Autour du dauphin Charles, une personne pourrait répondre aux exigences intellectuelles et morales requises. C'est Yolande, duchesse d'Anjou, reine de Sicile, de Naples, de Jérusalem et d'Aragon.

Yolande, duchesse d'Anjou

Yolande est née le 11 août 1379 à Saragosse. Elle est la fille de Jehan Ier, roi d'Aragon, et de Yolande de Bar, petite-fille du roi de France, Jean II le Bon. C'est une Valois. Son éducation a été confiée à des religieux, doctes historiens et hellénistes érudits. Ils lui inculquent la diplomatie, la patience et l'obstination.

Yolande épouse Louis II d'Anjou, roi de Naples, le 2 décembre 1400 en la cathédrale Saint-Trophime d'Arles. Elle sera veuve à l'âge de trentre-sept ans. Elle a cinq enfants. C'est un fin stratège qui sait tirer partie des rapprochements familiaux. Elle a fiancé son fils aîné, Louis, duc de Guyenne, avec Catherine de Bourgogne. Les fiançailles seront hélas rompues lorsque son époux se ralliera à la cause d'Orléans. Un autre de ses fils, René d'Anjou, dit le bon roi René, est marié le 20 octobre 1420 avec Isabelle, la fille du duc de Lorraine. Isabelle est l'héritière unique du duc de Lorraine. René l'est aussi du duché de Bar. Ainsi, les deux duchés voisins sont-ils réunis sous une même couronne tenue par un prince du parti d'Armagnac.

Yolande d'Anjou a un sens remarquable des affaires de famille, comme on voit. Cette femme discrète, d'une rare lucidité, sait devancer les événements quand elle ne les suscite pas. Ses froids calculs lui donnent toujours plusieurs coups d'avance sur ses adversaires.

Par exemple, en 1413, alors que rien ne presse, elle décide de fiancer sa fille, Marie, neuf ans, à Charles de Ponthieu, dix ans, troisième garçon de la reine Isabeau. Avec l'accord de la reine et vraisemblablement celui du Conseil du roi, elle prend Charles sous sa protection, au château d'Angers. Elle s'occupe de son éducation pour le soustraire à l'influence de sa mère et aux dangers de la cour. En 1415, le dauphin Louis meurt à l'hôtel de Bourbon. Empoisonné. Seize mois plus tard, le dauphin Jean subit le même sort.

Charles devient dauphin en 1417.

La reine Isabeau comprend la manœuvre. Trop tard. Elle veut récupérer son fils. Yolande s'y oppose fermement en ces termes : « Femme en puissance d'amants n'a besoin d'enfants. Pourriez le rendre fou, comme son père, ou le laisser périr comme ses frères ou le vendre aux Anglais, comme vous-même. Venez le prendre, si l'osez. Le garde mien. »

Yolande va dès lors tout faire pour préserver l'héritage de son futur gendre. Elle est meurtrie par l'odieux traité de Troyes (signé le 21 mai 1420, le dauphin Charles est déchu de tous ses titres, Henri V d'Angleterre épousant Catherine de Valois – fille de Charles VI –, il devient le seul héritier de la couronne de France), elle qui a consacré toute sa vie et tous ses biens à l'avenir de ses enfants. Elle ne laissera pas donner la couronne aux Anglais.

Yolande d'Anjou sera l'ange gardien, le conseiller permanent, celle par qui les affaires du royaume se font et se défont, celle que le roi désigne à l'attention de ses sujets en 1423 en les invitant à lui obéir « par le moyen de la reine de Sicile » ; celle que les états généraux de Chinon, en 1428, ont réclamé au roi « pour la pratique de ladite sûreté de la reine de Sicile, sa Mère et à ceux que ladite reine voudra appeler à la conseiller » ; celle des Parisiens qui, en 1436, demandèrent « une absolution plénière du passé portant contreseing de la reine de Sicile » ; celle enfin dont Charles VII salue la mémoire lors de ses obsèques en

1442 en rappelant « ses services en maintes manières que nous devons avoir en perpétuelle mémoire ».

La reine des Quatre Royaumes n'assista pas au sacre de Reims, pas plus que sa fille, la reine de France. Elle ne fut à l'honneur qu'une seule fois, aux états généraux d'Orléans en 1439, où elle put s'asseoir sur un trône voisin de celui du roi. Elle n'oublia cependant pas de jouer son rôle. C'est-à-dire d'obtenir de l'importante assemblée une approbation totale de l'énorme mutation entreprise par son gendre en ce qui concerne l'organisation de l'armée et, partant, sa façon de gouverner.

Pour vaincre militairement les Anglais, il faut un commandement militaire unique. Il revient naturellement à Charles d'Orléans, neveu de Charles VI. Mais celui-ci est prisonnier à Londres et personne ne se précipite pour payer sa rançon.

Yolande n'est pas très favorable à son retour. Si la bâtardise du dauphin était reconnue, la couronne de France lui reviendrait de droit[1].

A défaut de chef de guerre, de troupes et de bombardes suffisantes, on est en droit d'utiliser une alliée redoutable, une alliée qui peut rallier sous sa bannière les âmes les moins vaillantes et les pousser à se dépasser : la religion.

Quelle armée, aussi puissante soit-elle, pourrait résister à des troupes conduites par un envoyé de Dieu, par une pucelle conseillée par saint Michel, le chef des milices célestes ? Une vierge qui dirait le droit au nom du Très-Haut dans le litige opposant le roi de

1. Charles fut libéré en 1440 seulement, bien après l'épopée de la Pucelle et, en tout cas, lorsque le trône de Charles VII n'était plus menacé.

France au roi d'Angleterre, une jeune pucelle, parce que sa virginité ferait écho aux prophéties !

Il est évident que cet aspect du personnage de Jeanne, répondant aux prophéties et se disant investie d'une mission divine, n'a échappé à aucun des deux camps. Certains durent instinctivement comprendre le profit que le royaume de France en danger pouvait en tirer.

Yolande d'Anjou, présente à Chinon le jour de la venue de Jeanne, a immédiatement soutenu sa requête. Peut-être l'a-t-elle même suscitée ?

C'est elle, en tout cas, qui est chargée de superviser son examen clinique à Poitiers.

Convaincu de sa virginité et du caractère sacré de sa mission, le roi la confie aussitôt à l'épouse de Guillaume Bélier. C'est beaucoup d'honneur pour une simple bergère. Puis il lui constitue sa maison militaire. Le chevalier Jehan d'Aulon est nommé maître d'ost et chef de sa garde personnelle. Ce n'est pas n'importe qui. C'est avant tout l'homme de confiance de la reine de Sicile, Yolande d'Anjou.

Jehan d'Aulon est né en 1392 à Fézensac, dans le comté d'Armagnac. Sa parente, Marie d'Aulon, est demoiselle d'honneur de la duchesse Yolande d'Anjou. En 1415, Jehan commande la compagnie des Ecuyers chargés de la garde du roi. En 1427, il se distingue au siège de Montargis par son art de diriger sa compagnie d'archers et par son courage : quatre chevaux sont tués sous lui. A Chinon, il fait partie du Conseil royal. Plus tard, il participera à tous les combats aux côtés de la Pucelle. Il sera capturé en même temps qu'elle à Compiègne. Libéré contre une rançon de 500 livres avancée par La Trémoille, il poursuivra son illustre carrière militaire avant de mourir à Beaucaire en 1458.

C'est Jehan d'Aulon qui choisit lui-même les deux pages de Jeanne : Louis de Coutes, dit Mengué, et Raymond. Ainsi que deux hérauts d'armes.

Début avril, Jeanne quitte Poitiers pour Tours, ville fidèle à… Yolande. C'est à Tours qu'on lui fait faire une belle armure, des huques vermeilles aux étoffes précieuses, aux couleurs de la maison d'Orléans. L'artiste écossais Hamish Power décore son étendard dont le champ est parsemé de fleurs de lys et sur lequel le Christ est figuré en majesté. Les mots Jhésus Maria, devise chère au mouvement franciscain, sont brodés au-dessus. Voilà Jeanne équipée pour la guerre.

Mais rien ne se fait sans le concours de Yolande. C'est elle qui finance les troupes, c'est elle encore qui rassemble autour de Blois quelque sept à huit mille hommes qui composent l'armée du roi. Jeanne y rencontre ceux qui deviendront ses compagnons d'armes.

Le 14 novembre 1442, cette grande dame de France décède à Saumur en l'hôtel du seigneur de Tucé. Elle fut ensevelie près de son époux en l'église Saint-Maurice d'Angers. Elle disparut aussi discrètement qu'elle avait vécu, s'excusant auprès de ses héritiers d'« avoir mis grand nombre de biens pour la défense du pays ». Le dauphin Louis XI, peu enclin pourtant à faire des compliments, dira de son aïeule : « Ce fut un cœur d'homme dans un corps de femme. »

La discrétion de Yolande d'Aragon s'est manifestée bien après sa mort. Il ne nous reste d'elle qu'un seul portrait dans le vitrail de la Rose de la cathédrale Saint-Julien du Mans.

Si les historiens lui reconnaissent un rôle prépondérant dans la conduite des affaires du royaume, ils ont peut-être sous-estimé son implication dans l'épopée johannique.

Les « bâtardisants », sous la plume de Jean Bancal (*Jeanne d'Arc princesse royale, les ombres de l'histoire,* Robert Laffont, 1971), vont jusqu'à avancer que Yolande aurait préparé de longue date la venue de la bergère.

Je reste troublé par leurs arguments. Je garde en mémoire que ces « dames de Bourlemont[1] » auraient été l'origine probable des voix entendues par la bergerette et les allées et venues de Colette de Corbie réformatrice des clarisses dans la région de Domrémy. Jeanne de Beauffremont et Agnès de Joinville, deux des dames de Bourlémont, faisaient partie du tiers ordre franciscain et à ce titre participaient aux « séminaires » (Jean Bancal) franciscains organisés par Colette de Corbie dans la chapelle Notre-Dame de Bermont, juste à côté de Domrémy. Dans cette chapelle où Jeanne se rendait fréquemment le samedi, nous rapportent les témoins de Domrémy au procès en nullité de 1456.

L'historien Jacques Guérillon (*Mais qui es-tu Jeanne d'Arc ?*, La Pensée Universelle, 1972) écrit : « Cette même Colette de Corbie, voyageuse infatigable, ne manquait jamais, à chaque fois que ses pérégrinations la conduisaient dans les parages, d'effectuer une halte à Domrémy et logeait à l'ermitage du Bois Chenu où elle convoquait ses adeptes régionales du tiers ordre franciscain qu'elle introduisait dans la règle et l'esprit de l'ordre. Parmi ses adeptes, Jeanne [...] reçut à 18 ans le grade de Grande Dame Discrète. »

Cette approche, qui n'apparaît cependant jamais à la lecture des sources traditionnelles, pourrait expliquer bien des choses sur la formation intellectuelle de

1. Cf. *supra* : « La bergère et les franciscains ».

la Pucelle et sa parfaite connaissance des hommes et des femmes de pouvoir de son temps.

Il est vrai que dès 1423, et peut-être même avant, Colette de Corbie avait noué de solides relations d'amitié avec un autre membre du tiers ordre franciscain, et pas n'importe lequel : Yolande d'Anjou. Le livre de Philippe de Forceville, *Sainte Colette de Corbie et son alliance avec Yolande d'Anjou*, est très documenté sur le sujet.

Roger Senzig se dit convaincu que Yolande d'Anjou a très bien pu monter ce qu'en plaisantant j'ai appelé « l'opération Pucelle ». Une opération de services secrets avec propagande et manipulations en tous genres. Yolande fait instruire de sa mission la jeune fille qu'elle sait en sécurité à Domrémy sous l'identité de Jeanne la Pucelle par des dames du tiers ordre franciscain, elles-mêmes mises dans la confidence par son amie, et son alliée, Colette de Corbie. Simultanément, elle fait courir de bouche en bouche les prophéties qui annoncent la venue d'une pucelle, bras armé de Dieu, venue sauver le trône de France.

De la même manière qu'on ne peut mettre de côté l'imprégnation quotidienne du religieux dans la société médiévale, on ne peut évacuer son prolongement mystique concrétisé par le recours fréquent aux pratiques magiques et aux prophéties.

A cette époque, la légende de Merlin l'Enchanteur faisait encore office de version quasi officielle de l'histoire.

Nous sommes au Moyen Age, dans un monde irrationnel fait d'un mélange de symboles, de magie, de religion, de secrets, de sorcellerie, ponctué de fêtes sacrées et de rites profanes.

Près de Domrémy, il y a « … un bois qu'on nomme le Bois Chenu que l'on voit de la porte de mon père. Il est à moins d'une demi-lieue […]. Quand je vins vers mon roi, quelques-uns me demandaient si, dans mon pays, il y avait quelque arbre qui s'appelait Bois Chenu parce qu'il y avait des prophéties disant que, des environs de ce bois, devait venir une pucelle qui ferait des merveilles. Mais à cela je n'ajoutais pas foi ».

De son propre aveu, Jeanne serait donc annoncée par des prophéties comme le lui reprochent ses juges de Rouen le 24 février 1431.

A cette époque, celles-ci se propagent à la vitesse du cheval au galop dans toutes les contrées, d'autant plus efficacement quand les cavaliers sont à la solde de Yolande.

L'une d'elles, attribuée à Merlin, prédit qu'« une vierge de la forêt des chênes chevauchera contre le dos des archers ». Ce passage d'un texte du XIIe siècle est inspiré de l'astrologie. Mais il est facile pour les contemporains de Jeanne de la reconnaître dans cette vierge. Ne vient-elle pas du Bois Chenu qui se trouve sur la route entre Domrémy et Neufchâteau où elle se rend souvent, au mois de mai, avec les autres enfants du village ? Quant aux Anglais, comment ne pas les reconnaître formellement dans le signe du Sagittaire puisque ce sont de redoutables archers ?

Une autre prophétie court les chemins, comme le rappelle Colette Beaune. Celle de Marie Robine, une illuminée recluse en Avignon. Avant la fin de sa vie, en 1399, elle avait annoncé dans ses versets prophétiques que le royaume perdu par une femme (Isabeau de Bavière ?) sera sauvé par une vierge. Sans commentaire.

La légende a précédé l'Histoire. Yolande a préparé le terrain, afin que, comme le disent Paul Lesourd et Claude Paillat (*Eglise de France Dossier Secret*, Presses de la Cité, 1967), « le miracle soit proclamé avant d'être accompli ».

Concevoir un tel projet et le mener à bien tient du machiavélisme, en raison, notamment, des très longs délais de préparation qu'il suppose. C'est un peu comme si on m'annonçait que les services secrets actuels, avec leurs opérations de désinformation, leurs cellules dormantes, les entreprises de noyautage et autres joyeusetés, existaient déjà à l'époque de la guerre de Cent Ans au temps des hérauts d'armes et des chevaucheurs.

Jeanne a été « gouvernée » par ses voix pendant sept ans, dit-elle à Rouen. J'en déduis que l'opération militaire a été minutieusement préparée pendant ces longues années avant d'être exécutée avec la maestria que l'on sait. Et il n'y aurait rien d'étonnant que des réseaux souterrains, franciscains en l'occurrence, aient joué un rôle actif dans le dispositif. Sur son étendard Jeanne a fait inscrire ces mots, « Jhésus Maria », qui sont le signe de ralliement des franciscains. Peut-être est-ce une suggestion de frère Jehan Pasquerel, le chapelain qu'on a nommé à ses côtés dès Poitiers. Car, simple détail, Jehan Pasquerel est un frère franciscain.

Même si cette version de l'histoire de Jeanne peut sembler surprenante, elle me paraît nettement plus convaincante que celle rabâchée à tous les écoliers de France. Elle explique en tout cas comment Jeanne a été formée intellectuellement et militairement puis secrètement soutenue pour mener à bien son incroyable mission au service du roi de France.

Dans l'épopée johannique tout a été, est et sera sujet à interprétations, de sa naissance à sa mort. Tout sauf ses actes eux-mêmes au premier rang desquels figure la glorieuse et fulgurante campagne militaire qui lui a permis d'accomplir les deux premiers volets de sa mission. Ici, il ne s'agit pas de se demander qui a été le véritable initiateur de cette mission, qu'il soit d'essence divine ou terrestre. Il s'agit simplement de dérouler une succession de faits ne souffrant aucune contestation.

La campagne militaire

Orléans

L'aventure militaire de Jeanne commence véritablement le 21 avril 1429. Ce jour-là, à Blois, la Pucelle prend la tête d'une armée de 6 000 à 7 000 hommes « rassemblée aux frais de Yolande d'Anjou ». Il ne s'agit pas encore d'affronter l'ennemi mais d'escorter un convoi de vivres pour les Orléanais. Il y a là les plus grands seigneurs du royaume : Jean, le Bâtard d'Orléans, futur comte de Dunois, Jean Poton de Xaintrailles, Etienne Vignolles dit La Hire, Gilles de Rais, futur maréchal de France, Jean II, duc d'Alençon, cousin du roi, Jacques de Chabannes, seigneur de La Palice, Antoine de Chabannes, seigneur de Dammartin, Arthur de Richemont, duc de Bretagne… Pas un ne s'offusque du commandement confié à cette « bergère » inculte venue de sa campagne. Tout ce qu'elle entreprend comme chef de guerre, est fait « au nom du roi du Ciel ». Personne ne conteste son autorité.

Le 27 avril, cette armée se met en marche en direction d'Orléans précédée de l'étendard de Jeanne, entouré de prêtres qui chantent le *Veni Creator*. Le 29, la troupe aborde Orléans par la rive gauche, contrairement aux ordres de Jeanne qui voulait arriver par la rive droite. Elle en fera le reproche à Dunois. Mais elle suivra ensuite ses conseils lorsque celui-ci recommande d'entrer dans la ville à 8 heures du soir, par la porte de Bourgogne, après avoir remonté la Loire par bateau. Fort heureusement, les vents souffleront au bon moment et dans le bon sens. Dunois lui-même parlera de « miracle » et Jehan Pasquerel, le chapelain de Jeanne, ajoutera un miracle de plus en affirmant qu'il y eut ce jour-là « une crue soudaine » de la Loire.

Délivrer Orléans : voilà la première mission assignée à Jeanne par ses voix. A ce signe, tout le monde va être convaincu que la Pucelle est bien une prophétesse, l'envoyée de Dieu que tout le monde attend pour dire enfin le droit au nom du Seigneur.

Comment Jeanne s'y est-elle prise pour réaliser cet exploit militaire annoncé de longue date ?

En ce milieu du XVe siècle, Orléans compte entre vingt et trente mille habitants. Grâce aux livres de comptes, on sait que la ville s'est longuement préparée à un siège ou à une attaque derrière ses murailles hérissées d'une trentaine de tours (de guet et de défense) et percées de cinq portes.

Dès septembre 1428, des fossés profonds de vingt pieds et larges de quarante ont été creusés pour prévenir une attaque surprise. Le nouveau gouverneur, Raoul de Gaucourt, a fait renforcer les murs d'enceinte. Les faubourgs ont été détruits et, sur le sol aplani, on a planté des pieux aigus et répandu des chausse-trapes. Le 19 octobre, le Bâtard d'Orléans a fait fondre un grand canon nommé Chien par Jehan Duisy. Cette machine de guerre est capable de projeter des boulets de pierre à plusieurs centaines de mètres. Ce qui fera dire aux Anglais que les Orléanais ont un Chien qui aboie de loin (c'est-à-dire qui porte très loin).

Durant le siège, il y a à Orléans 2 600 soldats et officiers en garnison dont 560 Ecossais. A quoi s'ajoutent les 5 000 Orléanais équipés et entraînés pour défendre leur ville. Orléans dispose de nombreuses pièces d'artillerie, bombardes et canons, mais aussi de veuglaires et autres couleuvrines plus maniables.

Les comptes de la ville et de la forteresse attestent encore que les assiégés peuvent mettre en batterie 105 bouches à feu servies par environ 40 artilleurs chevronnés. Le plus célèbre, sans doute, s'appelle Jehan Courroyer, dit Maistre Jehan, habile pointeur de couleuvrines, chef des canonniers qui montra tout son talent durant le siège.

On a aussi fabriqué des dizaines de fusées incendiaires, le Bâtard d'Orléans a fait venir 14 000 traits d'arbalète de Blois. Des armes et des munitions ont été envoyées de Montpellier mais aussi d'Auvergne et du Bourbonnais.

On le voit, les Orléanais sont loin d'être en position de faiblesse.

En face, les troupes anglaises commandées par Salisbury ont pris position devant Orléans le 12 octobre 1428. Ils sont entre 5 000 et 6 000 hommes répartis dans une dizaine de bastilles, sortes de fortins qui entourent la ville. Les plus proches sont à quelques centaines de mètres, la plus éloignée à près de deux kilomètres et demi. Les accès à la ville sont loin d'être bloqués, comme on pourrait le croire lorsqu'il est question d'un siège.

Les assiégés ne restent pas inactifs. De temps à autre, le Bâtard d'Orléans fait donner du canon. Le 3 novembre 1428, un boulet de pierre atteint Salisbury en plein visage et le tue. Mauvais présage pour les Anglais.

Salisbury est remplacé aussitôt par William de la Poole (appelé « la Poule » par Jeanne) et par le comte de Suffolk. Le 1er décembre, John Talbot, futur comte de Shrewsbury, et Thomas Glasdale (que Jeanne appelle « Glassidas ») prennent à leur tour le commandement des troupes.

Les relations entre assiégeants et assiégés sont parfois surprenantes. On se fait des cadeaux entre chefs de guerre. A l'automne, William de la Poole envoie quelques figues à Dunois. A Noël 1428, il lui demande quelques ménestrels, sans doute pour distraire la troupe. Le Bâtard lui dépêche en effet quelques joueurs de viole.

Tel est le siège d'Orléans. Pas de blocus de la ville, pas de combats acharnés, pas de famine des assiégés. On entre et on sort comme on veut ou presque durant tout le siège. Les Orléanais cultivent même leurs jardins et leurs vergers au-delà des murailles et ne manqueront jamais de vivres.

Le 16 février, le comte de Clermont, dont les troupes sont stationnées dans la ville depuis plusieurs semaines, décide de rejoindre le dauphin à Chinon. Il quitte la ville sans encombre sous le regard bienveillant des Anglais.

Le soir du 29 avril, Jeanne entre dans Orléans en passant par le fleuve. Il n'y aura pas le moindre affrontement, pas la moindre escarmouche. Elle est chaleureusement accueillie par la population assiégée.

A quelques centaines de mètres de là, dans la nuit froide des campements anglais, Jeanne est de toutes les conversations. Tous les soldats, eux aussi, ont entendu parler de la « Putain des Armagnacs », cette envoyée du diable qui vient les combattre sur les champs de bataille. Une sorcière capable de diableries et autres maléfices. Le frère Richard ne prétend-il pas que les armées de Jeanne s'envolent dans les airs au-dessus des murailles ?

Ils sont pétris de trouille, les soldats anglais. « J'ai

entendu un chevalier d'Angleterre me dire que les Anglais la craignaient plus que cent hommes d'armes », dira le frère Pierre Miguet dans sa déposition lors de l'enquête de 1456. « On disait qu'elle avait un sort. A la pensée des victoires obtenues par elle on entrait en épouvante. » Les soldats ont peur au point que, dès qu'ils le pourront, ils déserteront en nombre par crainte « des enchantements de la Pucelle ». Cela est si vrai que le 3 mai et le 12 décembre 1430, des ordres fermes seront donnés aux chefs du corps expéditionnaire anglais, de part et d'autre de la Manche, pour arrêter tous les déserteurs. Même lorsque Jeanne sera prisonnière, les soldats anglais refuseront par milliers de poursuivre les combats.

Yolande sait qu'elle est en train de gagner la guerre, non pas avec des arcs et des bombardes, mais avec son arme secrète : Jeanne.

Devant la ville d'Orléans, les Anglais sont « prisonniers » de leurs fortifications que Jeanne va prendre les unes après les autres. Le 1er mai, des combattants arrivent en renfort de Montargis, de Gien, de Châteaurenard mais aussi du Gâtinais et de Châteaudun. Eux aussi sont rentrés facilement dans la ville assiégée. Il y a désormais dans Orléans 11 000 à 12 000 hommes solidement armés et entraînés pour affronter les Anglais.

Le 4 mai, la bastille Saint-Loup est attaquée avec 1 500 hommes. Le fortin est pris d'assaut et pillé. 234 Anglais sont tués, 40 sont faits prisonniers. Les Orléanais s'emparent des flèches, des traits et des fusées trouvés sur place.

Puis, on prépare l'attaque du fort des Tourelles. Mais le 5 mai, Jeanne ne combat pas, c'est l'Ascension. Elle somme une nouvelle fois les Anglais de se rendre. Le 6 mai, elle les chasse de la bastille des Augustins.

Le 7 mai dans l'après-midi, les Orléanais prennent l'initiative d'attaquer les Tourelles alors que Jeanne se repose. Réveillée par le vacarme, elle demande à être armée à la hâte. Dans la précipitation, elle oublie son étendard que son page, Louis de Coutes, lui passe par la fenêtre. Le fort des Tourelles est défendu par 1 200 hommes commandés par Glasdale. « On se battit durant 14 heures », nous disent les livres de comptes. Les Français furent repoussés quatre fois. Mais grâce aux encouragements de Jeanne, le cinquième assaut leur donne la victoire.

Ce jour-là, Jeanne est blessée au-dessus du sein gauche, entre le cou et l'épaule, par un trait d'arbalète. La plaie est sans doute peu profonde puisqu'elle repart au combat. Plus de 3 000 hommes côté Français ont pris part à l'attaque des Tourelles. Plus de 600 Anglais furent tués, 200 se noyèrent, dont leur chef Glasdale, il y eut aussi 600 prisonniers anglais et on libéra 200 prisonniers français.

Le dimanche 8 mai au matin, les Anglais se mettent en ordre de bataille. Les Orléanais se préparent à subir un assaut. Puis, soudain, sans explication, ils lèvent le siège « et s'en sont allés tout confus et tout déconfits ». Les Français les poursuivent. « Ne les tuez pas, demande Jeanne. Qu'ils s'en aillent. Leur retraite me suffit. »

Aujourd'hui encore, les historiens s'interrogent sur les raisons qui ont conduit les Anglais à lever le camp aussi rapidement. Le duc de Bourgogne, en tout cas, ne s'est pas précipité pour leur envoyer des renforts. Pour les Orléanais, pas de doute : c'est à Jeanne que revient la victoire.

Les réseaux franciscains ont-ils fonctionné ? La question n'a rien de saugrenu lorsqu'on sait que Jean de Lancastre, duc de Bedford, régent du royaume de

France pour son neveu le roi Henri VI d'Angleterre, a épousé Anne de Bourgogne, sœur de Philippe de Bourgogne. Membre du tiers ordre, Anne a-t-elle invité son frère à montrer peu d'empressement pour voler au secours des Anglais ?

Quoi qu'il en soit, en ce dimanche de mai, des cris de joie montent de la ville. La population rend grâce à Dieu et à Jeanne en organisant des processions et des prières. Puis, on chante et on danse, on boit du vin, on fait ripaille. Le 9 mai, Jeanne quitte Orléans pour demander au roi d'aller recevoir son sacre à Reims. Mais la route n'est pas encore libre.

La campagne de la Loire commence. Les victoires vont s'enchaîner. Les 11 et 12 juin, Jargeau est conquis à l'armée de Suffolk. Le 15 juin, prise du pont de Meung-sur-Loire. Beaugency capitule le 17 juin. Le 18, les Anglais sont écrasés à Patay, Falstaff est en fuite. Jeanne et son étendard font merveille sur les champs de bataille.

Cette Pucelle est bien l'envoyée de Dieu annoncée par les prophéties. Comment douter ?

La reine Yolande et sa fille Marie viennent à Gien où se rassemble l'armée du roi le 22 juin. « A leur appel, 30 000 hommes environ affluaient de toutes les provinces, seigneurs, vilains et francs compagnons », note Bernard-Jean Daulon.

La chevauchée du sacre peut enfin commencer.

Reims

L'armée se met en route le 29 juin. C'est une troupe immense, bruyante, bariolée, un peu désordonnée, qui ravage tout sur son passage. Les chevaliers en armures entourés de leurs hérauts d'armes, de leurs pages et de leurs serviteurs, caracolent en tête. Des prêtres et des porteurs de croix chantent inlassablement des cantiques. Ils sont suivis par une foule de mercenaires de toutes origines attirés par le butin des pillages. Il y a aussi des vilains, engagés bon gré, mal gré, par leur seigneur et toute une cohorte d'hommes et de femmes vêtus de loques, vivant de rapine et de brigandage, de filles à soldats qui exercent le plus vieux métier du monde. Il y a aussi une multitude d'enfants abandonnés qui, pour quelques croûtons de pain, se mettent au service de l'un ou de l'autre.

Cette horde indisciplinée arrive devant Auxerre le 30 juin. La ville est épargnée moyennant 2 000 écus. Le 16 juillet, les bourgeois de Reims viennent à la rencontre du roi. Le dimanche 17 juillet, Charles est oint du saint chrême par Regnault de Chartres, archevêque de la ville. Il lui remet la couronne et le sceptre, symboles de son pouvoir. Désormais, Charles VII est roi « par la Grâce de Dieu ».

Jeanne est présente à la cérémonie à côté du roi, avec son étendard. « Il a été à la peine, c'est bien qu'il fût à l'honneur », dira-t-elle plus tard. Cependant, elle ne porte pas les armes que le roi lui a octroyées le 2 juin 1429 sans doute, comme le pensent les « bâtardisants », par crainte de trahir ses origines. Des armes qui se lisent ainsi : « D'azur à deux fleurs de lys d'or et au milieu une épée d'argent la pointe d'en haut emmanchée de gueule estoffée d'or, ladite pointe passant parmi une couronne de même en chef. » (Annexes, p. 288-289.)

Ce qui ne manquera pas d'étonner le roi d'Angleterre dans une lettre du 18 juin 1431 adressée aux prélats, ducs, comtes et autres nobles de son royaume de France pour les informer de la bonne fin du procès de la Pucelle : « Elle se vêtit aussi d'armes pour les chevaliers et écuyers, leva un étendard et, en trop grand outrage, orgueil et présomption, elle demanda à avoir et porter les très nobles et excellentes armes de France, ce qu'en partie elle obtint. »

Il ne fait aucun doute que le roi a donné à Jeanne des armes dérivées de celles de la famille de France et lui a donné le nom de « du Lys ». Mais Jeanne continuera à s'appeler et à se faire appeler Jeanne la Pucelle.

Le 31 juillet 1429, par lettres patentes expédiées de Château-Thierry, Charles VII exempte « de toutes tailles, aides et subsides les habitants de Greux et de Domrémy ».

Après la cérémonie du sacre suivent de grandes fêtes auxquelles participent les grands du royaume. Jeanne en profite pour écrire au duc de Bourgogne de ne plus prendre les armes contre le roi de France. En effet, le sacre est une réponse au traité de Troyes qui avait écarté Charles du trône.

Le 21 juillet, le roi et Jeanne quittent Reims. L'armée progresse partout.

Paris

Les deux premières missions de Jeanne sont accomplies : lever le siège d'Orléans et faire sacrer le roi à Reims. La troisième mission que les voix avaient assignée à Jeanne concerne la libération de Paris. Or, le 8 septembre, l'assaut de la porte Saint-Honoré se solde par un cuisant échec. Jeanne est sérieusement blessée à la cuisse. Son porte-étendard est tué. Le pessimisme s'installe. Jeanne revient dans le Val de Loire. Le 24 novembre, le siège de La Charité échoue. Elle reconnaît habilement que « les voix ne l'avaient pas commandé ».

Au mois de mars, elle rejoint Sully où se trouve le roi. Elle loge au château de Georges de La Trémoille, conseiller de Charles VII. Elle mène des opérations hasardeuses. Elle sait, par ses voix, qu'elle sera prise « avant la Saint-Jean » (c'est-à-dire avant le 24 juin) ; elle le dira au procès. Le 29 avril, elle attaque à Lagny un groupe anglo-bourguignon commandé par Franquet d'Arras qu'elle capture et livre au bailli de Senlis.

Jeanne ne se révèle pas toujours un chef de guerre avisé. Je la trouve ainsi plus humaine même si elle fait de nombreuses erreurs stratégiques qui coûteront la vie à ses compagnons. Mais elle n'hésite pas non plus à monter en première ligne, au péril de sa vie. Au grand étonnement des guerriers endurcis dont le métier est de massacrer le plus grand nombre d'ennemis.

A plusieurs reprises, elle est sérieusement blessée dans les combats. Le vendredi 6 mai 1429, lors de l'assaut de la bastille des Augustins, une chausse-trape (pointe de fer répandue sur le sol pour arrêter les cavaliers ennemis) lui entaille le pied. Le lendemain, un carreau d'arbalète lui transperce le creux de l'épaule. Le samedi 11 juin 1429, c'est l'attaque de Jargeau. Elle part à l'assaut, grimpe sur une échelle avec son étendard à la main et reçoit un jet de pierres sur la tête. Elle restera quelques instants assommée avant de reprendre ses esprits. La quatrième blessure est celle du 8 septembre 1429 devant Paris. Une flèche lui traverse la cuisse. Elle enlèvera elle-même le fer, dit-on.

Jeanne quitte le château de Sully à l'insu du roi et contre son avis. Le 13 mai 1430, à la tête d'une troupe de gens d'armes, la Pucelle entre dans Compiègne.

Roger Senzig décrit ainsi la scène : « Il y a, au premier rang, le contingent écossais, envoyé en France par Jacques Ier roi d'Ecosse, allié de Charles VII. Soit 95 arbalétriers commandés par Hugh de Kennedy. Ils sont accompagnés d'une fanfare de vingt musiciens dont deux trompettes. Ils jouent la marche de Robert Bruce, descendant de l'un des compagnons de Guillaume le Conquérant devenu roi d'Ecosse en 1308. Il fit jouer cet air le jour de la bataille de Bannockburn, le 24 juin 1314, qu'il remporta brillamment sur les troupes d'Edouard II d'Angleterre, assurant ainsi l'indépendance de son pays. »

Outre le contingent écossais, il y a un contingent de deux cents hommes de trait (arbalétriers et archers) piémontais aux ordres du condottiere Bartolomeo Baretta. Puis trois cents hommes à cheval limousin commandés par un excellent ami de la Pucelle, Jacques de Chabannes, seigneur de La Palice. Et, enfin, sa garde personnelle, dirigée comme toute compagnie par son maître d'ost, Jehan d'Aulon. Celle-ci est composée de quatre lances : Pierre d'Arc, Rigault Fontaines, Théo de Walerpergue et Poton le Bourguignon. Précisons qu'une lance est formée d'un chevalier, d'un écuyer, d'un varlet, d'un coustillier et de cinq à six archers. Soit, au total, un groupe de dix hommes.

Le 23 mai 1430, vers 5 heures de l'après-midi, Jeanne monte un superbe destrier « lyard », c'est-à-dire gris pommelé, nous dit Georges Chastelain, chroniqueur au service du duc de Bourgogne. Elle sort à la tête de sa compagnie pour attaquer les troupes anglo-bourguignonnes sur Margny. Pour Roger Senzig, « l'effet de surprise joue en faveur des Français. Mais lorsqu'ils eurent pris le camp bourguignon, les hommes de la Pucelle ont sûrement pillé les lieux et se sont un peu trop chargés. Si bien que les ennemis engagent une contre-attaque fulgurante ».

Cette charge leur permet de couper le chemin du retour de Jeanne et de ses gens. Elle fut capturée dans les champs vers la Picardie. Jeanne fut tout simplement désarçonnée par un homme à pied. « Un archer rude homme et bien aigre, raconte un chroniqueur, avait grand dépit qu'une femme dont il avait tant entendu parler, serait rebouteresse de tant de vaillants hommes, la prit de côté par la huque de drap d'or et la tira de cheval, toute plate à terre, de sorte qu'elle ne put trouver secours près de ses gens pour être remontée. »

Lyonnel, bâtard de Vendame, s'empare de la Pucelle et l'emmène vers le camp de Margny « plus joyeux que s'il avait eu un roi entre ses mains ». Furent pris avec elle : Poton le Bourguignon, le frère de la Pucelle, Pierre d'Arc, et Jehan d'Aulon. Tous furent placés sous bonne garde.

Le bûcher

Capturée

La nouvelle de la capture de Jeanne se répand. Tout le monde veut la voir. Un long défilé commence à Margny, d'autant plus désagréable pour la Pucelle qu'il est accompagné d'exclamations de joie, de quolibets et d'insultes de la part de ces hommes enfin délivrés de leur peur superstitieuse.

Jeanne est dépouillée de son armure, de ses vêtements, de ses objets personnels. Jehan Germain, évêque de Nevers, qui sera plus tard nommé à Chalon-sur-Saône et deviendra le confesseur de la duchesse de Bourgogne, chancelier de la Toison d'or et président du conseil de Philippe le Bon, décrit la scène dans le *De virtutibus Philippi Ducis Burgundiae* de 1452. « Icelle reconnue est prise, menée au camp du duc de Bourgogne. Elle est dépouillée de son armure et de ses vêtements, ses seins jaillissent et son sexe manifeste que faussement on avait dit que c'était un homme. »

On lui enlèvera ses effets personnels et notamment sa bague, celle où sont gravées trois croix, qui lui fut restituée à Rouen et dont elle fit cadeau à Henri de Beaufort, cardinal de Winchester, très indulgent et aimable à son égard. Ce dernier en fit cadeau à son tour au roi d'Angleterre, Henri VI.

Dès que la capture de Jeanne est connue, le duc et sa cour viennent voir la prisonnière. Philippe le Bon s'entretient longuement avec elle. Le chroniqueur pro-bourguignon Enguerrand de Monstrelet est témoin de cet événement historique. Philippe et Jeanne, deux personnages parmi les plus influents de l'époque, sont face à face. Que se disent-ils ? Jeanne révèle-t-elle sa véritable identité ? Parle-t-elle de ses voix ? De sa mission ? Du roi ? Nous ne le saurons pas, car Enguerrand de Monstrelet n'en a plus souvenir ! Il a brusquement perdu la mémoire. « Sy vint, assez tost après, le duc de Bourgogne à toute sa puissance, de son logis de Coudun où il estoit logié, en la prée devant Compiègne. Et là, s'assamblèrent les Anglois, ledit duc et ceulx des autres logis, en très grand nombre, faisans l'un avœcq l'autre grans cris et resbaudissements pour la prinse de ladicte Pucelle : laquelle yceluy duc ala veoir au logis où elle estoit et parla à elle aulcunes parolles dont je ne sui mie bien recors [dont je ne me souviens plus] jà soit che que je y estoie présent. »

Originaire de Monstrelet, en Picardie, Enguerrand de Monstrelet servit la maison de Luxembourg de son épée et de sa plume. Appelé à la prévôté de Cambrai en 1440, il rédigea ses mémoires jusqu'à sa mort, en 1453. Mais pour ne pas déplaire à ses maîtres, il occulte quelques événements un peu désagréables après la paix d'Arras, comme le procès de Rouen dont il ne parle pas.

On est porté à croire que le duc de Bourgogne a expressément demandé à son historiographe d'oublier les propos qu'il venait d'entendre. Peut-être relèvent-ils du secret d'Etat ?

Un autre chroniqueur bourguignon, Georges Chastellain, évoque cette rencontre entre Philippe et Jeanne. Il précise que le duc « ala la veoir et visiter et eut aveuques elle aulcuns langages qui ne sont pas venus jusques à moy ».

Après cette rencontre avec la Pucelle, Philippe de Bourgogne rentre dans son château et écrit une longue lettre aux habitants de Saint-Quentin-en-Vermandois pour leur annoncer l'incroyable nouvelle.

Durant la visite du duc à Margny, Lyonnel le bâtard profite de la présence de son seigneur pour remettre officiellement la prisonnière à son capitaine, Jehan de Luxembourg, et obtenir en récompense la promesse d'une rente.

Après avoir passé deux nuits sous la tente de Lyonnel de Vendame, elle est transférée à Clairoix, camp militaire de Jean de Luxembourg. Jehan d'Aulon et Pierre d'Arc sont avec elle. Le 6 juin, elle arrive au château de Beaulieu-en-Vermandois. Jeanne tente de s'évader une première fois.

Le 21 juin, Philippe le Bon fait venir la prisonnière et ses compagnons au château de Noyon. Le 23, nouveau transfert en direction du château de Beaurevoir, près de Cambrai, où résident Jean de Luxembourg et son épouse, Jeanne de Béthune ainsi que sa tante, Jeanne de Luxembourg, marraine de Charles VII. Les trois Jeanne vont sympathiser durant quatre mois. Mais la Pucelle apprend qu'elle va être vendue aux Anglais. Elle confectionne une corde avec des draps et des couvertures. Elle se blesse en tombant sur les rochers.

Jean de Luxembourg attend une bonne rançon. L'évêque de Beauvais, Pierre Cauchon de Sommièvre, sera chargé de la transaction financière. Il agit pour le compte du duc de Bedford, régent du royaume de France pour Henri VI d'Angleterre. Le 15 novembre, il achète Jeanne 10 000 couronnes, une somme considérable. C'est le prix d'un prisonnier de sang royal.

Pierre Cauchon est sans doute le personnage le moins suspect que les Anglais aient trouvé. Il a participé à l'élaboration du fameux traité de Troyes, il a été grand aumônier de France, il est membre du Grand Conseil d'Angleterre. Pierre Cauchon, évêque de Beauvais, a dû fuir sa ville en 1429 lorsqu'elle est passée sous le contrôle du roi de France.

Pourtant, dans le rapport qu'il adresse le 18 novembre au roi d'Angleterre sur la mission qui lui a été confiée à Rouen, l'évêque de Beauvais déclare : « Le bâtard de Louis d'Orléans va être confondu et l'effroyable scandale qu'il a causé sera réparé. » Puis il ajoute que « son devoir sera de sauver l'âme de la prisonnière ». Curieuse attitude à l'égard d'une sorcière.

Jeanne, désormais aux mains des Anglais, prend le chemin d'Arras avec ses deux compagnons, fait une halte au château de Bapaume et arrive, le 15 octobre, au château de la Cour du Compte. Elle essaie de s'évader en sciant les barreaux d'une fenêtre de sa chambre mais elle se fera prendre.

A Arras, elle reçoit beaucoup de visiteurs, elle écrit aux habitants de Tournai, ville fidèle aux Armagnacs, elle réclame et obtient de la ville une somme de 22 couronnes d'or pour ses nécessités. Cela équivaut au salaire moyen annuel d'un ouvrier de l'époque. Jeanne reçoit aussi une visite inattendue, celle du peintre écossais de Poitiers qui a réalisé son portrait et son étendard.

Désormais, elle est séparée de ses compagnons. Jehan d'Aulon et Pierre d'Arc partent pour l'Angleterre. Le premier sera libéré en 1432, le second en 1435 après paiement d'une rançon.

Le 17 novembre, Jeanne quitte Arras sous escorte anglaise. Elle est enfermée dans un chariot bâché. Le 18, elle arrive à la forteresse du Crotoy. Elle quitte le Crotoy, un mois plus tard, le 17 décembre, en traversant la baie de Somme en bateau. Cinq ou six jours après son départ, elle fait une quatrième tentative d'évasion.

L'évêque Cauchon vient l'attendre à Dieppe et la conduira lui-même, le 23 décembre, au château royal de Bouvreuil, à Rouen, capitale de la Normandie anglaise. Cette prison est assez inattendue pour une accusée poursuivie en matière de foi. Elle aurait dû, logiquement, être enfermée dans les prisons ecclésiastiques de l'officialité. Or Jeanne est internée dans une chambre « vers les champs ». Pas n'importe laquelle. Le notaire Guillaume Colles, témoin du procès en nullité, assure que « Bedford pouvait voir Jeanne dans son cachot par un passage secret et il en abusa même indiscrètement lorsque la duchesse vint visiter la Pucelle au sujet de sa virginité ».

Cette « chambre » de Jeanne est située « à mi-étage où l'on accède par huit degrés », précise l'huissier Jehan Massieu. « Il y avait un lit où elle couchait et une grosse pièce de bois où était fixée une chaîne de fer. Cependant, durant nos allées et venues, elle était toujours libre d'entraves. »

On sait aussi que la prison de Jeanne est une pièce assez grande pour recevoir dix à douze personnes, trois écritoires de notaires et deux gardes. Il y a aussi une cheminée pour chauffer la pièce et pour faire la cuisine. C'est ici que Jeanne va accommoder une carpe que lui offre l'évêque Cauchon, décidément très attentionné à son endroit.

Jeanne ne sera pas maltraitée par ses hôtes, au contraire. Jehan Massieu, qui accompagnait Jeanne entre sa chambre et le tribunal, se souvient que « la duchesse était bonne pour Jeanne. Elle lui fit faire une robe de femme. [...] Elle fit ordonner aux gardiens d'avoir des égards pour la prisonnière ». Autant de sollicitude surprendrait à l'époque si Jeanne n'était pas de haute lignée.

A l'évidence, la prisonnière est aussi gênante prisonnière que sur les champs de bataille. Il a fallu sept mois, très exactement, pour aller de Compiègne à Rouen. C'est dire s'il a dû y avoir des ambassades, des négociations, des interrogations entre Anglais et Bourguignons.

Que faire de cette prisonnière ? L'université de Paris, constituée de docteurs dominicains, ennemis de Jeanne autant que des franciscains, veut la juger pour hérésie et sorcellerie. Dans ce cas, le jugement sera sommaire et la sentence rapidement exécutée. Ils la réclament instamment à Philippe de Bourgogne qui ne répond pas aux différents courriers. Les Anglais, manifestement, ne veulent pas de cette solution expéditive. Leur seul objectif est de faire annuler le sacre de Charles VII à Reims. L'intervention du diable dont Jeanne est évidemment l'instrument met en cause la validité de la sainte onction.

Le procès

Un procès pour hérésie donc, procès si fréquents à cette époque. Le problème, c'est que Jeanne est vierge. Non seulement elle le revendique, mais surtout la duchesse de Bedford a pu une nouvelle fois le constater. Or il est admis qu'une vierge ne peut être habitée par Satan.

Le jugement de Jeanne pose ainsi un problème délicat aux théologiens. La seule solution consiste à faire un vrai procès mais sans soumettre l'accusée à la torture et, bien entendu, sans la condamner à mort. Cela suppose la complicité du président du tribunal. L'évêque Cauchon fut d'ailleurs soupçonné de jouer un double jeu dans cette affaire. Dès le 21 novembre, l'université de Paris s'étonne des lenteurs de la procédure. Puis, après le procès, elle ouvrira une enquête sur le rôle trouble joué par Pierre Cauchon.

Le procès débute le 9 janvier 1430 (rappelons encore que l'année commence à Pâques) sous la présidence de deux juges : l'évêque Cauchon et le représentant de l'Inquisition, Jean Lemaître. Le promoteur de la cause (l'avocat général) est le chanoine Jean d'Estivet. Ils sont assistés d'un nombre important d'assesseurs, le plus souvent bardés de titres universitaires. Jean Beaupère vient du diocèse de Nevers, Thomas de Courcelles de l'université de Paris, Nicolas Midy prêcha la Pucelle le jour de son supplice, Nicolas Loiseleur est chanoine de Rouen.

Trois notaires greffiers rédigent les minutes de cet interminable procès. Guillaume Manchon, Guillaume Colles et Nicolas Taquel se réunissent tous les soirs pour mettre leurs notes en forme. L'audience se déroule en français, les comptes rendus sont aussi en français. Mais les textes définitifs seront ensuite traduits en latin, du 1er juillet au 30 novembre, par Thomas de Courcelles et Guillaume Manchon[1].

1. La minute originale a disparu. Il n'en reste que des copies de fragments rassemblés par Claude d'Urfé (1502-1558) que l'on appelle le « manuscrit d'Urfé » (BN Ms lat. 8838). Celui-ci commence à l'audience du 3 mars. Il manque par conséquent les cinq premières audiences. Cinq exemplaires authentiques ont été rédigés : trois pour le roi d'Angleterre, un pour l'inquisiteur de la

La première séance publique, en présence de l'accusée, se tient le 21 février en la chapelle du château. Les séances suivantes ont lieu dans la « chambre de parement ». Quelques interrogatoires seront pratiqués dans la prison du château. Les conditions dans lesquelles Jeanne est détenue sont plus dures qu'auparavant. Nicolas Taquel, curé de l'église paroissiale de Basqueville, au diocèse de Rouen, témoigne en 1452 qu'il « l'a vue quelques fois entravée ». On craignait qu'elle ne tente de s'échapper à nouveau. Mais elle passe de longues périodes dans sa « chambre » où elle est bien nourrie et bien traitée.

Le procès a-t-il été truqué ? On ne peut, hélas ! répondre que par l'affirmative. Les droits les plus élémentaires de la défense ont été bafoués. Par exemple, Jeanne n'a pas d'avocat. On dirait aujourd'hui qu'il n'y a pas égalité des armes entre la défense et l'accusation. Car ce fut un procès exclusivement à charge. Et lorsque les charges font défaut, rien n'est plus simple que d'en créer de toutes pièces.

Lors du procès d'office (l'instruction), on demande à l'accusée si elle portait une mandragore, cette plante en forme de corps humain à laquelle on attribuait alors des vertus maléfiques. Le 1er mars, Jeanne répond à l'évêque Cauchon qu'elle n'a « jamais eu de mandragore mais qu'elle en a entendu parler ». L'article VII du libelle (l'acte d'accusation) du promoteur de la cause, Jean d'Estivet, est ainsi rédigé : « Item, Jeanne eut parfois coutume de porter une mandragore dans son sein. »

La mauvaise foi de l'accusation est tout aussi fla-

foi et un pour l'évêque Cauchon. Trois nous sont parvenus dont l'un se trouve à l'Assemblée nationale, les deux autres à la Bibliothèque nationale (BN lat. 5965 et 5966).

grante lorsqu'on demande à Jeanne pourquoi elle gardait son anneau « lorsqu'elle allait à quelque fait de guerre ». Elle répond que « ayant l'anneau au doigt, elle toucha sainte Catherine lui apparaissant sous forme visible ». Le promoteur y voit un signe d'hérésie qu'il s'empresse de mentionner à l'article XX de l'acte d'accusation : « Jeanne a mis un sort dans son anneau. »

Autre exemple d'imposture : le 12 mars, Jeanne est interrogée sur le procès matrimonial qui l'a opposée, naguère, à un jeune homme de Domrémy. Jeanne répond : « Je ne le fis pas citer mais ce fut lui qui me fit citer et là je jurai de dire la vérité. » Elle précise qu'elle n'a jamais fait aucune promesse de mariage à ce jeune homme et elle fut naturellement relaxée.

La traduction qu'en fait Jean d'Estivet est une calomnie sans nom. Il écrit (article IX) : « Item, Jeanne [...] traîna en cause un jeune homme devant l'official de Toul pour cause de mariage ; pour la poursuite du procès elle alla plusieurs fois à Toul et exposa à cette occasion tout ce qu'elle savait. Ce jeune homme, sachant qu'elle avait vécu avec les femmes susdites, refusait de l'épouser [...]. »

Les « femmes susdites » ? Ce sont celles qui servaient dans une auberge, à Neufchâteau, à une vingtaine de kilomètres de Domrémy où les habitants du village se sont réfugiés en 1428 pour échapper aux Bourguignons et aux bandes d'écorcheurs. L'épisode est évoqué dans l'acte d'accusation de la façon suivante (article VIII) : « Jeanne, aux environs de la vingtième année (!) de son âge, de sa propre volonté et sans la permission de ses père et mère gagna la ville de Neufchâteau, en Lorraine, et là servit quelque temps une femme aubergiste appelée la Rousse chez qui demeurent de façon constante de jeunes femmes sans retenue. »

Selon Jean d'Estivet, c'est durant cette période que Jeanne aurait appris à monter à cheval et à maîtriser les armes. Notons au passage que ce point de vue est partagé par le chroniqueur pro-bourguigon Enguerrand de Montrelet qui écrit : « Elle fut un grand espace de temps meschine [chambrière] dans une hostellerie et était hardie à monter les chevaux, les mener boire et faisait habiletées que jeunes filles ne sont point accoutumées de faire. »

Procès truqué, assurément, si l'on en croit l'un des observateurs les mieux placés, le prêtre et notaire de la cour archiépiscopale de Rouen Guillaume Manchon. Celui-ci est interrogé à trois reprises, vingt-cinq ans plus tard, lors du procès en nullité de condamnation. Il nous révèle en 1450 que les juges voulaient lui faire changer ses notes. « Item dit qu'en escrivant ledit procès icelui déposant fut par plusieurs fois argué de Mgr de Beauvais [l'évêque Cauchon] et dits maîtres lesquels voulaient contraindre à escrire selon leur imagination et contre l'entendement d'icelle. »

Comment être certain qu'il n'a pas cédé aux pressions ? Guillaume Manchon affirme que « deux hommes étaient cachés secrètement derrière les rideaux » pour réécrire les paroles de Jeanne comme ils le souhaitaient.

Le notaire de la cour archiépiscopale de Rouen, Guillaume Manchon, est mal à l'aise lorsqu'il s'exprime sur le procès. Il faut attendre sa troisième déposition pour apprendre, par exemple, qu'il est le traducteur du procès en latin avec Thomas de Courcelles. Et *croit* qu'il a été fidèlement traduit. Quel manque d'assurance !

Ce même observateur privilégié du procès de Rouen nous dit encore dans sa déposition de 1450 que le jour où Jeanne fut « conduite à l'escherffault il y avoit le nombre de sept à huit cens hommes de guerre autour d'elle portans glaives et bastons, tellement il y avait hommes quy fut assez hardy de parler à elle, excepté frère Martin Ladvenu et maistre Jehan Massieu ».

Le bon notaire se souvient que « tout le monde pleurait » et lui-même « pleura pendant un mois » ! Il dit aussi qu'avec l'argent du procès il acheta un missel pour prier pour le repos de l'âme de Jeanne.

Voilà celui qui a écrit le procès de condamnation, en français et en latin. Un pleutre. Un homme soumis, comme d'autres sans doute, à la volonté du plus fort, un homme d'Eglise certainement plus soucieux de son propre intérêt que de l'objectivité de ses écrits.

« Les juges de 1431 ne cherchaient en Jeanne que l'idolâtrie, l'hérésie, la sorcellerie et autres crimes contre l'Eglise », affirme Anatole France.

Un procès politique

Jeanne sait parfaitement à quoi s'en tenir. Elle sait qu'il s'agit d'un procès politique. Elle sait aussi que sa vie sera épargnée, ses voix le lui ont promis. Elle le dit à ses juges à Rouen. Voilà pourquoi elle répond « hardiment » en évitant toutefois tous les pièges touchant à la sorcellerie.

Pourtant, la procédure des procès en hérésie prévoit de soumettre l'accusée à la « question ». La torture est obligatoire, conformément à la bulle apostolique *Ad exstirpendium* du pape Innocent IV (1243-1254). Ce texte s'impose aux tribunaux ecclésiastiques pour obtenir de tout suspect ou accusé les aveux nécessaires à un « bon procès ».

Le tribunal de Rouen fut donc dans l'obligation de soumettre Jeanne à cet interrogatoire certes un peu violent mais tellement efficace. La date fut fixée au 9 mai 1431 dans la salle basse du donjon. Jeanne, amenée par l'huissier Jehan Massieu, découvre avec l'effroi que l'on imagine les engins de torture.

Un groupe de juges attend l'accusée. L'évêque Cauchon n'est pas là. Le vice-inquisiteur non plus. C'est Jehan Dacier, bénédictin, abbé de Saint-Corneille-de-Compiègne, qui est chargé de mener les débats. Il est assisté de sept prélats. Le procès-verbal de la journée permet de suivre les différentes phases de l'interrogatoire.

L'abbé bénédictin prend son rôle très au sérieux : « Avoue que parmi les nombreux et divers points de ton procès tu n'as pas toujours dit la vérité. Tu as nié certains détails et donné de fausses réponses à d'autres. Nous allons te relire et t'expliquer plusieurs de ces points et si tu ne réponds pas correctement nous te soumettrons à la torture qui a été préparée à ton intention, ici, dans cette tour. »

Jeanne arrive à dominer sa peur. Elle répond : « En vérité si vous deviez me faire briser les membres et partir l'âme de mon corps, je ne vous dirais rien de plus et si quand même je vous disais quelque chose de plus, je dirais toujours par la suite que vous m'avez fait parler par la force. »

D'autres questions lui sont posées. A l'une d'elles elle précise : « J'ai aussi demandé à mes voix si j'allais être brûlée. Elles m'ont dit que je devais m'en rapporter au Seigneur et qu'il m'aiderait. »

Les juges se consultent pour savoir ce qu'il convient de faire. Ils concluent par ce procès-verbal tout à fait inattendu : « Vu l'endurcissement de l'âme de l'accusée et le caractère de ses réponses, nous juges, craignant que les souffrances de la torture lui soient que de peu de profit, avons estimé qu'il convenait de surseoir à leur application jusqu'à ce qu'il en ait été plus simplement délibéré. »

Manifestement, ils ne veulent pas endosser des responsabilités qui incombent à d'autres. Le bourreau Maugier Le Parmentier et son aide peuvent se retirer. L'huissier Jehan Massieu ramène Jeanne indemne dans sa chambre « vers les champs ».

Le jeudi 10 mai a lieu à Rouen un événement singulier que souligne Roger Senzig. La ville bénéficie du « privilège de fierté » grâce auquel le chapitre de la cathédrale de Rouen peut, une fois par an, gracier un prisonnier désigné par la population. Il doit « lever en procession, le jour de l'Ascension, la châsse de saint Romain, patron de la ville ».

A l'issue de la procession, le prisonnier est purement et simplement libéré et toute action de justice éteinte contre lui. En 1431 traînait dans les prisons de Rouen un certain Souplir-Lemyre, convaincu d'avoir violé et assassiné une jeune fille, Jeanne Corvière. Il devait comparaître devant le tribunal de l'échiquier, cour de justice féodale érigée en parlement en 1499.

Cette année-là, le peuple peut donc choisir parmi les différents prisonniers dont Jeanne la Pucelle puisque personne n'ignore qu'elle est détenue dans le château de Bouvreuil. Or Souplir-Lemyre est désigné et donc libéré après procession. Cet épisode nous rappelle étrangement celui de Barabbas[1].

---

1. Ponce Pilate, gouverneur de l'Idumée, de la Judée, de la Samarie et de la Galilée, dispose du droit de vie et de mort en Palestine. Il ne croit pas à la culpabilité de Jésus. Il propose aux Juifs de choisir entre la condamnation à mort de Jésus et celle du voleur et assassin Barabbas, la tradition voulant que l'on gracie

Tractations

Le samedi 12 mai, les juges[1] se réunissent à nouveau dans l'appartement de l'évêque Cauchon pour prendre une décision définitive sur la torture. Quatre d'entre eux votent pour. Cauchon et tous les autres emportent la décision de ne pas soumettre Jeanne à des souffrances inutiles même s'ils sont en contradiction formelle avec la bulle apostolique. Jeanne bénéficie d'un étrange traitement de faveur.

Le lendemain, dimanche 13 mai 1431, il y a beaucoup de monde au château de Rouen pour un banquet inhabituel comme en fait foi le registre des comptes de l'hôtel de Richard de Beauchamp, comte de Warwick, conservé aux archives du Warwickshire County Concil sous le n° MS 1618. Margaret Talbot, l'épouse de John Talbot, prisonnier, et son père, Richard Beauchamp, gouverneur du château de Rouen reçoivent à leur table des hôtes de marque. Notamment, Louis de Luxembourg, évêque de Thérouanne, chancelier de France pour Henri VI ; Pierre Cauchon, président du tribunal ecclésiastique de Rouen ; Jean de Mailly, évêque de Noyon, assesseur du tribunal ; Humphrey Stafford, connétable de France pour Henri VI ; Jehan de Luxembourg, comte de Ligny, celui-là même qui a vendu la Pucelle aux Anglais ; des chevaliers bour-

---

un condamné à mort pour les fêtes de Pâque. La foule demande qu'on libère Barabbas et que l'on crucifie Jésus. Ponce Pilate s'en lavera les mains.

1. Raoul Roussel, trésorier ; Nicolas de Venderès et André Marguerie, archidiacres et chanoines de l'église de Rouen ; Guillaume Erart, maître en théologie ; Robert Le Barbier, Denis Gastinel, Jean Le Doulx et Aubert Morel, licenciés en droit canon ; Thomas de Courcelles, Nicolas Couppequesne, bacheliers en théologie sacrée ; Nicolas Loiseleur et frère Ysambard de La Pierre.

guignons ; maître John of Hampton ; des prêtres anglais assesseurs au tribunal, etc. Au total, cent dix personnes qui, ce jour-là, dégusteront les premières fraises de la saison.

Vient-on décider de l'issue du procès ? Certainement pas puisque le procès touche à sa fin et que son résultat est connu d'avance : il ne s'agit pas de juger la prisonnière mais bien de la condamner. S'agit-il des modalités de l'exécution ? Sans doute.

L'un des convives, le chevalier bourguignon Haimond de Macy, apporte quelques précisions lors du procès en nullité de condamnation. Il dit qu'il a eu plusieurs conversations avec Jeanne. Il l'aimait beaucoup. Il avait même demandé l'autorisation de l'épouser. Le dauphin anglais lui avait accordé cette faveur sous la réserve expresse qu'elle cessât de porter les armes contre eux.

« Un jour, raconte Haimond de Macy, le comte de Ligny et moi-même sommes venus la voir en compagnie des comtes de Warwick et de Stafford, du chancelier d'Angleterre Louis de Luxembourg, frère du comte de Ligny. Stafford s'adressa à la Pucelle en ces termes : “Jeanne, je suis venu ici pour vous mettre à rançon pourvu que vous vouliez me promettre de ne plus vous armer contre nous.” Elle répondit : “En nom de Dieu vous vous moquez car je sais bien que vous n'avez ni le vouloir ni le pouvoir de le faire.” Comme le comte persistait dans ses dires, elle ajouta : “Je sais bien que ces Anglais me feront mourir parce qu'ils croient qu'après ma mort ils pourront gagner le royaume de France. Mais seraient-ils cent mille Godons de plus qu'ils ne sont à présent, ils n'auront pas le royaume.” A ces mots, le comte de Stafford fut indigné et tira sa dague à moitié pour la frapper, mais le comte de Warwick l'en empêcha. »

Jean de Luxembourg offre le rachat de la Pucelle. Il a touché les 10 000 couronnes (ou livres) que lui ont donné les Anglais et il a récupéré le trésor de la Pucelle, évalué entre 10 et 12 000 écus, disparu lors de sa capture. Jeanne en fera le reproche aux juges de Rouen. Les usages féodaux permettent, en vertu d'une clause appelée « vente à réméré », de racheter une chose vendue au prix d'achat plus les frais.

Ce banquet auquel participent ces personnalités est sans doute celui au cours duquel ont été finalisées les modalités de libération de Jeanne sous couvert d'une fausse exécution. Jean de Luxembourg devait racheter la prisonnière, les comtes anglais sont là pour veiller aux conditions financières et à l'organisation militaire de la cérémonie du supplice, Cauchon et ses assesseurs pour assurer la fin du procès et la vraisemblance de l'exécution, Richard Curson, adjoint au bailli de Rouen, pour le sabotage du procès laïque et la rapidité des formalités. Haimond de Macy et Pierre de Menthon, chevaliers bourguignons, pour le transfert de la Pucelle vers un lieu de séjour déjà prévu.

Le procès continue. Mais il n'est pas mené comme certains le souhaiteraient. Jehan Lohier le dit sans détour au notaire Guillaume Manchon : « Ce procès ne vaut rien. […] Il manque la forme d'un procès ordinaire […], juges et assesseurs n'étant point en sûreté, n'ont pas la pleine et entière liberté de dire purement et simplement ce qu'ils veulent […]. Et cette femme qui est fille simple on la laisse sans conseil pour répondre à tant de maîtres, à de si grands docteurs et en matière si grave. Pour tous ces motifs, ce procès ne me semble pas valable. Ils ont l'intention de la faire mourir. Aussi ne me tiendrai-je plus ici. Ce que je dis déplaît. »

Le même jour Jehan Lohier quitte Rouen. Maître Nicolas de Houppeville trouva indigne lui aussi de faire juger Jeanne par des gens du parti adverse. Cauchon se fâche et Houppeville quitte Rouen à son tour.

La sentence

Le 19 mai, le tribunal dispose des avis demandés aux facultés de théologie et des décrets de l'université de Paris qui concluent, sans surprise, à la culpabilité de l'accusée. Le 23 mai, au terme du procès, une « admonition charitable » est faite par Pierre Maurice, chanoine de Rouen. Il lit à Jeanne les douze chefs d'accusation qui l'accablent. Il lui demande de renoncer à ses erreurs, d'admettre que ses voix l'avaient trompée et ne peuvent être d'origine divine.

Réponse de Jeanne : « Je veux maintenir la manière que j'ai toujours maintenue en mon procès. Et si j'étais en jugement, et voyais le feu allumé et les bourres allumées et le bourreau prêt à bouter le feu, et si j'étais dedans le feu, même alors, je ne dirais autre chose et soutiendrais ce que j'ai dit au procès jusqu'à la mort. »

Le lendemain, Jeanne est conduite de bon matin au cimetière Saint-Ouen de Rouen, comme le précise le procès-verbal notarié. Sur une estrade sont installées de nombreuses personnalités : Henri Beaufort, cardinal d'Angleterre, Pierre Cauchon, évêque de Beauvais, président du tribunal ecclésiastique de Rouen, Jehan de Mailli, évêque de Noyon, William Alnwick, évêque de Norwich et secrétaire du sceau royal d'Angleterre, Gilles Duremort, abbé de Fécamp, Bureau de Corneille, abbé de Corneille, Guillaume Le Mesle, abbé de Saint-Ouen, Thomas Frique, abbé du Bec-Hédoin, Nicolas Hautemont, abbé de Mortemer, Jehan Moret, abbé de

Préaux, Robert Jolivet, abbé du Mont Saint-Michel au Péril de la mer, les prieurs de Longueville-Giffard, de Saint-Lô et une kyrielle de docteurs, licenciés en droit et tous les assesseurs dudit procès.

Maître Guillaume Erard, docteur en théologie sacrée, prononce une prédication. Il choisit le chapitre XV de l'Evangile de saint Jean, le cep et les sarments. Avant le sermon, le chanoine Jehan Loiseleur s'approche de l'estrade et recommande à Jeanne d'obéir à tout ce qu'on lui dirait et il ne lui arriverait rien de fâcheux. Car le bourreau se tient près d'un bûcher pour une exécution éventuelle.

Le prédicateur est emporté par son sermon : « Oh, toi, royaume de France, autrefois réputé et désigné comme le très chrétien ainsi que son roi et tes princes très chrétiens. Maintenant, en vérité, ton roi qui se dit roi de France, ayant adhéré aux actes et aux propos de cette hérétique, est devenu à son tour hérétique et schismatique ! »

Jeanne l'interrompt d'une voix forte : « Sauf votre respect, je dis que c'est faux ce que vous dites car vous pouvez savoir qu'il n'y a pas de meilleur chrétien que lui parmi les chrétiens. »

Erard demande à l'huissier de la faire taire. Il lance : « Voici messeigneurs les juges qui, plusieurs fois, vous ont sommée et requis de soumettre tous vos dits et faits à notre Sainte Mère l'Eglise en vous expliquant et remontrant qu'en vos dits et faits il y avait de nombreux qui, à ce qu'il semblait aux clercs, étaient mal dits et erronés. »

Jeanne répond : « De toutes les œuvres que j'ai dites et faites, qu'elles soient envoyées à Rome, à Notre Seigneur Pontife à qui et à Dieu je me rapporte, je ne charge personne de mes dits et faits ni mon roi, ni un autre, c'est à moi et non à un autre. »

Cette réponse est embarrassante. Comment peut-on accuser quelqu'un de désobéissance à l'Eglise s'il se soumet au pape ? Il y eut un moment de confusion parmi les personnalités sur l'estrade. Erard s'en tire en disant qu'il est impossible d'aller chercher Notre Seigneur le pape car il est trop loin.

Jeanne déclare encore : « Je m'en rapporte à l'Eglise universelle pour savoir si je dois abjurer ou pas. »

Erard est furieux. Il apostrophe Jeanne : « Tu abjureras de suite ou tu finiras dans le feu aujourd'hui même. »

Jeanne a sans doute un moment de frayeur. Elle finit par dire : « Je me soumets à l'Eglise. »

L'évêque Pierre Cauchon s'avance pour lui lire la sentence définitive. Il fait un signe à Jehan Massieu. Selon Haimond de Macy, Laurent Calot, secrétaire du roi d'Angleterre, tire une cédule de sa manche et la tend à l'huissier pour lire la formule d'abjuration qui, d'après lui, ne comportait que huit lignes. Le notaire Nicolas Taquel déclarera en 1456 que la cédule n'avait que six lignes d'une grosse écriture. Cela est confirmé par le chanoine de Paris, Jehan Monet, secrétaire de Jehan Beaupère, de même que par le chanoine Guillaume de la Chambre.

Or dans les pièces du procès de condamnation, on trouve une cédule de quarante-huit lignes comportant la signature de Jeanne suivie d'une croix. D'après Macy, Jeanne dessina un rond au bas de la cédule, en signe de dérision. Et Calot lui prit la main pour y ajouter un signe qui devait être une croix.

Notons au passage que la croix à côté de la signature signifie, selon Jeanne elle-même, qu'il s'agit d'un document auquel il ne faut pas accorder de crédit. Il y aurait donc eu une substitution de documents. A-t-on fait signer à Jeanne un texte qui fut rapidement remplacé par un autre qu'elle n'aurait jamais accepté de parapher ?

En tout cas, il règne à ce moment-là au cimetière Saint-Ouen de Rouen une réelle confusion. Guillaume du Désert a « vu que Jeanne, en prononçant l'abjuration, riait ». Il en fait la remarque à l'évêque Cauchon qui se met en colère. L'évêque de Noyon confirme : « Après l'abjuration, on disait que Jeanne n'avait fait que rire. Il y eut plusieurs de l'assistance qui dirent qu'on n'avait guère cru à l'abjuration. »

Quoi qu'il en soit, Jeanne est condamnée ce jour-là à la prison perpétuelle. Ce qui provoque un grand tumulte dans le public venu assister à une exécution. Des pierres sont jetées sur l'estrade par des inconnus. Les Anglais ne semblent pas satisfaits de la tournure des événements. L'évêque Cauchon est pris à partie par un ecclésiastique anglais : « Traître, vous êtes trop favorable à cette femme », lui-dit-il. Cauchon réagit violemment : « Vous mentez. Je ne favorise personne en une telle cause. Je ne cherche qu'à sauver les âmes plutôt que d'obtenir la mort. »

Jeanne est reconduite dans son cachot du château de Rouen, revêtue d'habits de femme. Jeanne a pris l'habit d'homme dès son départ de Vaucouleurs, le 23 février 1428 ; elle le gardera jusqu'à l'abjuration. Le port du vêtement d'homme par une femme est, au XVe siècle, un crime au regard de l'Inquisition. Les juges de Rouen en feront le chef d'accusation principal car c'est un acte contre-nature. Cet interdit de l'Eglise est aussi formulé dans le Deutéronome : « Une femme ne vêtira pas un vêtement d'homme non plus qu'un homme n'usera d'un habit de femme : celui qui fait cela est abominable aux yeux de Dieu. » Mais le 27 mai elle est retrouvée portant des habits d'homme. Qui les lui a donnés ? Comment a-t-elle pu s'en vêtir si, comme on l'a dit, elle était enchaînée ? André Marguerie, archidiacre de Petit Caux en l'église de Rouen, se pose la même question. Il déclare être « allé au château un jour après qu'on eut appris que Jeanne avait repris ses habits d'homme. Il demanda alors comment et en quelles circonstances elle avait repris cet habit. Mais les Anglais, furieux de cette question, firent un grand tumulte au point que le témoin et beaucoup d'autres venus au château pour cette affaire furent obligés de partir rapidement, leurs corps étant en danger ! ».

Certains affirment que les gardes anglais lui avaient enlevé ses vêtements de femme. D'autres prétendent que Jeanne s'est vêtue d'habits masculins pour éviter une agression. Le fait est qu'en retournant à ses erreurs, elle devint « relapse » (retombée dans l'hérésie). Jeanne fut alors livrée au bras séculier, c'est-à-dire au pouvoir civil. Un second procès est organisé, le 29 mai. Il est vite expédié. Cette fois, Jeanne est condamnée au bûcher. L'exécution aura lieu le lendemain, le mercredi 30 mai 1431.

Le supplice

Ce jour-là, à 7 heures du matin, les juges entrent dans son cachot et lui demandent une dernière fois si elle croit encore aux voix qui lui promettaient chaque jour qu'elle serait délivrée. Jeanne vacille et dit qu'elle craint maintenant qu'elles ne l'aient trompée. Pour l'apaiser, on lui donne la communion. C'est incompréhensible pour une sorcière condamnée pour hérésie et donc excommuniée.

Sur la place du Vieux-Marché de Rouen il y avait « trois ambons [estrades], nous dit l'évêque Jean de Mailly. Un pour les juges, un pour les prélats dont j'étais et un pour le bûcher, très haut ». C'est inhabituel, le bourreau Geoffroy Thiérache s'en étonne car il ne pourra pas accomplir son office normalement avant d'allumer le feu.

La citation de Cauchon ordonne que Jeanne soit présente à 8 heures du matin. Elle arrivera une heure plus tard, comme le confirme le chroniqueur Perceval de Cagny : « Elle fut amenée du chastel, le visage embronché, audit lieu où le feu était prêt. »

Embronché ? La plupart des historiens estiment qu'elle avait une mitre sur la tête et celle-ci était penchée. Or, ce n'est pas la mitre ou la tête qui est embronchée, mais bien le visage. *Le Dictionnaire de l'ancienne langue française* de Frédéric Godefroy donne comme premier sens du participe embronché : couvert, voilé, caché. Et cite précisément, parmi les exemples, le passage de Perceval de Cagny concernant Jeanne.

La Pucelle est exhortée deux fois. La deuxième, c'est par l'évêque Cauchon qui condamne Jeanne au pain de douleur et à l'eau de tristesse. Puis, il supplie le bras séculier de « modérer envers [toi] son jugement en deçà de la mort et de la mutilation des membres ». Puis, l'évêque s'adresse à Warwick : *Farewell ! Farewell !*

Jeanne est livrée au bailli Raoul Le Bouteiller aux ordres de Bedford. Celle qui monte sur le bûcher de Rouen, le 30 mai 1431, a le visage caché. Personne ne peut donc reconnaître cette femme dont le corps est enduit d'huile, de charbon et de soufre pour favoriser la combustion. A cause de la hauteur anormale du tas de bois, le bourreau Geoffroy Thiérache ne peut pas aller garrotter la condamnée, comme il le fait toujours pour lui éviter des souffrances inutiles. Il s'en plaindra à Ysambard de La Pierre.

Sur le bûcher, un large écriteau est destiné à masquer encore un peu plus la suppliciée. Il est écrit : « Jeanne qui s'est fait nommer la Pucelle, menteresse, pernicieuse, abuseresse du peuple, devineresse, superstitieuse, blasphématrice de Dieu, présomptueuse, malcréante de la Foi en Jésus-Christ, vanteresse, idolâtre, apostate, schismatique et hérétique. »

Sur la place, sept à huit cents hommes de guerre portant glaives et bâtons, rapportent Jehan Massieu et Guillaume Manchon au procès en nullité, tiennent la foule à l'écart. Warwick a fait fermer et clouer les volets de bois des maisons donnant sur la place. Impossible par conséquent à la population d'assister à cette exécution pourtant publique. Pourquoi ?

Les juges et les assesseurs sont derrière l'évêque Cauchon et Warwick, loin du bûcher. Mais aucun n'assistera au supplice. « Le jour de la mort de Jeanne, je ne la vis pas brûler », confesse Thomas de Courcelles au procès de 1456. « Le spectacle m'était insupportable, dira Jean de Mailly, je suis parti. » Pierre Miguet, prieur de Longueville, n'a « pas assisté au supplice » et « beaucoup firent de même ».

Le frère Martin L'Advenu, prêtre régulier du couvent de Rouen, assiste la condamnée et lui dit quelques paroles de réconfort. Le bailli de Rouen oublie de prononcer la sentence. Il lance simplement : « Allez, allez ! »

Le bourreau allume les fagots. Jehan Massieu entend Jeanne « invoquer la Trinité, la Vierge Marie, tous les benoîts saints du paradis et expressément plusieurs d'entre eux. [...] Tout le monde pleurait. Elle demanda à avoir une croix. Un Anglais en fit une avec un petit bout de bois. Elle mit cette croix sur son sein, entre sa chair et ses vêtements. Puis, elle demanda à celui qui parle d'aller chercher une croix dans une église. Le clerc de la paroisse Saint-Sauveur la lui apporta. Elle l'embrassa longuement jusqu'à ce qu'elle fût attachée. Les Anglais s'impatientaient. L'un d'eux lance : “Eh ! prêtre, vous ferez-nous dîner ici ?” ».

On peut se demander comment Jeanne peut embrasser la croix si elle a le visage embronché…

Ysambard de La Pierre raconte aussi cette anecdote : « Un homme d'armes anglais qui la haïssait extrêmement et avait juré de placer de sa propre main un fagot sur son bûcher, après l'avoir fait et entendu Jeanne invoquer le nom de Jésus, fut frappé de stupeur. Comme en extase ! On le conduisit dans une taverne près du Vieux Marché où il reprit des forces en buvant. Il se confessa, se repentant de tout ce qu'il avait fait contre Jeanne. Il semble qu'il avait vu dans le dernier souffle de Jeanne une colombe blanche sortant des flammes. »

Warwick demande au bourreau de ramasser les cendres et de les jeter à la Seine. Le bourreau constate que le cœur est encore rouge de sang. Il n'a pu être brûlé. Un miracle de plus ? Pas tout à fait. De nos jours, les médecins légistes qui autopsient les corps calcinés constatent que le cœur des brûlés, enfoui dans la cage thoracique et protégé par les poumons, reste presque toujours intact.

Mais Geoffroy Thiérache part vite se confesser. Ysambard s'en souvient vingt-cinq ans plus tard : « Le bourreau vint à lui et à frère Martin frappé et ému d'une merveilleuse repentance et terrible contrition comme tout désespéré de ce qu'il avait fait à cette sainte femme. Et nonobstant l'huile, le soufre et le charbon qu'il avait appliqués contre les entrailles, le cœur de ladite Jeanne toutefois n'avait pu être rendu en cendres de quoi il fut étonné comme d'un miracle évident. »

Il est étrange de savoir ce bourreau ému et désespéré compte tenu de ses états de service. Geoffroy Thiérache, « maiste persécuteur des haultes œuvres du roi » au baillage de Rouen, a exercé ses talents du 6 août 1406 au 25 mars 1432. Durant cette longue période il a décapité, pendu, brûlé, mis au pilori, torturé, coupé des mains et des pieds, écartelé des centaines d'hommes et de femmes comme l'attestent les quittances conservées à la Bibliothèque nationale (MS volume 26051, n° 889). Le 18 mars 1432, par exemple, il a décapité 105 Français de la compagnie de Ricarville qui avaient osé mettre le siège devant Rouen. Le raffinement du supplice consistait à « asseoir les têtes sur les lances ».

Quant au procès-verbal d'exécution de Jeanne, il n'a jamais été rédigé, contrairement aux habitudes puisque les livres de comptes des Domaines nous donnent le nom des « sorcières » brûlées à Rouen entre 1430 et 1432, avec le prix du bois et le salaire du bourreau : Jehanne la Turquenne, Jehanne Vanneril, Alice la Rousse, Caroline la Ferté, Jehanne la Guillorée. Mais pas de Jeanne la Pucelle !

Depuis la capture de Jeanne, Charles VII semble ne pas avoir levé le petit doigt pour venir en aide à la Pucelle à laquelle pourtant il doit tant. Aucun émissaire royal n'a été envoyé à Rouen, aucun des anciens compagnons de Jeanne ne lui a rendu visite ou adressé la plus petite lettre. Jeanne semble avoir été abandonnée de tous.

Après le bûcher, Charles VII n'oppose aucun démenti aux accusations portées contre Jeanne. Donc contre lui. Sa légitimité est pourtant en cause. Très curieusement, la couronne d'Angleterre ne tire pas profit de la situation pour dénoncer le sacre.

Que signifie cet étrange silence ? Si l'origine de Jeanne est révélée au grand jour, certes la légitimité de Charles VII est compromise, mais la couronne d'Angleterre est également éclaboussée. Car si Jeanne est bien princesse d'Orléans, elle est la sœur de Charles VII mais aussi de Catherine, reine d'Angleterre, la mère du roi Henri VI.

Après la disparition de Jeanne de la scène politique, l'alliance entre les Bourguignons et les Anglais s'effrite sérieusement. La réconciliation entre la famille de France et le duché de Bourgogne est concrétisée par la paix d'Arras du 20 septembre 1435. L'année suivante, Paris est envahi par les troupes de Charles VII. Une trêve avec l'Angleterre est conclue en 1444, confirmée par l'alliance entre Henri VI et Marguerite d'Anjou, nièce du roi de France.

Les hostilités reprendront peu après. Le roi de France a levé une armée importante. Il reprend la Normandie et Rouen le 20 novembre 1449, puis Bergerac, Bordeaux, Bayonne. Les Anglais perdent peu à peu toutes leurs possessions à l'exception de Calais qu'ils garderont jusqu'en 1558. La guerre prend fin le 17 juillet 1453 après la défaite des troupes de Henri VI à Castillon, près de Bordeaux. Mais aucun traité n'est signé. Voilà pourquoi les rois d'Angleterre se prévaudront du titre de roi de France jusqu'en 1801 !

Réhabilitation

La condamnation de Jeanne pour hérésie reste cependant compromettante pour Charles VII. En 1450, le roi entreprend les premières démarches en vue d'obtenir du pape l'ouverture d'un procès ecclésiastique destiné à annuler la condamnation de Jeanne. Et donc d'établir officiellement la mission divine.

Le pape du moment, Nicolas V (1447-1455), s'oppose à ce projet. Après mûre réflexion, Charles VII estime préférable de laisser à la famille de Jeanne le soin de solliciter elle-même l'ouverture du procès pour éviter de donner à cette affaire un caractère trop politique.

Le 15 février 1452, le cardinal d'Estouteville présente à Nicolas V la requête signée par Isabelle de Vouthon, veuve d'Arc, et par ses deux fils, Pierre et Jehan, visant à obtenir l'ouverture d'un procès en nullité. Nicolas V ne montre aucun empressement. D'ailleurs, il décédera sans avoir pris de décision.

Son successeur, le cardinal Alonso de Borgia, devenu Calixte III en 1455, cherche d'emblée à obtenir du roi de France son adhésion à un projet de croisade contre les Turcs. Il est donc tout disposé à rendre un petit service en contrepartie. Ainsi autorise-t-il par son « rescrit du 7 novembre 1455 » l'ouverture d'un procès en nullité de condamnation et désigne la cour chargée de rendre « une juste sentence ». Ce qui implique, évidemment, que la première ne l'était pas.

Furent désignés pour instruire ce procès : Juvenal des Ursins, archevêque de Reims, Guillaume Chartier, évêque de Paris, Richard Olivier de Longueil, évêque de Coutances, et Jehan Bréal, inquisiteur de la Foi pour la France. La sentence d'annulation du premier procès et de réhabilitation de Jeanne fut rendue le 7 juillet 1456.

Durant ce procès « les juges s'emploient à démontrer que Jeanne était jeune, bergère et sainte femme », affirme Anatole France dans *Jeanne d'Arc* (1908). Le procès en nullité de condamnation est un procès à décharge tout aussi faussé que le premier. Trente et un manuscrits nous sont parvenus, sans que l'on sache vraiment quel est l'original. Jules Quicherat, l'érudit du XIXe siècle qui, le premier, a rassemblé tous les documents connus à son époque sur Jeanne, a privilégié celui qui appartenait à Guillaume Chartier, évêque de Paris (BN Ms lat. 17013), portant la signature de deux notaires : Denis Le Comte et François Farrebouc. Mais deux autres versions authentiques sont confirmées par la signature des mêmes notaires : celui qui pourrait être le manuscrit du roi (BN Ms lat. 5970), plus complet que le premier, et le manuscrit 84 du fonds Stowe au Bristish Museum, assez proche du précédent.

L'enquête préalable à ce deuxième procès fut rondement menée. Vingt-deux témoins entendus en une semaine à Rouen sur cent trente-sept au total (quelques-uns ont été entendus plusieurs fois). Trente-quatre témoins ont été interrogés à Domrémy, Vaucouleurs et Toul sur l'enfance de Jeanne, son éducation, son départ pour Chinon. Les témoins ne sont pas libres de leur déposition : ils répondent à un questionnaire. Toutes les réponses enregistrées par les enquêteurs sont étrangement identiques. Les témoins utilisent les mêmes mots, forment les mêmes phrases. A l'évidence, les témoignages ont été arrangés par les greffiers.

Ainsi, les témoins de Domrémy jurent-ils en chœur que Jeanne était bergère. Pourtant les juges lui ont posé la question à Rouen et, comme je l'ai déjà mentionné, elle a répondu, à deux reprises, les 22 et 24 février. Elle n'a « jamais gardé les moutons et autres bêtes ».

Etait-elle une bonne chrétienne ? Tous les témoins l'affirment : elle allait souvent à l'église pour prier, elle pleurait lorsqu'elle recevait le corps du Christ, elle « donnait souvent des aumônes », disent les habitants de Domrémy qui se souviennent que Jeanne est allée à Neufchâteau « avec » ses parents et qu'elle ne les a « jamais » quittés. Ils répondent ainsi à l'accusation selon laquelle elle aurait servi dans une auberge avec des filles de mauvaise vie.

Jeanne était chaste, assurent unanimement ses compagnons d'armes. Jamais elle ne leur inspira de « désir charnel » même lorsqu'ils couchaient ensemble. « Quand elle mettait l'armure, il m'arrivait d'apercevoir sa poitrine qui était belle, révèle le duc d'Alençon. Mais jamais je n'eus de désir charnel à son sujet. » La fille de Jacques Boucher, argentier du duc d'Orléans, dépose ainsi : « La nuit je couchais avec Jeanne […], tout y était simplicité, humilité, chasteté. » Précisons que le témoin avait alors neuf ans. On peut se demander, avec Anatole France, ce qui pour cette enfant était « humble et chaste ».

Jeanne, envoyée de Dieu ? Tous les témoins l'attestent. Durant l'assaut contre les Anglais à Jargeau, le duc d'Alençon raconte : « Comme j'étais à une certaine place Jeanne me dit : “Retirez-vous de là.” Je me retirai et peu après la machine que Jeanne m'avait désignée tua le sire de Lude à la place même où je m'étais retiré. Tout cela me fit une grande impression. J'étais émerveillé des paroles de Jeanne et de la vérité de ses prédictions. »

Un miracle, peut-être, pour le duc d'Alençon, certainement pas pour le sire de Lude !

Jean de Dunois, le Bâtard d'Orléans, compagnon d'armes de la Pucelle, a fait lui aussi une longue déposition. Mais ce témoignage est assez flou. Dunois prétend que le roi n'a pas voulu recevoir Jeanne dès son arrivée à Chinon et qu'elle dut attendre deux jours. Or Jeanne dit elle-même, le 21 février à Rouen, qu'elle a été reçue aussitôt. « J'arrivai environ l'heure de midi et me logeai en une hostellerie. Après dîné, j'allai vers mon roi et je le reconnus entre les autres par le conseil de ma voix qui me le révéla. Je lui dis que je voulais faire la guerre contre les Anglais. »

On a du mal aussi à comprendre pourquoi le Bâtard, ce grand capitaine, reste très vague lorsqu'il parle d'un « grand nombre d'ennemis » sans donner de précisions militaires ; pourquoi il ne se souvient pas que la première étape de l'armée de Gien était Troyes. Après le sacre de Charles VII, le Bâtard fait parler Jeanne comme si ses frères l'attendaient à Domrémy alors que ceux-ci chevauchent à ses côtés depuis Chinon. « Est-ce bien le Bâtard d'Orléans qui a été interrogé ? », se demandent plusieurs historiens.

Raoul de Gaucourt, alors capitaine du château, vit Jeanne arriver à Chinon « avec grande humilité et simplicité, pauvre petite bergère qu'elle était… », dit-il. Que pouvait-il en savoir puisqu'il la voyait pour la première fois ?

Quant au frère Jehan Pasquerel, le chapelain de Jeanne, il prétend, contre l'évidence, que Jeanne fut présentée au roi après l'examen de Poitiers. Puis, il évoque l'arrivée de Jeanne devant Orléans : « La rivière était si basse, dit-il, que les bateaux ne pouvaient ni monter ni venir jusqu'à la rive où étaient les

Anglais. Heureusement, comme par un coup soudain, une crue se fit. Les bateaux purent aborder. »

Le bon chapelain invente un miracle qu'il est le seul à avoir vu. Un miracle qui s'ajoute, ce jour-là, à celui de Dunois : « Force était de recourir à des bateaux par lesquels pénétrerait le convoi. Mais la chose n'allait pas sans difficultés, car il fallait remonter le courant et le vent était totalement contraire. [...] Jeanne adresse alors une requête à saint Louis et à saint Charlemagne [!]. Tout aussitôt et comme instantanément, raconte Dunois, le vent qui était contraire tourna et devint favorable. Il me semble visible que lesdits et faits de Jeanne dans l'armée étaient chose divine plutôt qu'humaine. »

Presque tous les témoins feront des dépositions orientées. Quand ils ne mentent pas effrontément comme l'évêque Jean Le Fèvre, professeur de théologie sacrée, qui a participé aussi activement à la réhabilitation qu'il avait mis d'ardeur à la condamnation. Il assure par exemple qu'« à partir du premier prêche fait à Saint-Ouen, il ne fut plus convoqué ni mêlé au procès ». Or, comme le constate justement l'historien Joseph Fabre, sa signature figure bien au bas du procès-verbal officiel de délibération qui proclame Jeanne relapse. L'évêque affirme aussi qu'il a assisté au supplice de la Pucelle en tant que curieux et non pas comme juge. Là encore, le texte authentique de l'*Instrumentum sententiae*, contresigné par trois greffiers, cite Mgr Jean Le Fèvre comme ayant assisté au prononcé de la sentence.

La plupart des témoins du procès en nullité seraient donc des menteurs ou des affabulateurs ? Soyons indulgents, on dira qu'ils se donnent le beau rôle. Ils veulent démontrer « au-delà du raisonnable » que la

Pucelle a été condamnée à tort par l'Eglise. Il y a aussi, parmi les témoins, beaucoup de pauvres gens, comme ceux de Domrémy ou de Vaucouleurs, qui n'ont pas bien compris ce qu'on leur demandait et qui ont signé sans hésiter le texte qu'on leur présentait. « Ces témoignages représentent la pensée des juges autant que celle des témoins », commente justement Anatole France. D'où l'intérêt, pour se faire une opinion à peu près juste, de distinguer « les vérités théologiques des vérités naturelles ».

Le 30 mai 1431, Jeanne fut donc officiellement brûlée vive sur le bûcher de Rouen. Sa vie publique n'a duré que deux ans. Pourtant, au lendemain de l'exécution, déjà, beaucoup doutent de la mort de l'héroïne. Certains affirment qu'elle s'est envolée au-dessus des flammes sous la forme d'une colombe blanche. D'autres pensent qu'elle a échappé au supplice grâce à quelques complicités. Aux quatre coins du royaume de France, paysans, marchands, seigneurs s'interrogent sur le sort de Jeanne la Pucelle.

De nombreux chroniqueurs doutent, comme l'auteur de la chronique abrégée de Bretagne qui écrit en 1440 : « L'an 1431, la veille du Saint-Sacrement, fut la Pucelle bruslée à Rouen ou condamnée à l'estre. » Symphorien Champier, dans *La Nef des dames vertueuses* (imprimé à Lyon en 1503) : « Cette Pucelle fut femme de grand esprit [...] parfin, en trayson prinse et baillée aux Anglois qui, en dépit des François la brûlèrent à Rouen, ce disent-ils, néanmoins que les Françoient le nient. »

Est-ce à dire que la suppliciée au visage embronché ne serait pas la Pucelle ? Comment aurait pu se faire la substitution entre deux prisonnières ? La cellule de

Jeanne, nous le savons, était accessible par un passage secret, celui qu'emprunta discrètement Bedford. Plusieurs études ont montré depuis que cette pièce, située dans la « tour carrée », permet d'entrer et de sortir du château du côté « des champs ». Cela est si vrai qu'en 1432, un capitaine français, Ricarville, et 104 hommes d'armes ont voulu surprendre la garnison du château. Ils ont dû rebrousser chemin en empruntant « la porte vers les champs ». Avant d'être repris et de connaître le sort que l'on sait.

Et si Jeanne n'avait pas été brûlée à Rouen ce 30 mai 1431 ? Beaucoup de ses contemporains étaient persuadés qu'elle avait échappé aux flammes. Le « Journal d'un bourgeois de Paris » donne la peine à laquelle Jeanne a été condamnée, « c'est à savoir quatre ans de prison, au pain et à l'eau dont elle ne fit aucun jour ». Deux écrivains anglais, William Caxton et Polydore Virgile, affirment qu'elle demeura encore neuf mois en prison. Le chroniqueur bourguignon Georges Chastellain, dont les informations sont considérées par les historiens comme très fiables, écrit : « Arse à Rouen en cendres/Au grand dur des François/Donnant depuis entendre/Son revivre autrefois. »

Ce portrait au-dessus de cette cheminée du château de Jaulny, ce visage qui nous fascine tant Roger Senzig et moi, cette Jeanne des Armoises dont le tombeau a été saccagé au siècle dernier, ce personnage singulier dont nous nous sommes attachés à reconstituer l'itinéraire pas à pas, celle qui se faisait appeler Jeanne la Pucelle revenant sur les terres de son enfance, cette sœur reconnue par ses frères, cette guerrière fêtée par ses anciens compagnons d'armes, serait-elle notre héroïne nationale ?

Cette héroïne qu'on a préféré traiter d'usurpatrice, plutôt que de la citer dans les manuels d'histoire, aurait-elle échappé aux flammes du bûcher pour tomber dans l'enfer de l'oubli ?

Cinq siècles plus tard le mystère demeure. Quoique…

Jeanne ressuscitée

Une extraordinaire réapparition

Le 2 juin 1437, deux gentilshommes, Jehan Romey, propriétaire d'une manade à Maillans, demeurant dans la paroisse Notre-Dame-la-Principale, en Arles, et Pons Veyrrier, bottier de la place du Sétier, aujourd'hui place du Forum, dans cette même ville, font un pari surprenant.

« Jeanne n'est pas morte à Rouen, des gens m'ont dit qu'elle circule en France, affirme le bottier.

— Impossible, les Anglais l'ont brûlée à Rouen et ils ont jeté ses cendres dans la Seine, rétorque le manadier sûr de son fait.

— On parie ? lance le bottier.

— Je parie un cheval contre cinq paires de chaussures », reprend le manadier.

Le défi fut enregistré par Jehan Seguin, notaire public, dont une copie authentique est conservée à la bibliothèque municipale d'Arles. (Annexes, p. 290.) Les deux parieurs se sont donné un an pour apporter une preuve ou un témoignage permettant de valider leur choix. La conclusion du pari devait être signée avant la fin juin 1438 devant le même notaire. Malheureusement, ce deuxième document est introuvable. On ne sait donc pas qui a gagné.

Le bottier avait-il connaissance de la chronique rédigée un peu plus tôt, à l'autre bout du royaume, en Lorraine, par Pierre de Saint-Dizier, curé de Saint-Eucaire puis doyen de Saint-Thiébaut et official de Metz ? Ce curé tenait un journal dans lequel il racontait, au jour le jour, les principaux événements survenus dans la bonne ville de Metz et dans les pays voisins. Ce document prit par la suite le nom de « chronique du doyen de Saint-Thiébaut » dont une copie est conservée à la Bibliothèque nationale. (Ms Naf 6699 ; annexes, p. 291.) Le journal s'achève le 24 janvier 1460. L'événement majeur de cette chronique est ainsi rédigé :

« L'an 1436, sire Philippe Marcoult fut Maître échevin de Metz. Ainsi, la même année, le 20 mai 1436 vint la Pucelle Jehanne qui avait été en France, à la Grange-aux-Ormes, près de Saint-Privat et fut amenée là pour parler avec les seigneurs de Metz. Elle se faisait appeler Claude. Le même jour, ses deux frères vinrent la voir en ce lieu. L'un était chevalier et s'appelait messire Pierre, l'autre Petit Jehan, écuyer, et ils croyaient qu'elle avait été brûlée. Mais, sitôt qu'ils la virent, ils la reconnurent pour leur sœur et elle les reconnut de même.

« Le lundi 21e jour de ce mois, ils emmenèrent leur sœur avec eux à Bocquillou [?] et le seigneur Nicole Louve, chevalier, lui donna un roussin au prix de 30 francs et une paire de houseaux. Le seigneur Aubert Boulay lui donna un chaperon et le seigneur Nicole Grognat une épée. Ladite Pucelle sauta très habilement sur le cheval et dit plusieurs choses à sire Nicole Louve par lesquelles il comprit qu'elle était bien celle qui avait été en France. A plusieurs signes, elle fut reconnue comme la Pucelle Jehanne qui avait amené le roi à Reims pour son sacre. Plusieurs voulurent dire qu'elle avait été brûlée à Rouen, en Normandie, elle répondit le plus par paraboles et disait ne savoir ni le dehors ni le dedans de ses intentions et qu'elle n'aurait pas de puissance avant la Saint-Jean-Baptiste.

« Après que ses frères l'eurent emmenée, elle revint pour les fêtes de Pentecôte en la ville de Marieulles [en fait il s'agit de Marville, aujourd'hui dans le département de la Meuse, en Lorraine] auprès de Jehan Quesnat et se tint là pour environ trois semaines. Mais le troisième jour, elle se mit en route pour aller à Notre-Dame de Liesse et lorsqu'elle voulut partir, plusieurs de Metz vinrent la voir à Marieulles et lui donnèrent plusieurs joyaux. Le seigneur Jeoffroy d'Esch lui donna un cheval.

« Elle partit ensuite à Arlon, une ville qui se trouve dans le duché de Luxembourg. Lorsqu'elle fut à Arlon, elle se tint sans cesse près de Madame de Luxembourg et y demeura fort longtemps jusqu'à ce que le fils du comte de Virnembourg l'emmena à Cologne près de son père. Ledit comte l'aimait fort bien et lorsqu'elle voulut repartir, il lui fit faire une très belle cuirasse pour son armement.

« Elle revint à Arlon et là, fut fait le mariage de Monseigneur des Armoises et de ladite Jehanne la Pucelle. Après la cérémonie, ledit seigneur des Armoises avec sa femme la Pucelle vinrent demeurer à Metz en la maison qu'il possédait près de l'église Sainte-Ségolène. Ils demeurèrent là tant qu'il leur plut. »

Voilà un texte surprenant. L'auteur y affirme notamment que Jeanne n'a pas été brûlée à Rouen puisqu'elle réapparaît, cinq ans plus tard, près de Metz. Il relate des faits concrets, comme le mariage de la Pucelle, cite des personnages importants, précise leurs titres, parle de voyages, de rencontres, de cadeaux, il donne des noms, des dates, situe les lieux.

Le bon curé de Saint-Eucaire peut-il avoir inventé cette étrange histoire ? Et dans quel but ? Disons tout de suite que la mention rédigée d'une main anonyme dans la marge du manuscrit, « fable de la pucelle de Vaucouleurs », ne saurait nous induire en erreur. Un œil exercé à la lecture des textes anciens verra immédiatement que cette inscription n'est pas de la main de l'auteur. Elle a été écrite bien plus tard, au XVIIe siècle, comme l'atteste le graphisme de l'écriture, complètement différent d'un siècle à l'autre. Au demeurant, quel intérêt aurait eu cet érudit d'insérer une « fable » au milieu d'une chronique historique par ailleurs très cohérente ? Pourquoi aurait-il imaginé une fiction avec des personnages réels et occupant de hautes fonctions dans la ville de Metz et ailleurs ? Ces derniers aurait-ils accepté de prêter leur nom à de telles fariboles ? Certainement pas. Il faut donc voir dans ce codicille une intention malveillante destinée à tromper le lecteur de bonne foi. D'autant que la réalité historique du document de Pierre de Saint-Dizier est corroborée par d'autres textes de l'époque.

Aussi surprenante qu'elle soit, cette version hétérodoxe de l'histoire correspond assez bien à ce qui se dit, depuis toujours, dans deux petits villages de Lorraine. Au château de Jaulny, les propriétaires présentent aux visiteurs les portraits de Jeanne et de Robert des Armoises, en précisant que, selon la tradition locale, ce portrait de Jeanne pourrait bien être celui de notre héroïne nationale. A Pulligny-sur-Madon, les habitants sont persuadés que Jeanne a été inhumée dans leur église, près de son époux, le chevalier Robert des Armoises. Des légendes ?

Si les informations du curé de Saint-Dizier sont exactes, on doit pouvoir les vérifier et les recouper. C'est mon travail quotidien de journaliste. Pour cela, je dois d'abord pister cette Jeanne des Armoises, connaître son itinéraire, savoir si elle a une vie publique ou non, si elle fréquente des personnalités de son temps, si elle a laissé des traces de son passage dans les différentes villes. Bref, je recherche des témoignages et des indices datant de près de six siècles. Ensuite, mon enquête devra tenter de déterminer si Jeanne des Armoises et Jeanne la Pucelle sont une seule et même personne. Roger Senzig a effectué les mêmes recherches, mais il a plus précisément identifié chacune des personnalités messines.

A la suite de Pierre de Saint-Dizier, plusieurs chroniqueurs parlent des mêmes événements. Ainsi, Jacomin Husson, orfèvre à Metz qui vécut de 1455 à 1518, Philippe Gérard, dit de Vigneulles, marchand de chaussures à Metz de 1471 à 1528, puis Jehan Praillon, clerc des sept de la guerre[1] de Metz de 1543 à 1556, reprirent successivement le même récit en y ajoutant, parfois, une information plus personnelle.

Ces différentes chroniques furent par la suite étudiées et publiées par les révérends pères Symphorien Guyon en 1650 et Jérôme Vignier en 1683, par le savant bénédictin Dom Calmet, abbé de la célèbre abbaye de Senones, dans les Vosges, en 1738 et, enfin, par Jean-François Huguenin en 1838. Tous les chroniqueurs présentent la même scène survenue à la Grange-aux-Ormes. Tous décrivent les mêmes événements et citent les mêmes témoins.

Si toutes ces chroniques font le récit d'événements

1. Commission de sept membres élus chargés de la défense de la ville.

réels, on doit pouvoir vérifier chaque information. Car les déplacements de Jeanne, qui a fait une grosse impression sur ses contemporains au cours de sa fabuleuse épopée, ne peuvent pas être passés inaperçus. Surtout après le bûcher. Il doit y avoir des traces de son passage à Arlon, à Cologne, à Orléans et en Lorraine. Regardons de plus près le texte du curé de Saint-Eucaire. Les personnages d'abord.

Claude

L'auteur évoque en premier lieu « la Pucelle Jehanne » qui « se faisait appeler Claude ». C'est le personnage central du récit. Si elle a changé de nom, c'est qu'elle a vécu jusque-là dans la clandestinité. Désormais, elle ne cache plus sa véritable identité. Elle se fait reconnaître par des signes et des paraboles, comme le faisait Jeanne la Pucelle.

On lui offre un « roussin », c'est-à-dire un cheval de guerre sur lequel elle saute « habilement », montrant ainsi ses qualités de cavalière. A Cologne, on lui « fait faire une très belle cuirasse pour son armement ». Bien que sommairement crayonné par le chroniqueur, ce portrait ressemble étrangement à celui de Jeanne. Au XVe siècle, il ne devait pas y avoir beaucoup de femmes qui montaient à cheval à califourchon avec une telle aisance.

Cette Claude qui dit être la Pucelle arrive à la Grange-aux-Ormes où il y a les frères d'Arc (ils s'appelleront par la suite du Lys), Pierre et Petit Jehan. L'un est bien chevalier et l'autre écuyer. Ils arrivent à l'heure au rendez-vous qu'on leur a fixé. En 1429, tous deux ont quitté Domrémy pour rejoindre Jeanne à Blois lors de la constitution de sa maison militaire à laquelle ils sont affectés. Jehan, l'aîné, dit Petit Jehan à cause de sa petite taille, a quitté la Pucelle après l'attaque sur Paris. Il a donc échappé à la capture mais il est resté au service du roi. Il occupe depuis des postes de responsabilités : il fut bailli du Vermandois, importante partie de la haute Picardie avec Saint-Quentin comme chef-lieu, puis capitaine de Chartres et, vers 1436, il est prévôt et capitaine de Vaucouleurs. Par la suite il bénéficiera d'une rente royale correspondant à sa fonction.

Pierre, le cadet, est resté près de Jeanne depuis son affectation à sa compagnie jusqu'à Compiègne. Lors de leur sortie malheureuse du 23 mai 1430, il sera fait prisonnier avec le fidèle maître d'ost Jehan d'Aulon et bien sûr avec Jeanne. Une lourde rançon qu'il aura du mal à payer lui rendra la liberté. Car c'est avec la dot de son épouse qu'il effectue le premier versement. Charles VII l'aidera en lui faisant don des péages des bailliages de Chaumont. Puis Charles, duc d'Orléans, rentré lui aussi de captivité, lui offrira le 28 juillet 1443 les revenus de l'île aux Bœufs située sur la Loire.

Outre les frères de Jeanne sont présents à ce mystérieux rendez-vous de la Grange-aux-Ormes des notables de la ville de Metz. L'un d'eux s'appelle Nicole Louve. Il est issu d'une illustre famille de la région. Nicole (ou Nicolas) est né vers 1387. Il commence sa carrière diplomatique en 1407 en se rendant à Paris près du duc d'Orléans devenu menaçant pour Metz. Le 17 juillet 1429, Nicole Louve est à Reims où il assiste au sacre du roi Charles VII. Il y fait la connaissance de la Pucelle. A l'issue de la cérémonie, il est fait chevalier par le roi lui-même. Avec son cousin, Jehan d'Esch, il dirige l'ambassade messine au concile de Bâle en novembre 1443. Il y rencontre de nombreux juges de Jeanne au procès de Rouen, tous délégués par l'université de Paris. Nicole Louve et Jehan d'Esch n'ont pas pu ne pas parler du retour de Jeanne à ces hautes personnalités ecclésiastiques. Or aucune n'a crié au scandale.

Le 20 mai 1436, à la Grange-aux-Ormes, il y a aussi sire Aubert Boulay, membre du Paraige[1] de Saint-Martin. Il fut élu maître échevin de la ville de Metz en 1432 et siège ensuite comme membre des treize jurés. Sa famille est très ancienne : un autre Aubert Boulay fut maître échevin en 1359 et, en 1448, l'un de ses descendants le deviendra à son tour.

Sont encore présents au rendez-vous Nicole Grognat, fils de Nicolas Ier Grognat, maître échevin de Metz en 1391. Il deviendra lui aussi maître échevin en 1421 et, en 1436, il est gouverneur d'une partie des fortifications de la cité. Sire Jeoffroy d'Esch, fils de Jacques d'Esch, est cousin de Nicole Louve. C'est aussi un notable de la ville de Metz.

Si l'on en croit les chroniqueurs de l'époque, aucune de ces personnalités ne s'offusque de la réapparition de Jeanne. Aucune ne pense qu'il peut s'agir d'une mystification, aucune ne voit dans cette Claude une aventurière qui se ferait passer pour Jeanne et surtout pas ses deux frères qui, « sitôt qu'ils la virent la reconnurent pour leur sœur ». Personne ne crie à l'imposture. C'est donc qu'elle lui ressemble physiquement, qu'elle a la même voix, les mêmes intonations, les mêmes attitudes. Or comment cette Claude pourrait-elle savoir qu'elle ressemble à Jeanne, au point de tromper ses proches, alors qu'il n'existe aucun portrait de la Pucelle, officiellement morte depuis cinq ans ?

---

1. Il s'agit de puissantes associations de notables. Au XVe siècle, il y en a dix, dont celle du quartier Saint-Martin.

Après les personnages, les lieux. La Grange-aux-Ormes est alors une ferme-château qui fait partie de la défense sud de la cité de Metz, à mi-chemin entre Saint-Privat et Marly. Elle appartient alors à la famille patricienne des Gournay dont fait partie Didier Le Gournay, maître échevin en 1434. C'est forcément avec son accord que le rendez-vous a été fixé chez lui. On peut voir encore de nos jours une tour du château de l'époque.

Les frères d'Arc emmènent ensuite leur sœur à « Bocquillou » ou « Bacquellou ». Historiens et paléographes s'interrogent depuis toujours sur la signification de ce mot indéchiffrable dans le texte conservé à la Bibliothèque nationale qui n'est qu'une copie de l'original du manuscrit aujourd'hui disparu. Des erreurs de lecture ou de transcription ont pu se glisser dans la copie. Reste que « Bacquellou » n'existe pas. Certains pensent qu'il pourrait s'agir de « Vacquellou » c'est-à-dire Vaucouleurs. Cela paraît possible puisque c'est là que commença l'incroyable aventure de la Pucelle. Vaucouleurs est tout près de Domrémy où elle a grandi. A Vaucouleurs et dans les environs vivent encore beaucoup de personnes qui ont connu Jeanne. Notamment Jean Colin, prêtre de la collégiale, qui l'a entendue en confession deux ou trois fois, Jehan le Fumeux, marguillier de la chapelle Sainte-Marie qui la voyait régulièrement, Henri et Catherine Le Royer, ses hôtes chez qui elle a vécu trois semaines durant en 1428, Robert de Baudricourt, qui ne quittera la ville qu'en 1437, ainsi que ses hommes d'armes : Aubert d'Ouches, Geoffroy de Foug, Bertrand de Poulangy, Jean de Novellempont, dit de Metz. Il y a aussi à Domrémy, en ce printemps 1436, Isabelle de Vouthon, la « mère » de Jeanne, et bien d'autres encore qui ne peuvent pas avoir oublié l'héroïne et ses exploits retentissants.

Si les frères d'Arc emmènent leur sœur à Vaucouleurs puis à Domrémy, il faut croire que cette femme a non seulement le même physique que Jeanne mais aussi la même mémoire des événements. Celle qui se faisait appeler Claude à la Grange-aux-Ormes paraît être Jeanne la Pucelle de France. Dans le cas contraire, cette femme aurait été arrêtée, jugée et condamnée pour imposture comme le fut Jeanne la Féronne, dite la Pucelle du Mans, liée au pilori avant d'être emprisonnée pendant sept ans. Or pour la Pentecôte, Jeanne et ses frères reviennent à Marieulles.

Le lieu existe bien, entre Metz et Pont-à-Mousson. Mais je ne vois pas trop ce que Jeanne serait allée y faire. Je pense que le traducteur de la chronique a mal décodé ce mot car à mon avis il s'agit de Marville, non loin du duché du Luxembourg. A l'époque, le territoire de Marville est cogouverné par les maisons de Bar et de Luxembourg. Il bénéficie par conséquent d'une sorte de neutralité politique et militaire grâce à quoi le village connaît, depuis le XIIIe siècle, une prospérité sans équivalent. Les architectes, les sculpteurs, les joailliers, les artistes, les marchands, les banquiers font construire de somptueux hôtels particuliers. C'est ici d'ailleurs que le couple Jeanne et Robert des Armoises viendra signer l'acte de vente du quart des revenus de Haraucourt.

Alors que le séjour devait durer trois semaines, Jeanne et les frères d'Arc décident de partir le troisième jour pour Notre-Dame de Liesse, près de Laon. Plusieurs bourgeois et notables de Metz, informés de ce départ, viennent vite saluer la jeune femme et lui faire des cadeaux somptueux. Jeoffroy d'Esch donne (encore) un cheval, d'autres des joyaux.

Notre-Dame de Liesse est aujourd'hui dans le département de l'Aisne. La basilique est superbe. Elle est malheureusement menacée par la pollution due à la circulation de trop nombreux poids lourds dans le village. Je remarque d'emblée les clefs de voûte aux armes d'Orléans et de Visconti. Une petite chapelle bien sombre rappelle que les chevaliers d'Eppes, de Couchy et de Marchais, prisonniers lors d'une croisade, ont réussi à s'échapper grâce à la fille du sultan, Ismérie. De retour au royaume de France, ils ont fait construire une église qui devint un lieu de pèlerinage pour tous les prisonniers évadés. Il n'est donc pas étonnant que Claude, si elle est bien Jeanne, dont on connaît la piété et le respect pour les traditions religieuses, soit allée se recueillir devant la statue de Notre-Dame de Liesse, patronne des prisonniers évadés.

Après Vaucouleurs, après Marville, après Liesse, Claude/Jeanne part pour Arlon où réside alors la duchesse de Luxembourg, Elisabeth de Görlitz. Celle-ci est la fille de Jehan de Luxembourg et de Richarde de Mecklembourg, la nièce des empereurs Wenceslas IV et Sigismond de Luxembourg. Elle devient, en 1403, la marraine du futur Charles VII. En 1409, elle épouse Antoine de Bourgogne, frère de Jean sans Peur, duc de Bourgogne. Son époux nommera un certain Robert de Virnembourg gouverneur du Luxembourg en 1412 avant de perdre la vie à la célèbre bataille d'Azincourt, en 1415, si meurtrière pour la noblesse française.

Claude/Jeanne retrouve donc à Arlon des personnalités titrées. Il y a aussi Jehan de Rodemack, cousin de Charles VII par sa grand-mère, Béatrice de Bourbon, confident de l'empereur Sigismond et conseiller de la duchesse. Il a assisté le 17 juillet 1429 au sacre de Reims où il a forcément rencontré Jeanne. Puis il l'a suivie, en juillet et en août, dans tous ses combats jusqu'à Paris. Parmi tous ceux qui se trouvent à Arlon en ce printemps 1436, Jehan de Rodemack est sans doute celui qui connaît le mieux la Pucelle. Il n'est pas imaginable qu'il ait pu être trompé par une aventurière.

Roger Senzig observe justement qu'au château d'Arlon où se trouve Claude/Jeanne, il y a aussi Errard de Gymnich, ancien sénéchal du Luxembourg qui se mariera avec Bonne, la sœur de Robert de Baudricourt. Bien d'autres personnalités viennent à Arlon, à la même époque, assister à la cérémonie d'intronisation du nouveau sénéchal du Luxembourg, Robert IV de Virnembourg. Claude/Jeanne n'a pas pu les éviter. Comme elle n'a pas pu éviter de parler de sa vie mouvementée, du sacre, de ses batailles, de ses blessures, de sa capture, de son procès et, forcément, de la manière dont elle a évité le bûcher. Si elle est reçue avec tous les honneurs à la cour du Luxembourg, c'est que Claude/Jeanne n'est pas simplement une aventurière un peu plus rusée que les autres mais bien la Pucelle connue de tous. Sinon, les lourdes portes du château ne se seraient pas ouvertes.

A Arlon, je ne trouve plus aucune trace matérielle rappelant le passage de Claude/Jeanne. La vieille forteresse a été détruite et les pierres ont servi à construire de nombreuses maisons et une église un peu baroque. Aux archives, pas de traces de Jeanne des Armoises et encore moins de Jeanne La Pucelle.

Mais on m'oriente judicieusement vers les travaux de l'archiviste du grand-duché. Alain Atten est un historien que je connais déjà pour ses travaux sur la langue que l'on parlait à Domrémy. Il s'est aussi penché sur le périple de Jeanne des Armoises. Il a publié en 1978 un long article bourré de références historiques dans le bulletin trimestriel de l'Institut archéologique du Luxembourg. L'auteur souligne notamment l'importante correspondance que Jeanne, devenue dame des Armoises, entretient depuis Arlon avec la cour de France. Cette Jeanne écrit à tout bout de champ. Elle écrit aux procureurs de la ville d'Orléans, elle écrit au bailli de Troyes, elle écrit même au roi. S'il s'agit d'une fausse Pucelle, comme l'ont affirmé pratiquement tous les historiens, je la trouve plutôt sans-gêne. Que peut-elle espérer ? Je ne vois pas ce qu'une fausse Pucelle aurait à gagner à se faire passer pour la vraie. Mais j'observe au passage que cette Jeanne des Armoises a la même manie de l'écriture que Jeanne la Pucelle.

Existe-t-il des traces de ces lettres ? Aux archives du Loiret, à Orléans, on ne fait aucune difficulté pour me fournir un microfilm des comptes de la ville au XVe siècle. Il s'agit d'une copie des comptes d'Orléans tenus au jour le jour sur des registres en parchemin. Leur lecture est difficile pour qui n'est pas familiarisé avec la paléographie. Heureusement, les archives du Loiret disposent aussi d'une traduction récente ainsi que d'une « copie des archives communales avant 1790 » parfaitement lisible.

On lit par exemple : « Le XXVe jour dudit mois de juillet [1436], au soir, pour faire boire un messager qui apportait lettres de Jeanne la Pucelle et allait par devers Guillaume Bélier, bailli de Troyes, pour ce… » Il est bien écrit : « Jeanne la Pucelle » et nous sommes en 1436. Plus loin : « A Cœur de Lis, le XXVIIIe jour d'octobre pour un voyage qu'il a fait pour ladite ville par devers la Pucelle, laquelle était à Arlon au duché du Luxembourg et pour porter les lettres qu'il apporta de ladite Jeanne la Pucelle à Loches par devers le roi qui était là. […] Et partit ledit Cœur de Lis pour aller devers la Pucelle le mardi dernier jour de juillet et retourna le 2e jour de septembre ensuivant… »

La Pucelle qui s'appellera par la suite Jeanne des Armoises apparaît ainsi pendant quatre ans dans les registres de la ville. Jusqu'en septembre 1440 où elle part avant même qu'on lui ait offert un vin d'honneur.

Dans l'esprit des Orléanais, il s'agit bien de Jeanne la Pucelle, notre Jeanne d'Arc dont on nous dit qu'elle a été brûlée à Rouen. La revoilà vivante. Il s'agit de traces conservées depuis près de six siècles et que personne ne met en doute. On ne peut pas imaginer une collusion entre le curé de Saint-Dizier et les procureurs d'Orléans.

Mais revenons au périple de celle qui se fait appeler Claude.

Claude resta fort longtemps à Arlon jusqu'à ce qu'elle soit mêlée à une intrigue politico-religieuse qui faillit bien lui coûter la vie[1] et qui me permit de

1. De quoi s'agit-il ? Philippe le Bon s'intéresse alors à Trèves, ville située à mi-chemin de ses propriétés de Bourgogne et de Hollande. Or, le bon archevêque Otton de Ziegenheim, ardent réformateur des mœurs de ses clergés séculier et régulier, est mort le 13 février 1430. Le chapitre de Trèves s'est réuni le 27 février pour procéder à un vote de succession. Deux voix se portent sur le nom d'Ulrich de Manderscheid, doyen de Cologne, favorable au duc de Bourgogne et donc soutenu par Virnembourg. Et douze voix vont à un deuxième candidat, Jacques de Sierck, prévôt de Würtzburg, favorable au duc de Lorraine et donc protégé par Rodemack et Gymnich.

Le pape Martin V, dont l'élection en 1417 mit fin au grand schisme, est bien embarrassé. Finalement, dans une bulle du 22 mai 1430, il désigne à cette charge un troisième personnage : Raban de Helmstadt, évêque de Spire.

trouver le premier document officiel étranger la mentionnant sous le nom de « la Pucelle de France ». L'opuscule d'Alain Atten y fait référence. Roger Senzig confirme l'existence de ce document, un sauf-conduit décerné à Jeanne par la ville de Cologne, il l'a eu entre les mains.

J'écris aux archives de la ville de Cologne, leur

Une deuxième réunion du chapitre de Trèves a lieu le 10 juillet et les chanoines s'opposent à la nomination faite par le pape. Ils désignent leur candidat lors d'un vote à l'unanimité cette fois en faveur d'Ulrich de Manderscheid puisque Jacques de Sierck s'est désisté. Mais Raban de Helmstadt ne l'entend pas ainsi. Il va défendre sa nomination. Ainsi commence la guerre de Trèves. Plusieurs grands personnages sont mêlés à cette sombre affaire. On en trouve trace, encore aujourd'hui, dans les comptes du duc de Bourgogne pour l'année 1436 tenus par Jehan Abonnel et conservés aux archives du Nord à Lille. L'échange de courriers laisse supposer qu'un guet-apens est en préparation.

Au folio 164 : « A Lorquin de la Prière, aussi chevaucheur, pour le 5e jour dudit mois de mai, porter lettres à mondit seigneur [le duc de Bourgogne] en Allemagne devers le comte de Virnembourg touchant aucunes matières secrètes dont mondit seigneur ne voulut aucune déclaration être faite. Pour ce 9 L et 12 sols. »

« A Michel Courson, chevaucheur, sur son voyage qu'il a fait par l'ordonnance de Monseigneur du pays de Hollande jusqu'à Paris à porter lettres de par Monseigneur le connétable de France et les seigneurs de Ternant et de l'Isle-Adam. Pour ce 64 sols. »

Au folio 165 : « A Hayne, chevaucheur, pour ledit 15e jour de mai dudit lieu et par icelui seigneur porter lettres devers le comte de Vernembourg pour aucunes choses secrètes que mondit seigneur lui escrivit et pour son retour. Pour ce 54 sols. »

Au folio 195 : « A Germolles, le poursuivant pour le 19e jour de mai par le commandement de mondit seigneur aller de Gand jusqu'à Cologne sur le Rhin en la compagnie de messire Guillaume Gondebourg, chevalier de pays d'Allemagne, pour le conduire et l'accompagner jusqu'audit Cologne. Pour ce 72 sols. » (Annexes, p. 294.)

L'échange de correspondance entre Philippe le Bon, la cour de Luxembourg, le comte de Virnembourg et la cour de France expliquant les raisons de ma requête. Après un simple échange de courrier, je reçois un microfilm des documents reproduits dans ce livre.

Au folio 155, à la date du 13 juillet 1436 : « Trois coches de monseigneur de Virnembourg. »

Au folio 156, à la date du 27 juillet 1436 : « Au seigneur Ulrich Manderscheid autorisation de séjour d'une demi-journée sous résiliation de huit jours. »

Au folio 156 v° à la date du 2 août : « Au lendemain de la fête de la Saint-Pierre-aux-Liens, à la Pucelle de France pour un mois avec résiliation sous trois jours. »

Ainsi, le 2 août qui est bien le lendemain de la fête de Saint-Pierre-aux-Liens, la Pucelle de France arrive à Cologne précédée par le comte de Virnembourg et Ulrich de Manderscheid, candidat au chapitre de Trèves. La confusion n'est pas permise. Il s'agit bien de Jeanne.

Quel était le but de ce voyage ? Qu'attendaient Ulrich de Manderscheid, le comte de Virnembourg et Philippe le Bon de l'intervention de Jeanne dans cette ténébreuse affaire d'Eglise ? Devait-elle convaincre certains seigneurs et notables de ces pays du Rhin d'apporter leur soutien au candidat Manderscheid ?

On ignore tout du rôle que devait jouer la Pucelle dans cette affaire. Ce que l'on sait, par contre, c'est

---

semble exclure toute manœuvre antibourguignonne mais laisse supposer un plan élaboré en commun puis exécuté par Virnembourg avec moins de succès que prévu. Il semble que l'intervention brutale de l'inquisiteur n'ait pas été envisagée ni prise en compte, comme on va le voir.

Quoi qu'il en soit, des « secrets » circulent entre Gand, Paris, Luxembourg et Cologne. Jeanne ne se fait plus appeler Claude mais la Pucelle de France. Elle se rend à Cologne avec le fils du comte de Virnembourg. Leur arrivée est confirmée par le registre des sauf-conduits de la ville de Cologne pour l'année 1436.

que sa présence n'est pas passée inaperçue puisqu'elle fut signalée aussitôt à l'inquisiteur de la foi pour la région de Mayence, Henri de Kalteisen, maître en théologie, qui fut ensuite évêque de Drontheim et de Césarée, lequel ordonna immédiatement une enquête à son sujet.

Kalteisen apprend que cette femme circule à cheval en ville en compagnie de notables, qu'elle porte des habits d'homme, qu'elle partage leurs repas et boit avec eux. Elle se livrerait même à des tours de magie, prétend s'appeler Jeanne la Pucelle et se vante de pouvoir favoriser l'un des candidats au siège épiscopal de Trèves. C'est un scandale. Kalteisen la convoque aussitôt. Jeanne ne se présente pas. Il l'excommunie et la fait rechercher. Jeanne prend la fuite et retourne à Arlon.

Comment connaît-on cet épisode peu glorieux de la Pucelle ? L'inquisiteur de la foi raconte cette aventure à l'un de ses amis, Johanes Nieder, prieur des dominicains de Bâle. En 1437, celui-ci écrit un traité de discipline religieuse, *malleus maleficarum*. Le livre V de cet ouvrage, le *Formicarum*, raconte l'incident en ces termes :

« Nous avons aujourd'hui l'insigne professeur de théologie frère Henri Kaltysen, inquisiteur des erreurs hérétiques. Celui-ci, alors que l'an passé il s'acquittait de son devoir d'inquisiteur dans la ville de Cologne ainsi qu'il me l'a lui-même rapporté, remarqua qu'il y avait, près de Cologne, une jeune fille qui se déplaçait sans cesse habillée en homme, portait des armes et avait une tenue négligée comme un mercenaire de la noblesse. Elle se livrait à la danse avec les hommes, mangeait et buvait de sorte qu'elle semblait dépasser dans tous les domaines les limites tolérées au sexe féminin qu'elle ne reniait pas.

« Et parce qu'à cette époque, hélas comme aujourd'hui, deux personnes qui en briguaient le siège faisaient grand tort à l'église de Trèves, elle se vantait de pouvoir et de vouloir introniser l'une des deux personnes, de même que Jehanne la Pucelle dont nous avons parlé tantôt, l'avait fait peu de temps auparavant pour Charles, roi des Français en le confirmant dans son royaume. Bien plus, elle affirmait être la même Jehanne suscitée par Dieu.

« C'est pourquoi, alors qu'un jour avec le jeune comte de Virnembourg qui prenait soin d'elle et la protégeait elle était rentrée à Cologne et qu'en ce lieu même elle avait accompli en présence de nobles des choses magiques qui semblaient appartenir à la sorcellerie, elle fut enfin activement recherchée et publiquement citée par l'Inquisiteur cité plus haut pour être l'objet d'une enquête.

« On disait qu'elle avait déchiré une nappe de table et qu'elle l'avait reconstitué sur-le-champ aux yeux de tous, qu'après avoir lancé un verre contre un mur et l'avoir brisé, elle l'avait réparé en un moment et qu'elle avait montré un bon nombre de tours semblables échappant à la raison.

« La malheureuse refusa d'obéir aux ordres de l'Eglise de peur d'être appréhendée, elle eut pour la protéger devant le destin un comte grâce auquel, étant sortie en cachette de Cologne, elle échappa certes aux mains de l'Inquisiteur mais pas aux liens de l'excommunication.

« Sous le coup de cette décision, elle quitta l'Allemagne et franchit la frontière des Gaules où elle épousa un chevalier qui ne craignait ni l'interdit de l'Eglise ni l'épée. »

Johanes Nieder poursuit son récit en faisant référence directement à Jeanne.

« Il y eut en outre en France il y a moins de dix ans, une certaine Pucelle du nom de Jehanne s'illustrant selon l'opinion, tant par ses fantaisies prophétiques que par son pouvoir magique. Celle-ci portait en effet toujours un vêtement d'homme et nulles paroles persuasives de n'importe quel docteur ne purent l'amener à quitter tels habits, opposée qu'elle était aux vêtements féminins bien qu'elle affirmait par-dessus tout qu'elle était réelle pucelle et femme. "Sous cet aspect d'un homme", dit-elle en signe de victoire prochaine, afin de l'annoncer par la parole et par l'aspect, "Dieu m'a envoyée pour aider le vrai roi des Français et le confirmer dans son royaume d'où s'efforcent de le chasser le roi d'Angleterre et le duc de Bourgogne". C'est pour cette raison qu'alors, ceux-ci s'étant alliés l'un à l'autre, accablaient très durement la France par les massacres et les armes.

« C'est pourquoi Jehanne chevauchait continuellement avec son maître, comme un soldat. Elle prédisait de nombreux événements heureux pour l'avenir, elle participait à certaines victoires guerrières et accomplissait des actions si étonnantes que non seulement en France mais tous les peuples chrétiens s'en émouvaient.

« Enfin, Jehanne arriva à un tel degré de présomption que, la France n'étant pas encore conquise, elle menaçait par lettre la Bohême où se tenaient de nombreux hérétiques.

« Après cela, les séculiers et les réguliers, les prêtres et les moines se demandaient quel esprit la dirigeait : celui du diable ou celui de Dieu. Ainsi, certains hommes très savants ont écrit des ouvrages à son sujet dans lesquels ils reconnurent non seulement des idées contraires mais encore des idées hostiles à la Vierge.

« Mais après avoir aidé le roi Charles dans de nombreuses circonstances et l'avoir confirmé dans son royaume, elle fut enfin à un certain moment, comme on le croit par la volonté de Dieu, capturée par l'armée des Anglais et emprisonnée. Et un procès lui fut fait par d'éminents maîtres et docteurs à Rouen. Après le procès de l'Eglise elle fut soumise à la justice séculière et condamnée à être brûlée ainsi que le roi d'Angleterre l'a écrit à l'empereur Sigismond.

« Deux femmes furent arrêtées vers le même temps près de Paris qui se disaient envoyées par Dieu pour sauver la Pucelle et comme mon ami Nicolas Lamy l'a entendu de ses propres oreilles, elles furent interrogées par l'Inquisiteur de France et par plusieurs docteurs en théologie. L'une comprit son erreur et obtint le pardon. L'autre inspirée par un ange de Satan se maintint dans l'erreur et fut brûlée. »

Pour les deux chasseurs de sorcières que sont Kalteisen et Nieder, la femme qui circule en armes dans Cologne ressemble beaucoup à la Pucelle de France qui a dû son salut à un départ précipité de la ville.

On notera que Kalteisen et Nieder confirment ici en tous points les propos de la chronique du doyen de Saint-Thiébaut. Le sauf-conduit établi par la ville de Cologne à la Pucelle de France confirme de manière irréfutable la présence de Jeanne à Cologne le 2 août 1436. A cette date, Jeanne est donc vivante. Les informations se recoupent parfaitement. On imagine mal qu'il ait pu y avoir une concertation entre les auteurs de ces différents textes ainsi qu'avec les autorités civiles de Cologne qui délivrent un document officiel à la Pucelle.

Je suis de plus en plus convaincu de la survie de Jeanne. Celle que tous les historiens appellent « la fausse Jeanne d'Arc » m'intrigue de plus en plus. Comment cette femme aurait-elle pu savoir qu'elle ressemblait comme deux gouttes d'eau à la vraie, morte depuis cinq ans et dont on sait qu'il n'y a jamais eu de portrait ? Au physique, cette mystificatrice aurait dû ajouter des talents de cavalière, des qualités intellectuelles proches de celles de la vraie… Peut-on tromper autant de monde aussi longtemps ?

Les chroniqueurs du temps ne sont pas avares d'informations sur Jeanne des Armoises. Jules Quicherat lui-même les cite presque tous. Il évoque aussi le passage de Jeanne à Cologne et à Trèves et publie l'extrait du *Formicarum* qui relate le grand danger dans lequel Jeanne s'est mise en jouant au soldat.

En Lorraine, je retourne à Domrémy et à Vaucouleurs, je rencontre un professeur d'histoire médiévale, j'interroge de nombreux auteurs de livres sur Jeanne. La réponse est toujours la même : « Jeanne des Armoises ? Ah ! la fausse Jeanne d'Arc ! Mais c'est une affaire connue, elle a été démasquée, relisez le "Bourgeois de Paris". Vous faites fausse route ! La Pucelle est bien morte sur le bûcher, il n'y a plus de doute là-dessus. »

Plus de doute ? Comment peut-on être aussi affirmatif ? Voilà des dizaines de personnes vivant au XVe siècle qui ont connu la vraie Pucelle, qui l'ont approchée de près, qui ont mangé, bu, parlé, prié, combattu à ses côtés et tous la reconnaissent en 1436. Pourquoi mes interlocuteurs qui vivent au XXe et XXIe siècle se permettent-ils de mettre en doute leur témoignage ? Je veux bien croire que la dame des Armoises a usurpé l'identité de la Pucelle. Mais il me faut des preuves.

La publication de l'un de mes articles dans *L'Est républicain* sur le château de Jaulny me vaudra un abondant courrier. L'un des lecteurs, mécontent de la thèse que je défends, m'adresse un article du célèbre avocat parisien Maurice Garçon, essayiste, romancier et historien. Il a publié en 1959 chez Fayard *Le Mystère de la mort de Jeanne d'Arc*, une longue analyse par laquelle il s'emploie à démontrer, avec beaucoup de talent, que la dame des Armoises était une usurpatrice. « Les grandes énigmes historiques ont toujours passionné les chercheurs », constate l'avocat qui réagit au livre de Jean Jacoby pour qui Jeanne n'est pas morte sur le bûcher.

« A propos de la mort de Jeanne d'Arc un problème s'est en effet posé, écrit-il. Il mériterait de piquer encore la curiosité s'il n'était résolu depuis longtemps. [...] Tout a été dit sur cette affaire. » Maurice Garçon relit les archives du Loiret de 1436 à 1440 et observe : « Ce document dont l'authenticité n'est pas douteuse est évidemment de nature à causer une grande surprise. » Mais il ajoute aussitôt : « On peut se demander toutefois si la dame des Armoises n'eut pas l'impression qu'il fallait disparaître un peu vite, car le comptable note que tandis qu'elle soupait chez deux notables, Jehan Luillier et Thevenon de Bourges, on lui apporta du vin qu'il "cuidait présenter à la dicte Jeanne, laquelle se parti plus tost que ledit vin fut venu". »

L'avocat ne s'étonne pas que l'on ait pu admettre la survie de Jeanne en raison de la crédulité populaire qui « accepte mal la mort des héros [...] et crée très souvent une légende de survie dès le jour même de leur mort ». Il cite les faux Smerdis, les faux Warwick, les faux Dimitri, les faux Sébastien, roi de Portugal. « Longtemps on crut à la survie de Frédéric Barberousse. En 1830 encore, beaucoup de gens ne croyaient pas à la mort de Napoléon, et longtemps après 1945 beaucoup de gens ont cru Hitler réfugié dans quelque ranch d'Amérique. » L'avocat a d'autres arguments dans sa manche. Il écrit en effet : « Un érudit, M. Lecoy de la Marche, a découvert enfin un document précieux qui paraît clore l'histoire. En 1457, le roi René accorda des lettres de rémission à une aventurière arrêtée à Saumur pour diverses escroqueries. Elle était à cette époque veuve de Robert des Armoises et remariée à Jean Douillet, obscur Angevin. Il est dit dans cette pièce "qu'elle s'était fait longtemps appeler Jehanne la Pucelle en abusant ou en faisant abuser plusieurs personnes qui autrefois avaient vu la Pucelle qui fut à lever le siège d'Orléans contre les anciens ennemis du royaume". On n'a pas le droit d'ignorer ce texte. » L'avocat conclut ainsi : « La seule question qui demeure curieuse est celle de l'étrange aveuglement des habitants de la ville d'Orléans qui la reçurent pendant cinq jours en 1439. »

Ce texte m'a beaucoup impressionné. Car en véritable professionnel, l'avocat construit sa démonstration sur des éléments sérieux. En effet, pourquoi Jeanne des Armoises quitte-t-elle précipitamment Orléans « plutôt que le vin fut venu » ? Parce que le roi arrive à Orléans et pourrait la démasquer ? C'est ce qu'affirment tous les historiens. Et ces autres Jeanne qui apparaissent à la même époque : la Pucelle du Mans, Jeanne de Sermaize ? S'il y en a eu deux, pourquoi pas trois ?

Je me dis que je fais peut-être fausse route. L'avocat vient d'emporter mon intime conviction au bénéfice du doute : Jeanne des Armoises n'est peut-être pas la Pucelle. Je décide de lâcher cette enquête décidément trop compliquée en attendant de trouver, qui sait ? un document nouveau dans les archives, une information nouvelle qui viendra peut-être de Pulligny où j'aimerais effectuer des fouilles lorsqu'un radar à ultrasons permettra de sonder le sous-sol de l'église.

En attendant, je me consacre à une autre enquête sur les victimes de notaires dans notre XXe siècle finissant. Je compulse des dizaines de dossiers, je rencontre de nombreuses victimes (ou qui se croient telles) dans toute la France et je publie *Enquête chez les notaires* (Stock, 1998) qui me vaudra deux ou trois procès, tous gagnés.

Les arguments de Maurice Garçon ne tiennent pas longtemps face à Roger Senzig qui a scrupuleusement analysé les archives de la ville d'Orléans. Non, Jeanne n'est pas partie comme une voleuse avant que le vin ne lui soit servi parce que le roi pouvait la démasquer. Car le roi ne se déplaçait jamais à l'improviste. Il était annoncé des semaines et des mois avant son arrivée avec toute sa cour. Des cavaliers venaient des heures avant le convoi royal pour préparer et sécuriser les lieux. En aucune façon il n'aurait pu « surprendre » Jeanne des Armoises. La preuve que la ville d'Orléans est restée convaincue que la dame des Armoises est bien celle qui a libéré la ville le 8 mai 1429, c'est le don de 210 livres qui lui fut offert « pour le bien qu'elle a fait à la ville durant le siège ».

Roger a raison. Jeanne n'est pas partie précipitamment pour éviter le roi. Mais où est-elle allée ?

Je me replonge dans le *Formicarum*.

Johanes Nieder, l'auteur de l'ouvrage, précise que Jeanne est bien repartie d'Allemagne pour aller épouser un chevalier dont il ne donne pas le nom mais dont il sait qu'il ne craignait « ni l'Eglise ni l'épée ».

Il s'agit évidemment de Robert des Armoises. Qui est cet homme dont parlent à la fois le chroniqueur Pierre de Saint-Dizier et le prieur des dominicains de Bâle Johanes Nieder ? Comment les époux ont-ils pu se connaître ? Comment se fit le mariage ? Une fois encore, Roger a les réponses.

Jeanne se marie

Messire Robert II des Armoises est né à la fin du XIVe siècle à Tichémont, près de Conflans-en-Jarnisy, en Lorraine, de Richard II des Armoises, seigneur de Tichémont et de Brouenne, maréchal du Barrois. Il a un frère aîné, Jehan, et une sœur puînée, Lise, qui épousera Henri d'Orne. La famille est originaire des Ardennes, où existent les Grandes et les Petites Armoises.

Selon la tradition de l'époque, dès son jeune âge, Robert des Armoises entre au service d'un « grand ». Ce sera Charles d'Orléans. Il guerroie pour la défense du Valois en 1410, devient écuyer en 1412 et obtient la seigneurie de Norroy-le-Sec.

Après Azincourt, en 1415, la noblesse française est décimée, Charles d'Orléans est capturé. Robert des Armoises se fait admettre le 31 mai dans la Compagnie des Lévriers Blancs qui ne se compose alors que de vingt chevaliers et vingt-sept écuyers dont les frères des Armoises. En 1417, Robert est nommé conseiller du cardinal Louis de Bar.

Au décès de son père, il hérite de Tichémont, Labry, Jaulny et Brainville. En 1419 il est fait chevalier et épouse Alix de Manonville, fille de feu Perrin de Manonville et d'Ysabeau de Baffremont. Elle apporte à son époux Manonville et Haraucourt. Robert lui constitue en 1419 un douaire[1] en lui assignant en garantie sa propriété de Tichémont et 300 livrées de terre. Le cousin de Robert, Winchelin de la Tour, bailli de Saint-Mihiel, seigneur de la Tour-en-Woëvre, donna sa garantie personnelle.

Le 17 août 1422 une partie des biens de Robert des Armoises est rachetée par Charles II de Lorraine. Il s'agit de Norroy-le-Sec, Mainville et Abéville, pour 1 000 francs. En 1424, sous prétexte que Robert a disposé de son bien sans avoir consulté le duc de Bar, celui-ci confisque le château de Tichémont et le donne à Jeoffroy d'Apremont, seigneur de Ham. Robert continuera néanmoins de porter le titre et son fils, Philibert, en obtiendra la restitution puisqu'il le vendra à son parent, Didier de Landres, beau-fils de Robert de Baudricourt et bailli de Saint-Mihiel en 1474.

Lorsqu'il se marie avec Jeanne, à Arlon, Robert est veuf. Il frise la cinquantaine et sa situation financière n'est pas des plus brillantes. Il dispose cependant de revenus fonciers qui lui assurent le bien-être matériel.

Où a-t-il pu rencontrer Jeanne ?

Aucun document n'en fait état. Peut-être à Châlons-sur-Marne, le 14 juillet 1429, lorsque le roi Charles VII et Jeanne font leur entrée dans la ville. On sait que la Pucelle y retrouve quelques familiers. Une précision nous est donnée par son fidèle maître d'ost, Jehan d'Aulon, qui dépose lors du procès en nullité de condamnation : « Et dit qu'à son avis elle était très bonne chrétienne et qu'elle devait être inspirée car elle aimait tout ce que bon chrétien et chrétienne doivent aimer et par spécial elle aimait fort un bon prud'homme qu'elle sait être de vie chaste. »

---

1. « Droit (conventionnel ou coutumier) de l'épouse survivante sur les biens de son mari » (*Le Petit Robert*).

Jehan d'Aulon ne donne pas le nom de ce prud'homme, sans doute parce qu'il ne le connaît pas.

Le 17 juillet 1429 dans l'après-midi, après la cérémonie du sacre et la distribution des récompenses, eut lieu autour de l'hôtel épiscopal de Reims un très grand banquet réunissant les grands du royaume, les délégués des Etats, ceux des « bonnes villes », les membres de la cour, tous les capitaines des compagnies formant l'ost royal ainsi que les invités personnels du roi dont les parents de la Pucelle et des habitants de la région de Domrémy. Il y avait aussi Robert des Armoises. Il a pu rencontrer Jeanne à cette occasion.

Dans sa *Jeanne d'Arc*, Anatole France décrit ces agapes de façon très imagée : « Il s'y dévorait des bœufs par douzaines, moutons par centaines, poules et lapins par milliers. On se bourrait d'épices et comme on avait grand-soif, on humait à plein pot les vins de Bourgogne et notamment le parfumé vin de Beaune. »

Quelle que soit la manière dont Robert et Jeanne se sont connus, ils sont tous deux à Arlon en ce printemps 1436 pour leur mariage. Aucun chroniqueur, aucun document de l'époque ne précise qui a célébré la cérémonie. Nous savons cependant qu'en 1436, Conrad de Montabaur est curé doyen d'Arlon et chapelain de la duchesse. Ce fut probablement lui qui a uni le couple des Armoises, suppose Roger, ayant eu à régler auparavant le délicat problème de la double excommunication de l'épouse : celle de 1431 à Rouen et celle de 1436 à Cologne.

« Après la cérémonie, ledit seigneur des Armoises avec sa femme la Pucelle vinrent demeurer à Metz en la maison qu'il possédait près de l'église Sainte-Ségolène », précise le doyen de Saint-Thiébaut. Cette église se trouve sur la colline des Hauts-de-Sainte-Croix, flanquée de deux petites places : la place des Maréchaux et la place des Quatre-Maisons. Après la Libération de 1918, lors de l'une des premières réunions de la commission municipale de Metz, il fut procédé au remplacement des noms allemands des rues et des places. Ainsi, la place des Quatre-Maisons est devenu la place Jeanne-d'Arc.

L'hôtel particulier des Armoises se trouvait à l'angle de la rue de la Boucherie et de la rue Saint-Georges. Ces parcelles sont indiquées sur le plan cadastral allemand et présentées avec l'église Sainte-Ségolène. Cet immeuble qui, au rez-de-chaussée, avait été construit avec des arcades, fut démoli en 1852. Il ne reste de cette demeure qu'une porte en bois du XVe siècle conservée au musée de Metz et sur laquelle sont sculptés deux portraits en vis-à-vis. La ressemblance avec les portraits de Jaulny est frappante. A l'évidence, il s'agit des mêmes personnes : Jeanne et Robert des Armoises.

Le couple s'installe donc à Metz. Peu après leur union les époux vendent une propriété comme en fait foi un acte notarié daté du 7 novembre 1436. L'original a été perdu. Mais le R.P. Dom Augustin Calmet (1672-1757), abbé de Senones, dans les Vosges, auteur d'une *Histoire ecclésiastique et civile de la Lorraine*, dans son chapitre intitulé « Preuves de l'histoire lorraine » présente la copie de l'acte ainsi rédigé :

« Nous, Robert des Hermoises, seigneur de Tichémont et *Jeanne du Lix, la Pucelle de France*, dame dudit Tichémont, ma femme licenciée et autorisée de moi Robert, dessus nommé, pour faire gréer et accorder tout ce qu'entièrement s'ensuit. […] Avons vendu, cédé et transporté à honorable personne Collard du Failly, écuyer demeurant à Marville et à Poinseth, sa femme [...], toute la quarte partie que nous avons, devons et pouvons avoir et que à nous doit et peut appartenir [...] en toute la ville, ban finage et confinage de Haraucourt [...] et avec ce dix muids de sel que nous tenons sur les salines de Moyenvic et Marsal chaque an, au temps de fête de Sainte-Marie-Madeleine [...] par espace et terme de quatre années. La première de ces dites années commençant au 24e jour de mai 1441 et finissant au 24e jour de mai 1445. [...]

« Iceluy vendage cède et transport fait pour et parmi la somme de 350 francs, douze gros de Lorraine pour chaque franc que nous avons eu et reçu desdits Collard et Poinseth sa femme [...] en notre très grand profit et urgence nécessité. [...]

« Nous, Robert des Hermoises et Jehanne du Lix la Pucelle de France, ma femme, dessus nommée avons mis et apendu nos propres sceaux en ces présentes et avec ce avons prié et requis à notre cher et grand ami Jehan de Thoneletil, sieur de Vilette et Saubelet de Dun, prévôt de Marville qu'ils veillent bien à mettre leurs sceaux en es présentes en cause de témoignage. Et nous, Jehan de Thoneletil et Saubelet de Dun dessus nommés à la prière de nos très chers amis dessus dits, messire Robert et Dame Jehanne dessus nommés avons mis et apendus nos propres sceaux en présentes lettres avec les leurs. [...] Qui furent faites et données en l'an de Grâce de notre Seigneur 1436 au mois de novembre 7e jour. »

Au bas du document on peut lire : « Collation de la présente copie a été faite au tabellionnage de l'évêché et Comté de Verdun souscrit. Ledit original était en parchemin sain et entier en écriture duquel il y a quatre sceaux de cire verte avec quatre à double queue de parchemin pendant. Lequel original est demeuré en mains d'honorable seigneur Paul des Armoises, seigneur de Hanonville. Et ce concorde la présente copie avec leur original du mot à mot, en preuve nous signes manuels cy-mis le vingtième jour de juin 1615, signé Robinet Simon, notaire avec paraphe. » (Annexes, p. 298.)

Le savant bénédictin Dom Calmet révèle de façon indiscutable l'existence de l'acte authentique et de sa copie. Le précieux document a été découvert en 1645 par le P. Jérôme Vignier dans les archives d'une famille des Armoises. Mais il a découvert aussi l'acte de mariage dans les archives de l'étude de maître Robinet Simon, notaire à Verdun. Cet acte se trouvait paraît-il en 1907 en l'étude de maître Marty, notaire à Fresnes-en-Woëvre.

Comment le sait-on ? Dans son ouvrage *Jehanne d'Arc n'a pas été brûlée*, Gérard Pesme rapporte qu'Albert Bayet, professeur à la Sorbonne, fut chargé par Anatole France d'effectuer des recherches historiques pour argumenter son livre. Il aurait constaté que la signature de Jeanne était identique à celle qui est apposée au bas de la lettre envoyée le 16 mars 1430 aux habitants de Reims. Selon le journaliste Yves Lavoquer, de Troyes, ami de Bayet qui lui a rapporté l'événement, Anatole France aurait laissé tomber son monocle de surprise lorsqu'il connut ces détails.

Malheureusement Fresnes-en-Woëvre a été détruite une première fois lors du conflit 1914-1918. Puis une seconde fois au cours des bombardements de 1944. Il ne reste de ces précieux documents que la copie dont parle Dom Calmet et que le comte Pierre de Sermoise a retrouvée dans les archives familiales.

L'union de la Pucelle de France et de Robert des Armoises est donc confirmée par des actes établis par des notaires. Comme l'avaient dit les chroniqueurs de l'époque. Jusqu'ici, toutes les informations révélées par le doyen de Saint-Thiébaut sont rigoureusement exactes.

Mais la vie de Jeanne ne s'arrête pas là.

Orléans apprend la nouvelle

La réapparition de Jeanne à la Grange-aux-Ormes, près de Metz, n'est pas passée inaperçue.

A Orléans, la nouvelle fait l'effet d'une bombe. L'information est confirmée officiellement le 25 juillet 1436 comme en témoignent les comptes de la ville pour l'année 1436.

Aux folios 33 et 34 : « A Regnault Brune, le 25e jour dudit mois [de juillet] au soir pour faire boire un messager qui apporte une lettre de Jeanne la Pucelle et allait vers Guillaume Bellier, bailli de Troyes. Pour ce 2 sols et 8 deniers. » (Annexes, p. 300.)

Une lettre de Jeanne la Pucelle apportée par un messager ! Est-ce possible ? Serait-elle vivante ? Les Orléanais ont gardé un émouvant souvenir de Jeanne qui libéra la ville de l'occupant anglais. Chaque année, ils la célèbrent par des cérémonies religieuses qui ont commencé dès le mois de juin 1431. Grâce aux registres de la ville d'Orléans conservés aux archives du Loiret, on sait que cinq ans après le bûcher de Rouen, les 5 et 6 juin 1436, avant-veille et veille de la Fête-Dieu, avaient encore lieu d'importantes cérémonies dont huit messes des trépassés à l'église Saint-Samson avec homélie et procession.

De nombreux détails sur les frais engagés par la ville sont scrupuleusement notés dans les registres des comptes. Les receveurs des finances inscrivent au jour le jour l'événement qui a généré les dépenses, les noms et qualités des personnes concernées, les noms des fournisseurs. Lorsque les dépenses se précipitent, il arrive que, par manque de temps, les receveurs ne les inscrivent que quelques jours plus tard. Mais peu importe : tout est scrupuleusement comptabilisé.

Ainsi, pour l'année 1435-1436, le folio 18 précise : « A Jacquet le Prêtre pour six pintes et six chopines de vin pour donner au frère de feue Jeanne la Pucelle, le jeudi 12e de janvier ensuivant. Pour ce 6 sols et 6 deniers parisis. »

Jacquet le Prêtre, varlet de la ville d'Orléans, se fait rembourser l'achat de six litres et six demi-litres de vin offerts en guise de vin d'honneur à Jehan d'Arc, frère de Jeanne. Le document note bien « feue Jeanne la Pucelle », indiquant qu'elle est décédée. Le frère de Jeanne est venu dans cette ville où il est bien connu pour solliciter une aide financière. Il est sans doute dans le besoin.

Le lendemain, on lit : « A Jehan du Lis, frère de ladite feue Jeanne la Pucelle pour don fait à lui le 13e jour de janvier ensuivant 64 sols parisis. » La ville d'Orléans lui fait don de 3 livres et 4 sols.

Au folio 28, l'avant-veille et veille de la Fête-Dieu 1436, les faits suivants sont consignés : achat de 9 livres de cire neuve pour confectionner 4 cierges, 12 tortis et 1 flambeau pour l'anniversaire de feue Jeanne la Pucelle. Achat également de petits pains et de vin offerts à la messe de cet anniversaire, paiement du salaire des huit religieux des quatre ordres mendiants qui chantèrent huit messes des trépassés en l'église Saint-Samson durant le service d'anniversaire, pour donner à boire aux sonneurs de cloches, pour salaire aux religieux de l'église, pour la façon des cierges, tortis et flambeaux à Jehan Moynet. A Etienne le Peintre pour 4 écussons peints aux armes de feue Jeanne la Pucelle.

Ainsi, le 12 janvier 1435, Jehan d'Arc, le frère de Jeanne, décédée, est venu à Orléans solliciter une aide financière d'un peu plus de trois livres.

Sept mois plus tard, le 5 août 1436, il repasse à Orléans. Plusieurs l'invitent à souper pour lui faire raconter sa mission.

« Audit Jacquet le Prêtre, le dimanche au soir, pour 12 pintes et chopines de vin prises chez Jehan Hatte audit prix de 10 deniers la pinte, données et présentées audit Jehan, frère de Jeanne la Pucelle et soupèrent avec lui Pierre Baratin, Jacques l'Hesbahy et ledit Jacquet Largentier, receveur, pour ce 10 sols et 5 deniers. »

Le menu est même précisé : « A Berthault, pour 12 poulets, 12 pigeons, 2 orfeux, 2 Lewas donnés et présentés au frère de la Pucelle, achetés par Aignan de Saint-Mesmin et Pierre Baratin, pour ce 38 sols. »

Entre le 12 janvier et le 5 août, dates où la présence de Jehan d'Arc est signalée à Orléans, le frère de Jeanne est allé à la Grange-aux-Ormes, près de Metz, où il a rencontré sa sœur. Il en parle autour de lui et notamment aux personnalités qui ont bien connu Jeanne. Au reste, la mention « feue Jeanne la Pucelle » a disparu des registres.

Curieusement, Jehan d'Arc n'est pas le seul visiteur de marque à Orléans, ce 5 août 1436. Jacques de Chabannes est également gratifié d'un vin d'honneur. Ce personnage fut un vaillant défenseur d'Orléans en 1429 et devint ensuite l'un des plus fidèles compagnons de la Pucelle. Il restera avec elle jusqu'à Compiègne où il se retrouvera avec Walerpergue, de Fontaine, Poton le Bourguignon et Barthélemy Beretta. Chabannes rencontre donc Jehan d'Arc qui, sans doute, lui réserve la narration de la réapparition de sa sœur.

Quelques jours plus tard, une révélation inouïe : « A Pierre Baratin et Jehan Bombachelier pour bailler à Fleur de Lis, le jeudi veille de saint Laurent, 9e jour d'août, pour don fait à lui pour ce qu'il a apporté lettres à la ville de Jehanne la Pucelle, deux réaux d'or qui lui ont été baillés par lesdits Baratin et Bombachelier à 24 sols pour réal pour ce 48 sols. »

Jeanne la Pucelle écrit encore plusieurs lettres. Cette fois-ci, le nom du messager est connu du receveur puisqu'il le nomme : Fleur de Lys. Qui est-ce ? Un document conservé à la Bibliothèque nationale nous précise son identité. Dans un extrait du *Traité de Noblesse et d'Art héraldique dans les Etats de Bourgogne* de 1450, on peut lire : « Item, et depuis n'a pas longtemps, on a vu en France Dame Jeanne la Pucelle laquelle bien qu'elle vient de bas étage et de petite extraction, toutefois par sa hardiesse en armes et ses vaillantes entreprises amena le roi de France Charles, septième du nom, sacrer à Reims alors que celui-ci était comme expulsé du royaume et qu'elle fut l'un des principaux combattants en armes pour ledit roi répondre et mettre en possession dudit royaume lors possédé par les Anglais. De pour ces vaillants faits d'armes ledit roi l'a anoblie et lui donna armes qu'elle porta en écu et fit porter par son poursuivant nommé Fleur de Lis. Lesquelles armes étaient d'azur à deux fleurs de lis d'or et au milieu une épée d'argent la pointe d'en haut emmanchée de gueule estoffée d'or, ladite pointe passant parmi une couronne de même en chef, dont il appert… » (Annexes, p 300.)

Ainsi, Fleur de Lys était donc le poursuivant d'armes[1] de Jeanne lors de la concession de ses armes

---

1. Les informations circulent vite dans cette Europe du Moyen Age. Des chevaucheurs portent le courrier de ville en ville, de château en château. Tout le monde semble d'ailleurs se connaître. Il y a aussi des officiers spécialisés dans le renseignement mili-

par Charles VII en juin 1429. Et il reste le poursuivant d'armes de Jeanne en 1436 ! Fleur de Lys vient d'apporter des lettres de sa maîtresse. Il confirme donc le récit du frère de Jeanne et le premier courrier apporté par un simple chevaucheur, le 25 juillet précédent. Fleur de Lys est garant de l'identité de l'expéditrice qu'il connaît particulièrement bien. Il n'y a

---

taire. Ce sont les hérauts et les poursuivants d'armes. Attachés aux souverains, aux princes, aux notables des grandes villes, aux chefs militaires ou aux nobles de haut rang, ils ont pour mission essentielle de signifier les déclarations de guerre, de maintenir le contact avec l'ennemi durant les opérations militaires : sièges, redditions, promesses de reddition, évacuation, échange de prisonniers.

Après les batailles, ils procèdent au recensement des chevaliers et des capitaines tués ou blessés. Ils sont chargés encore de porter les courriers très importants de leurs seigneurs et en garantissent le dépôt à leurs véritables destinataires. Cela suppose évidemment qu'ils vérifient l'identité réelle des personnalités auxquelles ils s'adressent, qu'ils connaissent leurs armes et leurs titres. Les hérauts et poursuivants d'armes contrôlent aussi le protocole et font respecter le cérémonial des tournois et des joutes.

Les membres de cette caste se connaissent entre eux. Ils procèdent à des échanges d'informations, indispensables à leurs missions. Ils sont eux-mêmes connus et reconnus de la noblesse et des villes. Leur personne est sacrée et ils bénéficient, en principe, d'une immunité totale.

Pour devenir « héraut », il faut d'abord exercer sept ans la fonction de poursuivant d'armes et y faire ses preuves. Le roi désigne en temps opportun un « roi d'armes » par région, avancement qui fait de ces spécialistes les maîtres héraldistes d'alors. Ces officiers sont par conséquent bien placés pour certifier, le cas échéant, de l'identité d'un prétendant à un titre quelconque. Et donc dépister d'éventuels imposteurs.

Deux d'entre eux, aux noms assez proches, vont jouer un rôle important dans l'affaire du retour de Jeanne à Orléans : ils s'appellent Fleurs de Lys et Cœur de Lys. Le premier, Fleur de Lys, est le héraut de Jeanne. Le second, celui de la ville d'Orléans ainsi appelé, dit Jules Quicherat, parce que l'emblème de la ville était

aucun doute possible : Jeanne la Pucelle est vivante, elle se trouve à Arlon.

On imagine le trouble des Orléanais en apprenant la survie de Jeanne. Il y a une agitation particulière dans les rues. Le 9 août, un hôte de marque est reçu par la ville. Il s'agit du président du parlement de Paris. « A Jehan Remer, dit Petit Jehan, poissonnier, pour 2 loups, 1 carpe de Loire fendisse et 1 bar, 8 florins qui furent donnés à Mgr de Parlement, pour ce 8 sols et 11 deniers. »

En 1436, maître Jehan Rabasteau, seigneur de la Caillère, faisait fonction de président du parlement, charge dans laquelle il fut ensuite reçu le 20 février 1438. En 1429, alors que les membres du parlement de Paris restés fidèles à la cause française s'étaient retirés à Poitiers, Jehan Rabasteau, alors avocat général criminel, résidait à l'hôtel dit de la Rose, dans la rue Notre-Dame-la-Petite à Poitiers et il avait accueilli la Pucelle durant les trois semaines de son examen par la commission désignée à cet effet par le roi.

Jehan Rabasteau est donc le premier hôte d'Orléans à prendre connaissance du contenu des lettres apportées par le poursuivant d'armes de la Pucelle, Fleur de Lys, et à échanger avec les procureurs de la ville ses premières impressions sur cette incroyable affaire.

Or il ne crie pas à l'imposture parce qu'il est certain de l'identité de celle que Fleur de Lys a vue à Arlon.

Quelques jours plus tard, Jehan d'Arc (ou du Lis) est à nouveau de passage à Orléans. Il demande encore de l'argent. « A Pierre Baratin et Jacquet Lesbahy pour bailler à Jehan du Lis, frère de Jeanne la Pucelle

– et demeure – « une sorte de trèfle appelé Cœur de Lys en termes de blason ».

le mardi 21e jour d'août 1436 pour don à lui fait la somme de 12 francs pour ce que ledit frère de ladite Pucelle vint en la Chambre de ladite ville requérir aux procureurs qu'ils veuillent l'aider d'un peu d'argent pour s'en retourner près de ladite sœur. Il disait qu'il venait de chez le roi, que le roi avait ordonné qu'on lui donne 100 francs mais que l'on n'en fit rien et il ne lui fut donné que 20 dont il avait dépensé 12 et il ne lui restait que 8 ce qui était peu de chose pour s'en retourner vu qu'il était le cinquième homme à cheval. Et pour ce, ladite Chambre ordonna qu'on lui donne 12 francs. Pour ce 9 livres et 12 sols. » (Annexes, p. 302.)

Que s'est-il passé ? Peu avant son départ pour Arlon, fin juillet 1436, Jeanne a pris l'initiative d'écrire au roi. Elle a chargé son frère Jehan de porter le message. Ce qui explique le passage de ce dernier à Orléans le 5 août et l'invitation à souper qui lui est faite pour raconter la rencontre avec sa sœur et sans doute aussi sa mission auprès du roi. Jeanne a dû lui donner les moyens financiers du voyage aller. Jehan se rend à Orléans puis il va à Loches où se trouve le roi, il remet le message écrit, attend la réponse, écrite ou verbale, en précisant qu'il retourne à Arlon avec une escorte de quatre cavaliers. Le roi lui accorde 100 francs. Mais nous savons que les finances royales sont alors souvent défaillantes. D'ailleurs, en juin 1436, le roi n'aurait pas pu célébrer les noces de son fils Louis avec Marguerite d'Ecosse si Jacques Cœur ne lui avait fait l'avance nécessaire.

Jehan reçoit 20 francs du roi. Mais il en dépense 12 entre Loches et Orléans. Il sollicite une subvention pour lui permettre de rejoindre Arlon. La ville, toujours parcimonieuse, lui accorde le montant de ce qu'il a dépensé et rétablit ainsi la somme allouée par le trésorier du roi. Un vin d'honneur lui est toutefois offert : « A Jacquet le Prêtre, ce jour, pour une pinte et chopine de vin prises chez Jehan Hatte à 10 deniers la pinte, données et présentées audit Jehan du Lis, valant audit prix 8 sols et 5 deniers. »

D'autres viennent aux nouvelles. La Hire envoie son frère à Orléans. Le connétable de France Arthur de Richemond vient en personne le 28 août 1436 vérifier si la rumeur sur la survie de Jeanne a quelques fondements. Il est entouré d'une forte escorte si l'on en croit l'importance du vin d'honneur. Mais il ne reste pas à souper. Il reviendra à Orléans le 11 novembre suivant en compagnie de Regnault de Chartres, grand chancelier, et du président Rabasteau. Peut-être même étaient-ils ensemble au mariage d'Arlon dont nous savons qu'il fut célébré avant le 7 novembre.

Les Orléanais sont heureux de savoir la Pucelle vivante. Mais tout de même, on leur a bien dit qu'elle avait été capturée à Compiègne, qu'elle avait été jugée à Rouen et puis brûlée vive sur un grand bûcher, il y a cinq ans maintenant. Comment a-t-elle pu ressusciter ? Quel miracle a-t-elle encore accompli ? L'affaire est incroyable. Ils veulent vérifier par eux-mêmes. Ils envoient leur propre héraut à Arlon. C'est Cœur de Lys (à ne pas confondre avec Fleur de Lys, le poursuivant d'armes de la Pucelle). Son retour est relaté avec une grande précision au folio 34 du registre des comptes de la ville :

« A Cœur de Lys, le 18e jour d'octobre de l'an 1436 pour un voyage qu'il a fait pour ladite ville devers la Pucelle à Loches par-devers le roi qui était là, auquel voyage il a vaqué 41 jours, c'est à savoir 34 jours au voyage de la Pucelle et 7 jours à aller devers le roi. Et partit ledit Cœur de Lys pour aller vers ladite Pucelle le mardi dernier jour de juillet et retourna le

2e jour de septembre ensuivant. Ainsi sont 34 jours qu'il a demeuré et vaqué a faire ledit voyage. Pour ce 6 livres. »

« A Jacquet le Prêtre, le 2e jour de septembre pour pain, vin, poires, cerneaux, dépenses en la Chambre de ladite ville à la venue de Cœur de Lys qui apporta lesdites lettres de Jehanne la Pucelle et pour faire boire ledit Cœur de Lys lequel disait avoir grand soif. » (Annexes, p. 304.)

Voilà encore un document historique d'une limpidité totale. Il s'agit bien, une fois encore, de lettres de Jeanne la Pucelle et de personne d'autre.

Résumons. La nouvelle de la survie de Jeanne est connue à Orléans peu après le rendez-vous de la Grange-aux-Ormes. Confirmation est donnée aux autorités le 25 juillet 1436 grâce à une lettre de Jeanne transmise par un messager dont on ignore le nom. Puis par Jehan d'Arc en personne le 5 août. Puis par Fleur de Lys le 9 août qui apporte de nouvelles lettres. Enfin par Cœur de Lys.

Ce dernier a quitté Orléans le 31 juillet. Il met environ sept jours pour aller à Arlon située à près de 90 lieues (environ 390 km) à raison de huit heures de cheval par jour à une allure horaire moyenne d'une lieue et demie. Il arrive à Arlon le 7 août. Jeanne n'est pas là : elle est à Cologne.

En officier consciencieux, Cœur de Lys tient à accomplir sa mission jusqu'au bout. Il attend. Jeanne revient le 25 août. Il y eut sans doute entre Jeanne et Cœur de Lys de longs entretiens avec des questions détaillées puisque le héraut de la ville d'Orléans a notamment pour mission de vérifier l'identité de cette personne.

Il faut croire que Cœur de Lys a été convaincu puisqu'il accepte d'être son messager auprès du roi à

Loches. Dans le cas contraire, s'il s'était aperçu d'une quelconque supercherie, cet officier serait parti aussitôt vers Orléans et n'aurait pas apporté sa caution personnelle à l'identité de Jeanne.

Tout troublé par la nouvelle qu'il doit confirmer à sa bonne ville, Cœur de Lys quitte Arlon sans doute le 28 août dans la matinée. Il force l'allure de son cheval, ne s'arrête pratiquement pas dans les relais. Il effectue le voyage retour en cinq jours seulement. Il arrive à Orléans le 2 septembre, harassé par un raid de près de 400 km et trente-quatre jours d'absence. Il a donc très soif. Et c'est avec joie que la ville lui offre à boire.

Car son voyage n'est pas encore terminé. Cœur de Lys fait son rapport et reprend aussitôt la route pour Loches, fier sans doute d'avoir été choisi pour remplir cette illustre mission entre les deux personnages les plus célèbres de son temps : le roi de France et Jeanne la Pucelle.

Encore deux journées de cheval. A Loches, il doit attendre pour remettre son pli au roi, attendre son quitus avant de reprendre la route pour Orléans. Lorsqu'il arrive enfin chez lui, au bout de quarante et un jours de voyage, c'est-à-dire le 10 septembre 1436, Cœur de Lys recommence son récit pour d'autres personnalités qui arrivent à Orléans.

« A Berhaut Fournier, poulailler, le 10 e jour dudit mois de septembre pour 8 chapons gras et deux douzaines de gros poulets, deux douzaines de pigeons, deux lièvres, une faisande, donnés et présentés à mondit seigneur l'archevêque de Toulouse et mondit seigneur de Gaucourt. Pour ce 4 livres et 6 sols. A quatre hommes qui portèrent ladite viande à mesdits seigneurs, pour ce 2 sols. A Jacquet le Prêtre, ce jour à matin, pour 21 pintes et chopines données et présentées à Mgr de Toulouse et le Sgr de Gaucourt pris chez Cailly à 10 deniers la pinte valant 17 sols et 6 deniers. »

Les réceptions offertes à ces deux personnages dureront trois jours, les 10, 11 et 12 septembre en présence de Cœur de Lys. Qui sont-ils ? L'archevêque de Toulouse se nomme Denys du Moulin. C'est un savant docteur en droit, chanoine de plusieurs églises, élu évêque en avril 1422. Il est entré dans les ordres après la mort de sa femme, Marie de Courtenay. Charles VII lui confiera de nombreuses missions notamment celle de présider l'assemblée de Bourges pour l'établissement de la « pragmatique sanction » en 1438. En 1440, il passera au siège épiscopal de Paris et sera remplacé à Toulouse par son frère Pierre II du Moulin.

Quant à Raoul VI de Gaucourt, grand maître de France, il a été l'un des grands capitaines du XVe siècle. Prisonnier à Azincourt en 1415, il restera captif pendant treize ans. En 1429, il est gouverneur d'Orléans et conseiller du roi à la cour de Chinon. A cette époque il ne se laisse que difficilement convaincre par la dimension divine de la mission de Jeanne. Il se joint néanmoins à l'armée, fin avril 1429, en même temps que quelques autres comme le maréchal de Boussac, l'amiral Culant, Gilles de Rais ou Ambroise de Loré.

Au conseil de guerre, le 5 mai 1429, à Orléans, Gaucourt s'oppose à la décision de la Pucelle de combattre le 7 mai. Il donne l'ordre de fermer les portes de la ville et se fait apostropher ainsi par Jeanne : « Vous êtes un méchant homme, mais que vous le vouliez ou non, les soldats passeront et triompheront comme ils ont triomphé hier. »

Les années ont passé. En ce début septembre 1436, Gaucourt et du Moulin sont à Orléans. Ils ont été envoyés par le roi à la suite de la lettre que lui a adressée Jeanne. Ils ont entendu longuement Cœur de Lys raconter sa rencontre avec cette jeune femme qui prétend être la Pucelle. Ils ont pris l'avis des procureurs de la ville qui, eux aussi, s'intéressent de près à cette affaire. Pourtant, ni le grand maître, ni l'archevêque ne pensent qu'il puisse s'agir d'une plaisanterie.

Fin octobre, début novembre 1436, d'autres visiteurs illustres arrivent à Orléans. Le 24 octobre, c'est Jean, le Bâtard d'Orléans, compagnon de Jeanne et demi-frère du duc d'Orléans, Charles, qui se fait annoncer. Il vient de Chartres. Les procureurs se réunissent pour savoir ce qu'il convient de faire en son honneur.

Le 2 novembre est annoncée Marguerite de Bourgogne, duchesse de Guyenne, épouse du connétable de France. Après délibération, il est décidé de la loger à l'hôtel de Regnault Brune, l'un des procureurs, et de lui offrir un souper de jeûne pour la commémoration de tous les fidèles défunts. Ce souper est composé de deux gros loups, d'une carpe et d'un gros bar. En guise de cadeau, on lui offre quatre tonneaux du meilleur vin de paillette et quatre chopines en étain provenant de l'atelier de Jacques de Villiers.

Le 11 novembre, la ville d'Orléans est en fête pour accueillir encore Arthur de Richemond, connétable de France, Regnault de Chartres, chancelier de France et archevêque de Reims, Jehan Rabasteau, président du parlement de Paris. Ce soir-là, au dîner préparé en leur honneur par maître Courtault, de l'auberge du Mouton, et par Berthault Fourrier, furent servis douze chapons et on veilla jusqu'à minuit. Il y avait sans doute des sujets de conversation passionnés.

Où est Jeanne à ce moment-là ? On sait qu'elle s'est mariée à Arlon, qu'elle s'est promenée en armes à

Cologne où les choses se sont mal passées pour elle, puis qu'elle s'est installée à Metz avec son mari. Le couple a vendu une partie de son patrimoine foncier, le quart des revenus de Haraucourt pour 350 francs. Puis, on ne sait pas trop.

On sait en revanche que les registres des comptes de la ville d'Orléans mentionnent régulièrement les frais engagés, jusqu'en 1436, pour la cérémonie du Souvenir. Or, cette cérémonie est supprimée en 1437 et 1438. Il faut croire que les Orléanais sont convaincus que Jeanne est vivante. La cérémonie du Souvenir sera cependant rétablie en 1439. Pourquoi ?

Certains historiens pensent que les Orléanais furent enfin convaincus de l'imposture de la dame Jeanne des Armoises. Mais il y a sans doute une autre raison que l'on découvre en lisant les chroniques espagnoles de l'époque.

La « Cronica » de don Alvaro de Luna, connestable de Castilla, maestre de Santiago, rapporte le récit suivant pour l'année 1436 : « Comment la Pucelle se trouvant devant La Rochelle fit appel au roi pour qu'il lui vienne en aide et ce que le connétable fit pour elle. Comme la Pucelle se trouvait devant La Rochelle, une ville des plus fortifiées du monde et de grande importance, elle escrivit au roi et lui envoya ses ambassadeurs, sans compter ceux que le roi de France avait envoyés de son côté, le suppliant de lui envoyer quelques navires de l'Armada ainsi que sa Seigneurie y était tenue conformément à l'Alliance et à la fraternité existant entre lui et le roi de France. Les ambassadeurs étant arrivés à Valladolid où se trouvait le roi en cette dite année 1436 furent somptueusement fêtés et honorés.

« La lettre de la Pucelle dont étaient porteurs les ambassadeurs fut donnée au roi et montrée aux Grands du royaume par le connétable comme une relique vénérée. Le roi étant très courageux et audacieux était très attaché aux hauts faits de la Pucelle. C'est pourquoi le connétable qui, conjointement avec le roi, son seigneur mandaté par lui gouvernait les Castilles, s'affaira grandement pour qu'il fût envoyé à la Pucelle les navires de l'Armada demandés afin de lui venir en aide ainsi qu'au roi de France.

« Le roi chargea le connétable de s'occuper de cette mission et de faire de son mieux. A la suite de quoi le connétable donna des ordres à la Côte : à Biscaye, à Lepuzca et d'autres lieux pour faire armer 25 navires et 15 caravelles parmi les meilleures que l'on put trouver, tous les bateaux étaient bien armés et dotés des meilleurs équipages disponibles.

« C'est avec cette réponse que les ambassadeurs quittèrent la cour du roi fort satisfaits et réjouis.

« Grâce à cette aide, la Pucelle put s'emparer de ladite ville et remporter d'autres victoires où la flotte de Castille se couvrit de beaucoup d'honneurs ainsi que l'on pourra se rendre compte dès que la Chronique de la Pucelle aura vu le jour. »

Voilà encore un texte étonnant. Car ce récit surprenant relate pour l'année 1436 une mission diplomatique française émanant d'une part du roi de France et d'autre part de la Pucelle de France à Valladolid, résidence du roi de Castille, Juan II, pour solliciter son aide à des combats près de La Rochelle.

Or en 1436, La Rochelle est française. Il ne s'agit pas de s'en emparer mais de la défendre. Nous savons que le duc d'Orléans, Charles, prisonnier à Londres, avait offert, au-delà de son pouvoir d'ailleurs, en échange de sa liberté, la remise de quelques places fortes telles que le Mont-Saint-Michel et La Rochelle.

Etait-ce pour contrer une attaque surprise que la Pucelle demande une aide au roi d'Espagne ?

En 1436, il y eut effectivement une bataille navale entre la flotte anglaise et les navires espagnols au large de La Rochelle. Durant ce combat, le vaisseau transportant Marguerite, la fille de Jacques Ier, roi d'Ecosse, venant en France retrouver son fiancé le dauphin Louis, réussit à se faufiler et à toucher terre.

Un deuxième document espagnol, *Liscelanes historico-geografica,* d'un auteur inconnu conservé aux archives de Madrid évoque l'histoire des rois catholiques et apporte quelques détails supplémentaires :

« En se rendant compte que par terre elle ne pouvait emporter victoire, elle [Jeanne] écrivit au roi Don Juan II de Castille en lui demandant de l'aider de quelques navires. Ainsi, celui-ci envoya 35 gros navires et 15 caravelles très bien équipés en équipages et en artillerie. Lorsqu'ils furent arrivés, on constata que les navires ne pouvaient entrer dans le port à cause des chaînes qui barraient l'entrée. Les marins des navires racontèrent alors comment le saint roi, Don Fernand, avait remporté la victoire de Séville. On conseilla donc à Jeanne de faire fabriquer une scie pour couper les chaînes. Elle fit faire deux grandes scies et une sangle en fer et en bon acier, choisit un navire parmi ceux envoyés par le roi, le meilleur et le plus neuf, le sortit de l'eau et fit fixer à la proue les scies et la sangle.

« Alors arrive une flotte d'Angleterre et de Bourgogne de 300 navires et caraques. Les ayant aperçus, la Pucelle fit attacher à chaque navire une caravelle de part et d'autre, de façon à ce que les navires ennemis ne puissent pas les atteindre du fait des caravelles.

« C'est ainsi qu'elle défit la flotte anglaise et tua près de 3 000 hommes. Après cela, la Pucelle monta sur le navire espagnol équipé de scies et, profitant d'un bon vent, avec toutes ses voiles, avança vers le port si violemment qu'elle cassa les chaînes, permettant aux autres navires de la suivre. C'est de cette manière qu'elle combattit mais fut blessée au visage de quoi elle porte une cicatrice. Après le combat de La Rochelle, elle partit pour Paris. »

Ce récit, bien dans le style de l'époque où le merveilleux le dispute à l'action héroïque, nous donne une possible explication au rétablissement de la cérémonie du Souvenir à Orléans. La blessure dont il est question ici est une blessure au visage. Or, au XVe siècle, on réchappait rarement d'une méchante blessure. Les Orléanais ont pu penser, cette fois, que Jeanne était bien morte.

Une troisième chronique de Lorenzo Galnidez de Carbajal écrite en 1517 confirme les précédents récits et donne les noms des ambassadeurs français auprès du roi de Castille. Il s'agit de l'archevêque de Toulouse, appelé Don Luis du Moulin (au lieu de Denys), et du sénéchal Jehan de Monais.

Ces trois documents attestent en tout cas de la survie de Jeanne en cette année 1436. Ils montrent aussi que la Pucelle a gardé le même tempérament fougueux qui a toujours été le sien. Elle n'a pas renoncé à se battre contre les Anglais. Elle fait encore et toujours ce qu'on lui a si bien appris à faire : la guerre.

Jeanne des Armoises à Orléans

En 1439, Jeanne fait encore la guerre du côté du Mans. Elle commande une compagnie de gens d'armes financée par Gilles de Rais, maréchal de France et ancien compagnon de la Pucelle. Nous le savons cette fois par une lettre de rémission du roi Charles VII à un dénommé Jehan de Siquenville datée du 19 juin 1441 et conservée aux Archives nationales. (Ms JJ 176 N° 84 f 50 v° et 51 r° ; annexes, p. 305.) Jeanne est relevée de son commandement. Peut-être à sa demande, peut-être à celle du roi, le document ne le précise pas.

Il y a peut-être une autre raison, rappelle Roger Senzig. En 1439, des bruits commencent à courir en Vendée et en pays nantais sur la disparition de jeunes garçons. Des plaintes affluent à l'autorité ecclésiastique de Nantes. S'y ajoutent des rumeurs sur les activités suspectes d'un certain Franscesco Prelatti, clerc florentin, alchimiste à ses heures, assisté d'un dénommé Eustache Blanchet.

Gilles de Rais, plus connu sous le nom de Barbe-Bleue, se laisse arrêter le 14 septembre 1440 par Jean Labbé, capitaine des gardes du duc de Bretagne, Jehan V, agissant au nom de Jehan de Malestroit, évêque de Nantes. Il sera enfermé dans une chambre de la tour Neuve du château ducal de Nantes.

Son procès pour cause d'assassinats de garçons, luxure contre nature, vice de sodomie, évocation de démons et sorcellerie s'ouvre le 13 octobre et s'achève le 25 par une première condamnation ecclésiastique à l'excommunication puis par une autre, séculière, à être pendu et brûlé le lendemain, à 11 heures.

Gilles de Rais demande alors que ses chambriers, Henriet Griart et Etienne Corillaut, dit Poitou, également condamnés à mort, ne soient exécutés qu'après lui. Pierre de l'Hospital, président de la cour séculière de Bretagne, le lui accorde et, touché par la contrition du condamné, décide que son corps sera retiré des flammes avant d'être réduit en cendres et enseveli dans l'église du monastère de Notre-Dame-des-Carmes de Nantes, selon le vœu du supplicié.

Le 26 octobre, après une procession suivie par une foule immense, Gilles de Rais est d'abord pendu, puis livré aux flammes dont le corps est aussitôt retiré. Il sera enterré le même jour. Henriet Griart et Poitou furent exécutés à leur tour.

Le clerc Prelatti, inspirateur de nombre de méfaits supposés de Gilles de Rais, fut condamné à la prison à vie. Mais il s'évada et entra au service de René d'Anjou qui le nomma capitaine de La Roche-sur-Yon sous le nom d'emprunt de François de Moncatin. En 1445, il sera repris, jugé et pendu pour avoir dérobé et utilisé le sceau du trésorier de Bretagne.

Gilles de Rais fut l'un des plus fidèles compagnons de la Pucelle en 1429. Marqué par le souvenir des batailles auxquelles il a personnellement participé aux côtés de Jeanne, Gilles de Laval, seigneur de Rais, Tiffauges et autres lieux a engagé et entretenu à grands frais un écrivain qu'il chargea de la rédaction d'une œuvre littéraire racontant les événements survenus en 1429, et s'appuyant sur des précisions plus personnelles apportées par le mécène Gilles de Rais.

Cette œuvre poétique connue sous le nom de *Mystère du siège d'Orléans* est conservée à la bibliothèque du Vatican dans le fonds de la reine Christine de Suède (1626-1689) qui fonda à Rome l'académie des Arcades. Il s'agit d'une pièce de 20 529 vers de 8 syllabes. Le récit commence par la décision anglaise d'assiéger la ville d'Orléans bien que le duc soit prisonnier à Londres et se poursuit par le siège, les combats de libération puis la campagne de Loire jusqu'à Patay.

L'auteur de ce poème nous est inconnu. Il faut croire cependant qu'il avait l'impérieuse obligation de rendre compte le plus fidèlement possible de la réalité historique puisque tous les spectateurs de cette pièce savaient parfaitement ce qui s'était passé quelques années plus tôt dans leur ville. Le *Mystère* fut joué à Orléans avec 140 acteurs parlants et 300 figurants les 8 mai 1435 et 1439, dates anniversaires de la levée du siège.

Gilles de Rais a payé tous les acteurs et tous les frais liés aux représentations. Ce qui lui fut reproché ensuite par ses héritiers, si l'on en croit un texte tiré des *Preuves de l'Histoire de Bretagne* de Dom Morice : « Faisant jeux, farces, morisques, jouer Mystère à la Pentecôte et à l'Ascension sur de hauts chaffaux, sous lesquels estoit hypocras et autres forts vins comme en une cave. Il se tenait ès ville comme Angers ou Orléans et autres, auquel lieu Orléans il demeura un an sans cause et y despendit 80 à 100 mille écus, empruntant de qui voulait lui prêter, engageant bagues et joyaux pour moins qu'ils ne valaient, puis les rachetant bien chers. »

Gilles de Rais restera en effet à Orléans de septembre 1434 à août 1435 pour préparer le spectacle, engager les acteurs, surveiller lui-même les répétitions, mettre en place les tribunes, apprendre à jouer son propre rôle. La ville d'Orléans participe modestement à ces énormes frais comme en témoignent une nouvelle fois les comptes de la ville.

Grâce à ces précieux documents on sait que le 14 juillet 1439 Gilles de Rais est invité à un vin d'honneur. Le 18, ce sera La Hire, le 20 Jamet de Tillay, gouverneur de Blois. Qu'est-ce qui fait courir les anciens compagnons de Jeanne à Orléans en cet été 1439 ? La dame Jeanne des Armoises est-elle déjà arrivée ?

Sa présence en tout cas est confirmée le 28 juillet de cette même année : « A Jacquet le Prêtre, le 28e jour de juillet pour 10 pintes et chopines de vin présentées à dame Jehanne des Armoises pour ce 14 sols. »

Et encore : « A lui, le 29 e jour de juillet pour 10 pintes et chopines de vin présentées à madite Dame Jehanne, pour ce 14 sols. »

Les réceptions se succèdent : « Le pénultième jour de juillet, pour viande achetée à Basin, présent Pierre Senin, pour présenter à madite Jehanne des Armoises pour ce 20 sols. » (Annexes, p. 306.)

Vin, dîners, soupers sont offerts à Jeanne des Armoises par la ville d'Orléans. A bien lire le registre des comptes, aucun visiteur n'a été reçu ainsi, avec autant de largesses. Comment peut-on encore douter ? Entre 1429 et 1439, Jeanne a changé de nom patronymique. En 1429, la jeune femme qui libère la ville s'appelle alors Jeanne la Pucelle. Depuis son mariage à Arlon elle est devenue dame Jeanne des Armoises. Et c'est bien en tant que telle qu'elle est reçue et honorée par tous ceux qui ont connu la libératrice de la ville. Ils sont encore là, ils viennent la voir, parler avec elle, dîner, souper.

Cette Jeanne des Armoises doit donc avoir les mêmes traits physiques que la Pucelle, la même connaissance des événements de 1429, elle doit pouvoir montrer ses cicatrices de guerre. On voit mal une usurpatrice berner tout le monde aussi facilement.

Car elle n'a droit à aucune erreur ni dans ses attitudes ni dans ses propos en présence des procureurs qui ont tous connu la Pucelle quelques années plus tôt. Avec eux aussi elle a dû parler de ses batailles, de sa capture, de son procès puis de ses cinq années d'oubli, de son retour près de Metz, de son mariage, de ses nouvelles batailles. A la première confusion, au premier trouble, elle aurait été démasquée avec toutes les conséquences que cela suppose.

Or on fait ripaille à Orléans en compagnie de dame Jeanne. On mange beaucoup, on boit beaucoup lors de ces retrouvailles. Le 30 juillet, 21 litres de vin ! Le 31 juillet, encore 21 litres de vin. Le 1er août, Jeanne annonce son intention de partir. « Audit Jacquet pour 8 pintes dépensées à un souper où étaient Jehan Lhuillier et Thévenon de Bourges parce que l'on croyait le présenter à ladite Jehanne laquelle se partit plutôt que le vin fut venu, pour ce 10 sols et 8 deniers. » (Annexes, p. 307.)

Les procureurs convoquent aussitôt le conseil de la ville qui décide de lui faire un don considérable de 210 livres, soit environ un million d'euros ! (Annexes, p. 307.)

Au souper du 1er août participent Jehan Lhuillier et Thévenon de Bourges. Tous deux sont bien connus. Jehan Lhuillier est le drapier bourgeois orléanais qui, sur ordre de son duc, prisonnier à Londres, a fourni les tissus nécessaires à la confection, par le tailleur Jehan Bourgeois, d'une robe et d'une huque entre le 12 et le 14 juin 1429. Il a donc fallu choisir les étoffes, choisir les motifs des broderies habituelles à cette époque pour les habits de qualité, il a fallu choisir la doublure, puis prendre les mesures pour définir l'aunage des tissus.

La dame Jeanne des Armoises qui s'entretient avec Jehan Lhuillier le 1er août 1439 doit bien connaître tous les détails vestimentaires de la Pucelle. Et elle ne peut les connaître que si c'est elle qui a choisi les tissus, procédé aux essayages et porté cette robe.

Thévenon de Bourges, bourgeois orléanais, a également bien connu la Pucelle en 1429 puisqu'il avait mis son hôtel à la disposition des frères d'Arc et des compagnons de Jeanne durant et après le siège. Elle y venait souvent. Thévenon de Bourges l'a donc rencontrée pratiquement tous les jours. Comment aurait-il pu oublier son visage, sa voix, sa démarche, ses habitudes ?

La plupart des historiens ont cru voir dans le départ précipité de Jeanne l'aveu d'une imposture. La dame des Armoises aurait eu peur de rencontrer le roi. En effet, Charles VII devait venir à Orléans assister à l'assemblée des états généraux à la fin du mois d'août. Cette assemblée se convoque très protocolairement afin de permettre aux participants d'effectuer les déplacements dans les temps voulus et aux édiles d'Orléans de prendre toutes les dispositions utiles à l'organisation d'une telle cérémonie. Or les procureurs d'Orléans ne se sont réunis que les 17 et 18 août pour délibérer de ce qui serait fait pour la venue du roi et choisir les vins qui lui seront présentés, comme l'attestent, une fois encore, le registre des comptes de la ville. Le 1er août, il ne pouvait donc pas être question d'une arrivée inopinée de Charles VII.

Constatons donc qu'à aucun moment il n'y a de protestation sur l'identité de cette dame et sur l'opportunité de lui faire un cadeau de 210 livres puisque ce don fut approuvé par les responsables des comptes le 11 octobre suivant !

Personne ne doute. Même le bailli Guillaume Bélier n'a aucun doute sur l'identité de Jeanne des Armoises. Il s'entretient par écrit avec le roi à ce sujet. Or, c'est chez lui et chez son épouse Anne de Maillé que la Pucelle a passé trois semaines en 1429 à Tours.

Cet échange de courrier est consigné dans les registres des comptes de la ville de Tours (Archives municipales de Tours CC 27) : « Audit receveur Jocourt par autre mandatement donné le 27e jour de septembre de l'an dessus dit 1439 ci rendu la somme de 3 livres tournois que, par notre mandatement et ordonnance avez payé et baillé c'est à savoir à Jehan

Drouart la somme de 60 sols tournois pour un voyage qu'il a fait en ce mois d'être allé à Orléans porter lettres closes que Mgr le Bailli rescrivait au Roi notre Sire touchant le fait de Dame Jehanne des Armoises et une lettre que ladite Dame Jehanne rescrivait audit seigneur roi. » (Voir annexes.)

Jeanne des Armoises démasquée mais acquittée

Jeanne des Armoises en aurait-elle trop fait au point d'être enfin démasquée ? C'est ce que nous laisserait croire la lecture d'une chronique de l'époque. Son auteur, Jehan Chuffart, est né à Tournai. Il a fait ses études à l'université et obtenu sa licence ès lois et ès arts. Après avoir professé, il devient recteur de l'université de Paris, chanoine de Notre-Dame et de Saint-Germain-l'Auxerrois, de Sainte-Opportune et de Saint-Marcel, puis chancelier du chapitre et de l'université.

Revenu en 1429 dans sa ville natale, il y fut jeté en prison à cause de ses opinions pro-anglo-bourguignonnes et son père dut verser 500 couronnes d'or pour qu'on lui rende la liberté. Par ses activités politiques, il obtint la charge de chancelier de la reine Isabeau de Bavière qui, en 1435, en fera son exécuteur testamentaire.

Cabochien (du nom d'un groupe d'agitateurs parisiens emmenés par Simon Caboche) dévoué à la maison de Bourgogne, Chuffart s'est lancé dans la collaboration avec l'Anglais parce qu'il était de plus en plus hostile aux Armagnacs, à Charles VII et, bien entendu, à la Pucelle, même après la libération de Paris en 1436. Il réussit cependant à se faire nommer clerc conseiller auprès du parlement en 1437.

Que dit le « Journal d'un bourgeois de Paris » à propos de Jeanne des Armoises ? Extrait pour l'année 1440 : « Item, en ce temps, il y eut très grande nouvelle de la Pucelle dont il a été fait mention auparavant qui fut brûlée à Rouen pour ses démérites. Il y eut maintes personnes trompées par elle qui crurent qu'elle s'était échappée du feu grâce à sa sainteté et que l'on avait brûlé une autre à sa place.

« Mais elle avait été brûlée effectivement et toute la cendre de son corps fut jetée à la rivière pour éviter que ne s'en suivent des pratiques superstitieuses. Item, en celui temps, les gens d'armes amenèrent une femme qui avait été reçue à Orléans avec honneurs et lorsqu'elle fut près de Paris la grande erreur recommença de croire fermement que c'était la Pucelle.

« Pour cette raison, l'Université et le Parlement la firent venir à Paris de gré ou de force et la présentèrent au peuple sur la Pierre de marbre en la grande cour du Palais. Là, elle fut prêchée, toute sa vie, du moins la moitié de vie entre 1431 et 1440 et tout son état furent exposés et il fut dit qu'elle n'était pas pucelle, qu'elle avait été mariée à un chevalier dont elle avait eu deux fils.

« Qu'en plus, elle avait commis une faute dont le pardon relevait du Saint-Père : comme d'avoir frappé violemment son père ou sa mère, un prêtre ou un clerc. Elle répondit qu'elle avait frappé sa mère par accident croyant frapper une commère de celle-ci et qu'elle aurait évité de la frapper si elle n'avait pas été retenue par elle et n'aurait pas été en si grande colère pour garder son honneur.

« Que, pour cette raison, elle dut se rendre à Rome et y alla vêtue en homme, fut engagée comme combattant en la guerre du Saint-Père Eugène et durant les combats tua par deux fois. Après qu'elle fut venue à Paris, elle retourna en la guerre, fut en garnison puis s'en alla. Item, le 9e jour d'octobre fut reçue à Notre-Dame de Paris, c'est à savoir le jour de Mgr Denis, l'évêque de Paris, lequel était archevêque de Toulouse. Ainsi, fut-il archevêque et évêque et fut nommé Denys du Moulin. »

Le chancelier Jehan Chuffart, conseiller du Parlement, est un homme bien informé. Il rappelle d'abord que la réapparition de la Pucelle fait grand bruit à Paris. Beaucoup (les patriotes) ont cru qu'une autre avait été brûlée à sa place. Mais lui (le collaborateur) ne peut pas y croire puisque ses cendres ont été jetées dans la Seine.

La dame des Armoises a donc été arrêtée. Elle est jugée sur la Pierre de marbre dans la cour du Palais à Paris. Cette Pierre de marbre est à distinguer de la Table de marbre placée, elle, dans la galerie des prisonniers du Palais de justice de Paris où l'on traitait notamment des affaires militaires. Rappelons que le 3 janvier 1421, Charles de Valois, dauphin du Viennois, futur Charles VII, fut assigné à son de trompe à comparaître sur la Table de marbre dans un délai de trois jours. Comme il ne se présenta pas, il fut banni et exilé du royaume et déclaré indigne de succéder à son père, Charles VI.

Jeanne des Armoises est inculpée pour imposture, tromperie et meurtre. Elle risque la peine de mort. L'acte d'accusation (« elle fut prêchée ») est sévère : on lui reproche de ne pas être pucelle puisqu'elle est mariée et qu'elle a deux fils. On lui reproche d'avoir frappé sa mère ce dont elle fut pardonnée par le pape. Elle fut engagée par Eugène IV (1431-1447) pour combattre les princes italiens révoltés. Jeanne avoue avoir tué par deux fois.

Quel verdict pour tous ces crimes ? La mort ? La prison à vie ? L'exil ? Non, l'acquittement. Il faut en déduire que l'accusée avait de bons arguments pour emporter la décision des juges. Peut-être a-t-elle montré ses deux blessures de guerre ?

« Elle retourna en la guerre, fut en garnison et s'en alla », nous dit l'auteur du « Journal d'un bourgeois de Paris ». Jeanne n'a pas été condamnée pour imposture. Elle rencontrera même le roi et sera reçue à nouveau à Orléans.

Jeanne des Armoises rencontre le roi

La rencontre de Jeanne des Armoises et de Charles VII date de 1440. L'événement est relaté par Pierre Sala, l'auteur de *Hardiesse des grands Rois et Empereurs*. Pierre Sala a servi Louis XI, Charles VIII et François Ier comme varlet. Ce dernier roi, le trouvant trop vieux, lui accorda une retraite bien méritée à l'hôtel de l'Antuiquaille à Lyon où il put écrire ses mémoires en 1516. Il avait fréquenté intimement Guillaume Gouffier, chambellan du roi, devenu sire de Boisy grâce à l'achat auprès de la Cour du Trésor de biens saisis à Jacques Cœur. Gouffier avait recueilli les confidences de Charles VII et les avait confiées à son ami Pierre Sala.

Que dit Pierre Sala à propos de la rencontre de Jeanne des Armoises avec le roi ? « En outre, ledit seigneur [Gouffier] me conta que dix ans plus tard [donc en 1440] fut amenée au roi une autre Pucelle affectée qui ressemblait beaucoup à la première. Et l'on voulait donner à entendre que c'était la première qui était suscitée.

« Le roi, ayant entendu cette nouvelle, demanda qu'elle fut amenée devant lui. Or, dans ce temps, le roi était blessé en un pied et portait une botte fauve [en cuir naturel] par ce signe ceux qui menaient cette trahison en avaient averti cette fausse pucelle pour quelle ne se trompe pas à le reconnaître parmi ses gentilshommes.

« Or, il advint qu'à l'heure où le roi la manda pour venir devant lui, il était en un jardin sous une grande treille. Il commanda à l'un de ses gentilshommes que dès qu'il verrait entrer la Pucelle, il s'avancerait pour l'accueillir comme s'il avait été le roi. Mais elle est arrivée, sachant par le signe susdit que ce n'était pas le roi, le refusa et vint droit vers le roi ce dont il fut ébahi et ne sut que dire si ce n'est en la saluant bien doucement "Pucelle ma mie, vous soyez la très bien *revenue*, au nom de Dieu qui connaît le secret qui est entre vous et moi".

« Alors, miraculeusement, après avoir entendu ce seul mot, elle se mit à genoux devant le roi en lui criant merci et sur-le-champ confesse toute la trahison dont quelques-uns furent justiciés très âprement comme en tel cas bien il appartient. »

Ce texte a donné lieu à de nombreux commentaires. Car la dame qui se présente ainsi devant le roi est une « Pucelle affectée ». On peut comprendre « étudiée », « empruntée » ou « qui fait semblant ». En tout cas, elle ne tombe pas dans le piège qui lui est tendu. Et les seules paroles mises dans la bouche du roi laissent peu de place à l'interprétation : « Pucelle ma mie, soyez la très bien *revenue*… »

Le précédent de Paris

Ainsi, formellement reconnue par le roi et accueillie aussi aimablement, Jeanne se serait jetée à ses pieds et aurait confessé une trahison qui doit hanter sa mémoire comme celle du roi depuis plus de dix ans. En fait, rappelle Roger Senzig, depuis ce jour de mars 1429 lorsque la Pucelle a décidé, seule, d'attaquer Paris.

Jeanne était alors avec le roi l'hôte du grand chambellan Georges de La Trémoille dans son château de Sully-sur-Loire. Charles VII et son Conseil avaient pris la décision d'abandonner la solution militaire pour adopter une politique pacifique et diplomatique à l'égard de l'envahisseur. Une trêve a même été signée.

Or Jeanne ne voyait qu'une solution pour mettre fin à cette guerre : prendre les armes contre les Anglais et les Bourguignons. Elle voulait prendre Paris. Elle monta donc, contre l'avis du roi, une opération militaire avec la complicité de patriotes parisiens. Elle quitta discrètement le château de Sully et, avec 400 hommes, engagea les combats.

Mais, à Paris, la conjuration fut découverte à la suite d'une dénonciation d'un certain Jehan de Calais. L'un des principaux organisateurs de la conspiration, le carme Pierre d'Allée, fut arrêté. Sous la torture, il avoua le complot, donnant le nom de ses complices. Ainsi, 150 personnes furent arrêtées. Le traître obtint une lettre de rémission du roi d'Angleterre Henri VI datée du 5 avril 1429.

Au cours des combats devant Paris, Jeanne se trouve face à une troupe de Bourguignons commandés par un féroce capitaine, Franquet d'Arras. La bataille fut rude, la moitié des soldats bourguignons étant tués et Franquet d'Arras prisonnier.

Jeanne apprend alors l'arrestation de ses amis à Paris. Elle envoie son héraut pour proposer un échange de prisonniers : Franquet d'Arras contre un dénommé Guillaume. Trop tard. Celui-ci a été exécuté. Jeanne livre le capitaine bourguignon à la justice. Il est jugé et condamné à mort par le bailli de Sens.

Les cours de Bourgogne et de France sont outrées par l'attitude de la Pucelle. Contrairement à tous les usages de la chevalerie, elle a trahi la parole donnée par Charles VII. Les complices de Jeanne : Jehan de La Chapelle, clerc de la Cour des comptes, Renaud Savin et Pierre Morant, procureurs du Châtelet, Guillaume Perdriau, Jehan le François, Jehan le Rigueur, boulanger, et Jacquet Guillaume, patron de l'hôtel de l'Ours où se réunissaient les patriotes eurent la tête tranchée en public aux Halles.

Jeanne n'a pas revu le roi depuis. Elle confesse donc sa trahison, comme l'écrit Pierre Sala. Le roi pardonne. Elle se jette à ses pieds en signe de reconnaissance et de réconciliation.

Les dernières traces de Jeanne

Jeanne continue ensuite de chevaucher. Elle est à Orléans le 4 septembre 1440 où elle vient voir sa « mère », Isabelle de Vouthon, veuve de Jacques d'Arc décédé en 1431. Isabelle a quitté son village de Domrémy pour Orléans sans doute pour se rapprocher de son fils, Pierre. Une pension de 48 sols lui est servie et le logement assuré.

Brusquement, début juillet 1440, Isabelle tombe gravement malade. La ville s'en inquiète et charge Henriet Anquetil et Guillemin Boucher de la prendre en charge, de la nourrir et de l'héberger. Lorsqu'elle fut rétablie, Isabelle retourna chez elle et perçut à nouveau sa pension.

Jeanne a été prévenue de la maladie d'Isabelle. Elle se rend à son chevet. Jeanne des Armoises qui aurait ainsi été démasquée par l'université et le parlement de Paris (on sait en fait qu'elle a été acquittée) oserait se présenter à nouveau devant les procureurs d'Orléans ? Ce n'est pas concevable.

On notera que l'imposture n'est pas possible. Personne ne peut abuser sa propre mère (fût-elle nourricière) sur sa propre identité. La dame Jeanne des Armoises qui rend visite à Isabelle de Vouthon ne peut donc être que Jeanne la Pucelle, celle qui depuis la Grange-aux-Ormes en 1436 est allée au-devant de tous les familiers de Jeanne et fut reconnue par eux.

Isabelle vivra à Orléans des aides de la ville. En 1455, elle se rend à Paris avec son fils, Pierre, afin de présenter à Mgr Jehan Juvénal des Ursins, archevêque de Reims, assisté de Mgr Guillaume Chartier, évêque de Paris, de maître Jehan Bréal, inquisiteur de la foi et de Richard Olivier de Longueil, évêque de Coutances, le rescrit du pape Calixte III (1455-1458) autorisant l'ouverture d'un procès en nullité de condamnation en faveur de la Pucelle. La rencontre eut lieu à Notre-Dame. Le 18 novembre, elle signe, toujours en compagnie de Pierre, une procuration désignant ses représentants et avocats devant le tribunal. Son autre fils, Jehan, viendra à Paris signer un document identique le 24 novembre.

Le 7 juillet 1456, à Rouen, est annoncée publiquement l'annulation du jugement de condamnation de la Pucelle en 1431 en présence d'Isabelle de Vouthon. Un an plus tard, le 18 juillet 1457, Isabelle assiste à Orléans au mariage de son petit-fils, Jehan, fils de Pierre et de Macée de Vésines. Elle meurt le 28 novembre 1458 à Sandillon, près d'Orléans, comme on peut encore le lire dans les comptes de la ville.

Que devient Jeanne des Armoises après la visite rendue à sa mère ? On perd sa trace. Sans doute passet-elle une bonne partie de son temps à chevaucher en Lorraine entre Metz et Jaulny, rendant de nombreuses visites à ses parents et amis de Nancy, de Domrémy, de Vaucouleurs, de Sermaize et d'ailleurs.

Le seul document susceptible de nous renseigner sur Jeanne depuis son retour en Lorraine est la procédure établie les 2 et 3 novembre 1476 par les jurés du roi, Jehan de Cay et Jehan Jacquier de Vitry-le-François. Les originaux ont disparu dans les bombardements de 1944. Il nous reste les copies effectuées par MM. Bouteiller et de Braux, auteurs de *Nouvelles recherches sur la famille de Jeanne d'Arc* en 1879, conservées aux archives de Metz.

En 1476 donc, un certain Collot de Perthes, fils de Pierre de Perthes et de feue Mengotte de Vouthon, refuse de payer certaines taxes. Il se prétend anobli par le roi et croit être dispensé de ce genre d'impositions. Il affirme en effet descendre de la famille de Jeanne la Pucelle par sa mère. Une enquête est ordonnée. De nombreux témoins déposent pour rétablir les lignées et générations de ce Collot.

Premier témoin : Jehan de Montigneue, soixante-dix ans, demeurant à Sermaize, village situé à environ une lieue de Domrémy, en pays Barrois, se souvient qu'il y a environ 27 ans (donc en 1449) « une dénommée Jeanne qui se disait être la Pucelle, native de Domrémy, vint audit Sermaize... ». Il dit aussi qu'il a vu venir à Sermaize « un nommé Jehan du Lis se disant frère germain de ladite Jehanne la Pucelle ».

En 1449, une jeune femme vient rendre visite à ses cousins de Sermaize : les Vouthon, descendant de Jehan de Vouthon, frère d'Isabelle, la mère (nourricière) de Jeanne. Elle est accompagnée d'un habitant d'Orléans, Colleson Coutant, cordonnier de profession.

Deuxième témoin : Jehan Guillaume, demeurant à Sermaize depuis environ 30 ans, âgé de soixante-seize ans environ. Lui aussi atteste des nombreuses visites de Pierre du Lis à Sermaize. Il ajoute qu'il a « vu aussi à Sermaize une nommée Jehanne se disant être la Pucelle, faire bonne chère en l'hôtel et la maison desdits Vouthon, les frères de Perrinet et Perreson, enfants de ce Jehan de Vouthon qu'elle disait être de la proche parenté… Il ignore si ladite Jehanne était la Pucelle qui accompagna le feu roi Charles à son sacre à Reims ».

Troisième témoin : Hoquot Falée, quatre-vingt-huit ans environ, n'apporte pas de précision particulière sur Jeanne.

Quatrième témoin : Henry de Vouthon, dit Perrinet, charpentier demeurant à Sermaize, âgé d'environ cinquante-deux ans, se dit fils de Perrinet de Vouthon, son père, lui-même fils de Jehan de Vouthon qui se disait être le frère d'Isabelle de Vouthon, la mère de Jeanne la Pucelle, sœur d'un nommé Pierre du Lis et de Jehan du Lis. « Lesdits frères et ladite Jehanne la Pucelle sont venus plusieurs fois audit Sermaize. »

Ce n'est pas tout. « Ledit déposant dit en outre qu'il se rappelle que ledit feu roi, que Dieu ait son âme, à cette époque, sur l'intercession, la prière, la requête de ladite Jeanne la Pucelle, ordonna R.P. en Dieu, feu Don Thomas, alors abbé de Cheminon, qu'il autorise et accorde à Don Nicolas de Vouthon, frère dudit Perresson de Vouthon, oncle du déposant, d'être chapelain de ladite Jehanne, sa cousine, pour l'accompagner où bon lui semblerait. Et ce Don Nicolas alla avec cette Jehanne et suivit tous ses faits d'armes du fait qu'elle tenait et réputait Don Nicolas comme son cousin et parent et qu'elle souhaitait lui faire du bien et lui donner honneur… »

Cinquième témoin : messire Simon Fauchard, prêtre, curé de Sermaize, notaire du roi en la prévôté de Vitry, âgé de cinquante-trois ans environ, dépose *in verbo sacerdotis*. Il se rappelle qu'il y a 24 ans ou environ (donc vers 1452) une jeune femme se disant être Jeanne la Pucelle vint audit Sermaize habillée en homme avec laquelle il fit bonne chère et joua au jeu de paume en la halle de Sermaize. Il précise qu'il lui a entendu dire ces mots : « Dites hardiment que vous avez joué à la paume contre la Pucelle. » Il poursuit son exposé sur les liens de parenté entre les uns et les autres.

L'abbé Fauchard n'a apparemment pas été surpris par cette étonnante information sinon il l'aurait déclaré dans sa longue déposition.

« Ci Gît Jehanne du Lis »

« Ci Gît Haulte et Honorée Dame Jehanne du Lis la Pucelle de France Dame de Tichémont qui fut Fème de Noble Home messire Robert des Hermoises, Chevalier, Seigneur dudit lieu Laquelle Trépassa en l'an Mil CCCC XXXX et VIIII le 4 jour de may [4 mai 1449] Dieu ait son âme Amen. »

Il s'agit de l'épitaphe inscrite sur une plaque apposée en 1690 sur la tombe de Robert des Armoises par la famille des Armoises en mémoire de Robert et de son épouse Jeanne. Si on en croit cette épitaphe, elle serait décédé le 4 mai 1449. Neuf ans après sa visite à sa mère nourricière.

Cette inscription m'est rapportée par Michel Leturcq, un habitant de Pulligny-sur-Madon qui effectue depuis longtemps des recherches sur l'énigme de cette église. L'épitaphe lui est parvenue grâce à l'une de ses aïeules qui l'a elle-même recopiée et soigneusement conservée dans les archives familiales.

Les habitants de Pulligny ont constaté la disparition de cette plaque à la suite de fouilles effectuées par de mystérieux émissaires du Vatican qui se sont enfermés plusieurs jours dans l'église lors du procès en canonisation de Jeanne. Une première visite est signalée à la fin du XIXe siècle, une autre au début du XXe sans autre précision.

Plus étrange : l'une des clefs de voûte, celle située précisément au-dessus du tombeau des époux des Armoises, avait été détériorée à coups de pic de sorte que les armoiries de Jeanne la Pucelle de France, que tout le monde pouvait jusque-là admirer, furent totalement effacées. On peut voir encore les traces de ces dégradations dans la pierre et l'encadrement d'une plaque autrefois scellée dans le mur.

Gérard Pesme et Pierre de Sermoise racontent le même événement dans leurs ouvrages respectifs[1].

« Guidé par les traditions régionales, l'un de mes oncles se rend à Pulligny en 1929, écrit le descendant du chevalier Robert des Armoises. Il y rencontre alors l'abbé Pian, curé du village, qui lui fait lire quelques feuillets manuscrits et raconte ce qu'il sait : à la limite droite du chœur et de la grand nef, la Pucelle Jeanne devenue Dame des Armoises fut enterrée dans cette église avec ses bagues. Le chevalier Robert, revêtu de son armure, repose à son côté. [...] En 1890, à l'époque des préliminaires de la béatification [la plaque] de rappel est enlevée. Mais on oublie toutefois d'enlever les moulures de son encadrement. »

1. *Jeanne d'Arc et la Mandragore* de Pierre de Sermoise (Editions du Rocher, 1983) ; *Jehanne d'Arc n'a pas été brûlée* de Gérard Pesme (Editions Balzac, 1960).

Pierre de Sermoise raconte qu'à son tour il est allé à Pulligny en novembre 1968 en compagnie de quelques amis dont un journaliste et un photographe de presse. « Le maire, M. Girot, et le maître maçon, M. Florentin, sont d'autant plus favorables à nos investigations qu'ils connaissent depuis leur enfance l'histoire de la tombe commentée par l'abbé Pian. »

L'auteur confirme que la pierre tombale était détériorée. Des traces de coups de pic rendaient les inscriptions illisibles. Néanmoins, ils ont constaté que les angles de cette pierre étaient décorés d'une croix pattée chère au mouvement franciscain.

L'abbé Chrétien, alors curé de la paroisse de Pulligny, a assisté lui aussi à ces travaux de fouilles. Je l'ai rencontré dans sa nouvelle paroisse, Blénod-lès-Pont-à-Mousson, en Meurthe-et-Moselle. Il veut bien me parler mais il m'annonce d'emblée qu'il « ne sait rien ». L'entretien sera donc bref. Pour lui, ces recherches n'ont pas permis de confirmer ou d'infirmer quoi que ce soit. « Ils ont dit qu'ils avaient trouvé la tombe de Jeanne d'Arc. Moi, je n'ai rien vu du tout. »

Les actes de vandalisme commis contre ce monument cultuel l'ont été par des hommes et non par des anges. Leurs coups de pic qui ont fracassé les pierres visaient-ils seulement à détruire un tombeau ou avaient-ils pour but de préserver une légende en faisant disparaître des indices, des preuves peut-être, d'une vérité qu'on voulait à l'époque nous cacher ?

Une fois encore la question me tourmente. J'aimerais bien savoir ce que contenait le tombeau de Pulligny. Y avait-il des restes humains ? Des bagues et des bijoux ? Sont-ils encore là ou ont-ils disparu ? Les aurait-on déplacés ? Si oui, à quel endroit ?

Cléry-Saint-André

Le voyageur voit de loin la basilique Notre-Dame. Elle domine de son architecture gothique la plaine qui descend vers la Loire à peine à trois kilomètres.

La petite ville de Cléry-Saint-André, à 15 km au sud-ouest d'Orléans (département du Loiret), vit paisiblement à l'ombre de ce splendide édifice.

A la fin du XIIIe siècle, on découvrit une statue de Vierge à l'Enfant dans un champ. On lui conféra immédiatement des pouvoirs surnaturels, une chapelle fut édifiée pour la protéger et quelques maisons s'y agrégèrent. Le bourg de Cléry-Saint-André était né.

Au siècle suivant, Philippe le Bel fit construire une église et d'autres maisons qu'on peut encore admirer aujourd'hui. Jeanne passa non loin de Cléry mais ne s'y arrêta pas.

En 1460, Louis XI, qui vénérait tout particulièrement Notre-Dame de Cléry, fit construire sur les ruines de l'église une basilique de style gothique flamboyant.

Fils de Marie d'Anjou et de Charles VII, Louis XI est né en 1423. Il monta sur le trône à l'âge de trente-huit ans et laissa dans l'Histoire l'image d'un monarque taciturne et cruel qui prenait plaisir à voir souffrir ses prisonniers enfermés dans les fameuses « fillettes », des cages de fer particulièrement étroites. Ce qui n'empêchait pas Louis XI d'être très pieux. Il vouait une dévotion quasiment superstitieuse à Notre-Dame de Cléry. Cette petite statue de la Vierge aux pouvoirs miraculeux exauça ses vœux à plusieurs reprises. Une première fois, lors du siège de Dieppe, le dauphin Louis remporta la victoire grâce à la Vierge de Cléry et peut-être aussi un peu grâce aux renforts militaires que lui apporta Dunois, le bâtard de Louis d'Orléans. Une deuxième fois, le 16 juillet 1465, lorsque les troupes royales ont remporté la bataille de Montlhéry contre la ligue du Bien public.

Le 21 décembre 1461, l'église collégiale de Cléry devint chapelle royale. Le 7 septembre 1483 furent célébrées les funérailles de Louis XI décédé le 30 août au Plessis-lez-Tours. Quelques mois plus tard, le 14 décembre, Charlotte de Savoie rejoignit son époux dans la tombe.

Un mausolée, au centre de la basilique, surmonte le caveau dans lequel Louis XI avait décidé d'être enseveli. Il fut détruit en 1562 par les huguenots. Un nouveau monument surmonté d'une statue représentant le roi en prière fut érigé en 1622 et détruit à son tour en 1792. Les vestiges de la statue, œuvre de l'artiste orléanais Michel Bourdin, furent récupérés et utilisés lors de la restauration de l'église de Cléry en 1868. Le nouveau mausolée est désormais plus fidèle à celui du XVe siècle.

En 1468, quand Dunois, le compagnon d'armes de Jeanne et seigneur de Cléry, y est enterré, Louis XI élève la basilique au rang de chapelle royale.

Selon son souhait, il y est inhumé en 1483.

Depuis sa sépulture a subi de multiples dégradations et transformations. Tour à tour saccagée par les huguenots, remplacée par un tombeau en marbre par Louis XIII, profanée par les révolutionnaires en 1792, mutilée en 1848, elle ne retrouvera son aspect du XVIIe qu'en 1896.

C'est dans ces sépultures que le docteur Gorbenko a décidé de fouiller afin d'en sortir des ossements susceptibles de l'aider à reconstituer la physionomie du célèbre monarque. Il trouvera beaucoup plus que ce qu'il pouvait espérer. D'après ses dires, il aurait exhumé une partie des ossements de Jeanne.

Vrai ou faux ? J'ai interrogé plusieurs témoins, mis la main sur quelques documents confidentiels grâce à quoi j'ai pu reconstituer le journal de cette fabuleuse découverte.

Le protocole Gorbenko

La technique du docteur Sergueï Gorbenko est inspirée de la méthode de reconstruction plastique faciale mise au point en URSS, dans les années 1930, par le professeur Gerassimov comme il l'a expliqué à l'époque au *Figaro* : « Des calculs précis de l'épaisseur des tissus mous sur les points anthropologiques du crâne de l'individu sont effectués grâce à des modèles mathématiques. Des statistiques sont mises au point avec l'aide de chirurgiens plastiques et de radiologues. Ils permettent un maximum de précisions pour arriver le plus près possible de la vérité. Des analyses ADN aident ensuite à retrouver la couleur des yeux. La biochimie donne la couleur de la peau, des cheveux et des poils. Une étude historique qui implique la vision de tableaux ou de reproductions et la lecture de nombreux textes complètent les informations mathématiques et médicales. »

Après ces savants calculs et ces analyses de laboratoire, le scientifique procède aux moulages proprement dits. Voilà comment Sergueï Gorbenko souhaite retrouver les traits du visage de Louis XI et de son épouse à partir de leurs crânes.

A droite de la statue de Louis XI, dans une crypte à laquelle on accède en descendant une quinzaine de marches, la sépulture royale. Deux crânes sont exposés sous une vitrine : ceux, dit-on, du roi de France et de la reine.

Or les premières investigations du scientifique ukrainien sont plutôt décevantes. En effet, comme l'écrit Sergueï Gorbenko dans la revue *Moyen Age* : « Les deux crânes n'étaient pas complets, ils étaient exposés à côté d'autres fragments osseux de mâchoires et d'os de squelettes. » Les ossements appartiennent en fait à quatre individus différents.

Une observation plus attentive montre que le crâne attribué à Charlotte de Savoie est vraisemblablement celui d'un homme âgé de soixante à soixante-dix ans alors que la reine est décédée à l'âge de trente-huit ans. Quant à celui attribué à Louis XI, « les mâchoires supérieure et inférieure considérées comme appartenant à Louis XI sont en réalité issues d'un squelette féminin. La datation des dents est approximativement de 45-50 ans ». Il ne s'agit donc pas d'une simple inversion des crânes.

Que reste-t-il du roi de France dans le sarcophage de Cléry ? Certes, « la calotte du crâne considérée comme étant celle de Louis XI appartient bien à un homme âgé de 60 à 70 ans. » L'indication est cependant un peu faible pour en tirer des conclusions scientifiques.

Sergueï Gorbenko ne s'arrête pas sur ce demi-échec. Il part à la recherche de l'os nasal du roi Louis. Il demande et obtient l'autorisation d'effectuer des fouilles complémentaires.

D'abord dans la tombe de Tanneguy du Chastel, à droite de l'escalier du caveau royal. Tanneguy était un géant de 1,91 mètre. Il fut tué au siège de Bouchain, sur l'Escaut, frappé à la tête d'un coup de fauconneau, ces petits canons de l'époque qui faisaient déjà de gros dégâts, alors que le roi Louis XI avait la main sur son épaule. « Par sa grande taille il avait sauvé le roi qui, en reconnaissance, le fit inhumer à sa droite. »

Le docteur Gorbenko constate rapidement qu'il y a les ossements mélangés de plusieurs squelettes. Mais surtout que ses propres observations sont en contradiction avec les fouilles effectuées à Cléry-Saint-André au XIXe siècle, très exactement en 1818, 1854, 1887 et 1889.

Le savant ukrainien poursuit donc ses recherches dans le sous-sol de la basilique. Cette fois, il fait ouvrir la chapelle Saint-Jean dite aussi de Longueville qui abrite les sépultures de Dunois, le compagnon d'armes de Jeanne, de son épouse Marie d'Harcourt et de certains de leurs descendants. Ouverte sur les cinquième et sixième travées du collatéral sud de la basilique, cette chapelle est un bijou architectural. Construite entre 1464 et 1468 par Simon du Val, elle a été partiellement détruite par les huguenots. Les voûtes d'ogives à trois quartiers furent reconstruites à l'identique en 1655. Aux clefs des voûtes, cinq écussons aux armes de France et de Longueville.

Dunois, le Bâtard d'Orléans, « a déboursé la coquette somme de 1 200 écus d'or pour cet édifice dont 400 pour les ornements. Robert Saussaye, dit Longueville, poursuivant d'armes du comte, fut chargé de la "mise" », souligne Louis Jarry, membre (entre autres) de la Société archéologique et historique de l'Orléanais dans son *Histoire de Cléry*, un ouvrage particulièrement bien documenté.

Le Bâtard d'Orléans est mort le 24 novembre 1468 à L'Haÿ, près de Bourg-la-Reine. Il avait lui-même fixé le cérémonial de ses obsèques, après un cortège funèbre qui dura seize jours pour transporter sa dépouille jusqu'à Cléry. Dunois fut inhumé auprès de Marie d'Harcourt sa « bonne sœur et compaigne » et de leur jeune enfant, au pied de l'autel. Côté gauche, les tombeaux de Louis Ier et François II de Longueville. Au milieu de la chapelle, les caveaux de François Ier de Longueville et de sa femme, Agnès de Savoie. Tout à fait à droite, contre le mur côté est, d'autres sépultures, violées, de personnages inconnus.

La sépulture de Dunois a été visitée à plusieurs reprises. Le 18 décembre 1854, par une commission de la Société archéologique de l'Orléanais qui fit sceller une pierre au nom de Dunois et, les 7 et 8 juin 1887, à l'occasion des fouilles autorisées dans la chapelle « dans l'intérêt de l'histoire de Cléry ».

Le chanoine Lucien Millet, curé-doyen de Notre-Dame de Cléry, rappelle que les fouilles de 1887 furent effectuées « sous la direction de M. Dusserre, architecte et inspecteur des Monuments historiques, par M. Louis Jarry, l'abbé Saget, curé et M. le Marquis de Tristan, maire ». Le chanoine affirme que la place de « tous les tombeaux a été définitivement fixée » !

Louis Jarry, qui assista à ces fouilles, précise (page 130) : « Nous y avons contemplé avec une respectueuse émotion les restes du compagnon d'armes de Jeanne d'Arc et admiré les harmonieuses proportions de son crâne au front large et développé. »

L'historien décrit avec précision l'emplacement des corps. « Nous avons trouvé dans ce caveau qui n'avait pas été violé comme plusieurs autres, une grande bière de plomb en forme de toit à double pente, infléchie sous le poids d'une autre bière en même métal plus petite, sans doute le corps d'un enfant sur celui de sa mère. »

Louis Jarry publie dans ce même ouvrage un plan détaillé de la chapelle et l'emplacement de tous les cercueils. Il ne décèle aucune anomalie par rapport aux données historiques.

Le docteur Gorbenko fut certainement surpris de ces fouilles à répétition à des dates aussi rapprochées et qui ne correspondent pas à ses propres découvertes. Plus étrange encore : de nouvelles fouilles plus complètes, nous dit le chanoine Lucien Millet, ont été effectuées par l'abbé Louis Saget en 1889.

Je note que 1887 et 1889 correspondent aux prémices de la canonisation de Jeanne que réclame si ardemment Mgr Dupanloup.

« Ce grand évêque au cœur plein de feu » entreprit la restauration matérielle et spirituelle de Cléry. « Dans ce but, poursuit Louis Jarry, il eut recours avec son élan ordinaire à trois moyens : lettres pastorales, missions et pèlerinages, c'est-à-dire propagande par la plume, par la parole et par l'action. » Le dimanche 9 août 1874, un pèlerinage national fut organisé à Cléry pour l'inauguration de l'église restaurée au cours duquel l'évêque d'Orléans prononça un grand discours intitulé « La Sainte-Vierge et la France ».

Revenons aux recherches du docteur Sergueï Gorbenko. Après avoir exploré les caveaux de Louis XI et de Tanneguy du Chastel, le savant ukrainien fait ouvrir le caveau de Dunois le 27 novembre 2001 par un marbrier. Il découvre plusieurs tombeaux et plusieurs cercueils mais leurs descriptions ne correspondent pas à celles de Louis Jarry ni à celles du curé Louis Saget. A la place des restes de Marie d'Harcourt et de son fils, il y a des ossements masculins.

Le docteur Gorbenko pénètre dans un autre tombeau, à gauche de celui de Dunois, en faisant enlever quelques pierres. Il y a là un cercueil en plomb et à l'intérieur des ossements d'une femme, apparemment de grande taille. Puis il découvre d'autres ossements ainsi que des objets archéologiques.

Le savant prend des photos et tourne des vidéos. Sur l'une d'elles on voit nettement la date « 7 juin 1887 » écrite sur une paroi de ce tombeau. A l'évidence, les bouleversements sont nombreux. Le docteur Gorbenko en déduit que l'on a volontairement modifié le contenu des tombeaux. Pour lui, « la commission de 1887 ne dévoile pas les vrais motifs de l'ouverture du tombeau de Dunois ». Il croit aussi que le curé Louis Saget a procédé à des déplacements d'ossements.

Comme pour brouiller les pistes ? Peut-être.

Finalement, au terme de sa longue étude, le docteur Gorbenko parvient à identifier la plupart des ossements. Il affirme pouvoir reconstituer le visage véritable de Louis XI, le visage de Tanneguy du Chastel et il certifie qu'« un crâne de femme qui n'est pas Charlotte de Savoie mais un personnage encore plus intéressant pourra être reconstruit » ! Sans dire de qui il s'agit.

Dans ses conclusions remises à la Direction Régionale des Affaires Culturelles (DRAC) d'Orléans, le docteur Gorbenko écrit : « Des informations en notre possession nous permettent d'affirmer que la basilique de Notre-Dame de Cléry est un monument pour la France car elle abrite les sépultures et les dépouilles d'au moins quatre personnages qui, de leur vivant, ont joué un rôle déterminant dans la formation de l'Etat français. En outre, nous étudions actuellement l'hypothèse selon laquelle l'un des crânes examinés appartiendrait à un personnage historique de renommée mondiale. »

Le savant ukrainien ne donne pas son nom.

Denise Reynaud, adjointe au maire de Cléry chargée des Affaires culturelles et du Patrimoine, a suivi officiellement les travaux du docteur Gorbenko qui, le 16 octobre 2001, a signé une convention secrète avec la mairie sur ses futures découvertes. Elle se souvient : « J'ai reçu en 2001 le docteur Gorbenko et son associé M. Oleg Nesterenko qui venaient pour la reconstitution faciale de Louis XI. Ils avaient toutes les autorisations nécessaires. »

Mme Reynaud va aider autant que possible le savant ukrainien par l'achat de pellicules photo et du matériel nécessaire à sa mission scientifique. Le chantier va s'échelonner sur plusieurs mois en trois périodes. « A la fin de sa dernière visite, le 12 janvier 2002, le docteur Gorbenko nous a conviés dans son gîte de Cléry où il habitait avec sa femme et ses enfants, ajoute Mme Reynaud. Il y avait le maire, M. Clément Oziel, le curé Robert Leroy, doyen de la basilique, Jean-Marie Montigny, diacre permanent du diocèse d'Orléans, Mme Martine Klein, la dame qui héberge le docteur Gorbenko en région parisienne et moi-même. Il nous a annoncé, très solennellement, autour d'un verre de vin rouge et quelques tranches de saucisson : “J'ai retrouvé le crâne de Jeanne d'Arc et reconstitué son histoire.” Il ne nous a pas dit comment il était parvenu à cette découverte. Nous avons été surpris, un peu choqués. Nous lui avons demandé d'apporter des preuves. Ce qu'il n'a pas fait. Le curé a été très surpris, le diacre encore plus. Mais nous n'avons rien dit à personne. La population de Cléry n'a pas été mise au courant. »

Le diacre Jean-Marie Montigny confirme : « Oui, il nous a dit qu'il avait retrouvé le squelette de Jeanne d'Arc, cela nous a fait bien rire. »

Martine Klein a hébergé le docteur Gorbenko durant tout son séjour en France. Elle a suivi ses travaux et rédigé ses rapports en français, tous deux s'exprimant dans la langue de Goethe. « Un jour, il est revenu de Cléry avec Oleg Nesterenko en disant :

“Je pense avoir fait la découverte de ma vie”, dit-elle. Mais il n’en a pas dit plus. Je n’ai pas posé de questions. Quelques mois plus tard, il m’a révélé qu’il s’agissait d’un personnage célèbre. J’apprendrai ensuite qu’il s’agissait de Jeanne d’Arc. »

Martine Klein a participé au classement des ossements découverts par le docteur Gorbenko et à leur rangement dans de petits cercueils destinés à être inhumés ultérieurement. Elle est persuadée que Sergueï Gorbenko a bien découvert les restes de Jeanne la Pucelle car elle le connaît bien, elle sait que c’est un scientifique très consciencieux qui ne donne pas d’informations sur ses travaux à la légère.

Sergueï Gorbenko a dû repartir dans son pays en août 2002, son titre de séjour n’ayant pas été renouvelé. Selon Martine Klein, il était « très amer » que la France ne reconnaisse pas la portée de ses travaux dans la basilique de Cléry.

Il écrit sa déception le 8 janvier 2003 dans une lettre adressée à Mme Reynaud dans un français approximatif mais très compréhensible : « J’ai des preuves sérieuses de l’appartenance de le crâne de Jeanne d’Arc. De la centaine de villes françaises seraient heureuses d’avoir une relique d’un doigt seulement. Chez vous se entier de celle-ci son squelette. »

Une lettre un peu identique sera adressée le 17 mai 2005 à la DRAC d’Orléans. Le savant précise qu’il a procédé à « l’étude ostéométrique de six squelettes et l’étude crânométrique de douze crânes dans la chapelle de Dunois. J’ai fait l’étude criminalistique et l’identification de ces squelettes », écrit-il en affirmant encore qu’il a trouvé de remarquables objets archéologiques parmi lesquels deux fibules d’or du XVe siècle et un petit poignard. « Tous ses ossements ont été mis en bon ordre par moi et placés dans des boîtes pour des obsèques ultérieures. Tout ce travail a été effectué en huit mois. »

Le savant ukrainien a confié à son entourage qu'il a découvert des ossements masculins et féminins de couleur verte dans la chapelle de Dunois. La couleur verte provient du contact des os avec l'oxyde de cuivre qui les a colorés.

Les ossements masculins appartiennent à un homme de soixante, soixante-cinq ans, de forte stature, d'une taille située entre 1,73 et 1,79 m (soit une moyenne de 1,74 m). Il présente les caractéristiques physiologiques des cavaliers professionnels avec une inflexion des fémurs (mesure de la courbe diaphyse 13,9-59,9). Après sa mort, cet homme a subi une trépanation du sommet droit de la calotte crânienne selon une découpe régulière. Avant la squelettisation du cavadre, sa tombe a été pillée : en témoigne la trace régulière d'une coupure posthume sur la phalange du quatrième doigt de sa main gauche – un voleur a certainement coupé le doigt pour s'emparer d'une bague ou d'un anneau. Quant aux ossements féminins, ils appartiennent à une grande femme décédée à cinquante-cinq, cinquante-sept ans, sa taille devait être située entre 1,64 m et 1,69 m (soit une moyenne de 1,66 m). Les os témoignent d'un fort développement des épaules et des jambes par rapport à son âge et les deux mains présentent une largeur très développée ; les fémurs, également très développés et longs, présentent les caractéristiques physiologiques d'une personne montant à cheval depuis l'enfance en raison de leur courbe (diaphyse 15,2-60,4). Une courbure encore plus importante que chez l'homme au squelette vert. Les dents de cette femme sont en très bon état de conservation, de petite taille en forme de couronne. Elles ont de façon prononcée la couleur blanche de l'émail, n'ayant pas foncé même après la mort. L'état de conservation de ces dents les rend significativement jeunes par rapport à l'âge de la femme.

Sergueï Gorbenko rappelle que Dunois, le Bâtard d'Orléans, avait émis le souhait d'être inhumé dans un cercueil de cuivre ou d'albâtre. Le savant en conclut que le squelette vert est celui de Dunois, inhumé avec les honneurs qui lui étaient dus en 1468 auprès de sa « bonne sœur et compaigne » Marie d'Harcourt, décédée elle, en 1464, à l'âge de cinquante-cinq ou cinquante-sept ans.

Or, note Gorbenko, lors de son mariage avec Dunois, Marie d'Harcourt n'était accompagnée d'aucun membre de sa famille, hormis son oncle, Jean d'Harcourt, évêque de Rouen. Il est impossible de déterminer son ascendance.

Le docteur Gorbenko émet l'hypothèse que Marie d'Harcourt, dont on ignore tout de ses parents, pourrait être, en réalité, Marguerite de Valois, la fille du roi fou, Charles VI, et de sa maîtresse, Odinette de Champdivers (dont nous avons parlé plus haut). Marguerite a reçu une bonne éducation militaire, elle a choisi le parti Armagnac malgré les liens bourguignons de sa mère.

Il en conclut que Marguerite de Champdivers, Marie d'Harcourt et Jeanne d'Arc ne sont qu'une seule et même personne : la fille bâtarde du roi Charles VI et Odinette de Champdivers, légitimée par son frère le dauphin et qui l'a aidé à sauvegarder ses droits au trône de la manière que l'on sait. Elle s'est secrètement mariée à son compagnon de combat, Dunois, dont elle était la cousine. Leurs enfants ayant du sang de Valois des deux côtés, ce qui explique leurs malformations, étaient réellement princes de sang. Et un danger pour Louis XI.

Sergueï Gorbenko ne donne pas l'ombre d'une seule preuve pour étayer ses affirmations. Ni auprès de la mairie de Cléry, ni auprès de la DRAC. « Il a bien découvert les ossements de Jeanne d'Arc, m'a confirmé plusieurs fois Oleg Nesterenko, l'ancien associé du savant. Mais les preuves lui appartiennent, ce n'est pas à moi de les dévoiler. »

Depuis son Institut de Lviv, Sergueï Gorbenko ne baisse pas les bras. Il a annoncé la publication d'un livre, aux éditions Heimdal, sous le titre *Jeanne d'Arc et Dunois*. L'ouvrage a bien été proposé à la vente dans les FNAC et sur Internet. Mais ce livre n'a jamais été publié.

A-t-il été vraiment écrit ?

A Cléry comme au ministère de la Culture, ces « révélations » ont été qualifiées de « pures spéculations » puisque, précise-t-on, les ossements analysés par Gorbenko ont été déplacés si souvent qu'il n'est pas certain qu'ils appartiennent aux Valois.

En tout cas, il n'est pas interdit de penser que les restes de Jeanne des Armoises aient été transférés de Pulligny-sur-Madon à Cléry-Saint-André, à la fin du XIXe siècle. En effet, Jeanne des Armoises n'est certainement pas Marguerite de Valois, fille de Charles VI, comme le pense Sergueï Gorbenko, puisque l'on connaît assez bien sa vie et que celle-ci ne coïncide pas avec celle de Jeanne à Domrémy ni avec celle de la dame des Armoises. Par contre, on peut comprendre que, pour sauvegarder la « légende de Jeanne d'Arc », l'Eglise ait effacé les traces de la présence de Jeanne dans la petite église lorraine. Ce qui restait des ossements ne pouvait pas être placé ailleurs que dans la basilique royale de Cléry où repose pour l'éternité, non seulement le roi de France Louis XI, mais surtout Dunois, fils de Louis d'Orléans.

Qu'elle soit la fille de Charles VI, le roi fou, de son frère, Louis d'Orléans, ou encore du prince-poète Charles d'Orléans, Jeanne la Pucelle est princesse d'Orléans. Il n'y aurait rien d'invraisemblable à ce qu'elle soit inhumée ici, parmi les siens.

Dans son laboratoire ukrainien, le docteur Gorbenko ne comprend pas que son extraordinaire découverte de Cléry ne suscite pas davantage d'enthousiasme de la part des Français. Pour l'instant, il a décidé de garder pour lui les « preuves » que tout le monde attend impatiemment. Peut-être dans l'espoir de les monnayer puisque, après tout, c'est grâce à son travail et à sa science qu'il prétend avoir trouvé le squelette de Jeanne.

Epilogue

Notre enquête est sur le point de s'achever et ses conclusions réservent bien des surprises aux fondamentalistes de l'histoire officielle.

D'indice en indice, nous avons acquis la conviction que si Jeanne d'Arc n'est pas morte brûlée vive à Rouen, elle n'est pas née non plus d'une famille de bergers dans un Bethléem lorrain répondant au joli nom de Dom Rémy.

Que l'on soit rêveur, poète, romantique, croyant ou incroyant, on aurait tort de s'insurger contre cet éclairage de l'Histoire. Il met en lumière les ressources de l'intelligence et du courage humain à une époque où Merlin enchantait l'âpreté du monde de ses sortilèges et de ses philtres, où la peur du démon et de ses ailes, noire peste, aliénait les volontés, où les femmes semblaient cantonnées à un rôle d'éternelle Pénélope. Mais de Jeanne d'Arc à proprement parler, cette femme extraordinaire au charisme si puissant qu'il ébranlait des armées, on ne sait et on ne saura pas grand-chose.

Entre le sublime et austère visage de Falconetti et la blondeur charnelle de Milla Jovovich, il y a un monde, un siècle, une vision, mais il existe le même désir d'incarner la beauté et la vie.

Dans le château de Jaulny, face au merveilleux profil de Jeanne des Armoises, je m'étais promis d'instruire son histoire, le plus honnêtement possible, en me rapprochant de la femme qui vivait, souffrait et aimait sous l'armure qu'on avait fabriquée à ses mesures.

J'espère que ce livre a concouru à lui rendre hommage.

« Nos soldats tombent sous les bombes, et ils n'ont pas d'armure. Je me suis demandé ce que je pouvais leur envoyer pour les protéger, et Jeanne s'est imposée », explique Pat Benincasa, cinquante-cinq ans, artiste américaine installée dans le Minnesota.

Pat a décidé de créer et d'expédier en Irak des milliers de médaillons à l'effigie de la célèbre héroïne française pour soutenir le moral des troupes américaines. Elle poursuit : « Jeanne d'Arc traverse les frontières, les nations, l'Histoire, et elle parle à chacun d'entre nous. Elle a mis sa foi en Dieu pour accomplir l'impossible. »

Qui pourrait le nier ?

ANNEXES

CHRONIQUE DU RELIGIEUX DE SAINT-DENIS,
10 NOVEMBRE 1407

Manuscrit 5958, folio 269 v°, Bibliothèque nationale.

Après les feuillets disparus, la narration reprend et nous trouvons ce récit du 10 novembre 1407 : « La veille de la Saint-Martin d'hiver, vers 2 heures après minuit, l'auguste reine de France accoucha d'un fils en son hôtel près de la porte Barbette. Cet enfant vécut à peine et les familiers n'eurent que le temps de lui donner le nom de Philippe et de l'ondoyer au nom de la sainte et indivisible Trinité. Le lendemain soir, les seigneurs de la cour conduisirent son corps à l'abbaye de Saint-Denys avec un grand luminaire, suivant l'usage et l'inhumèrent auprès de ses frères dans la chapelle du roi son aïeul. »

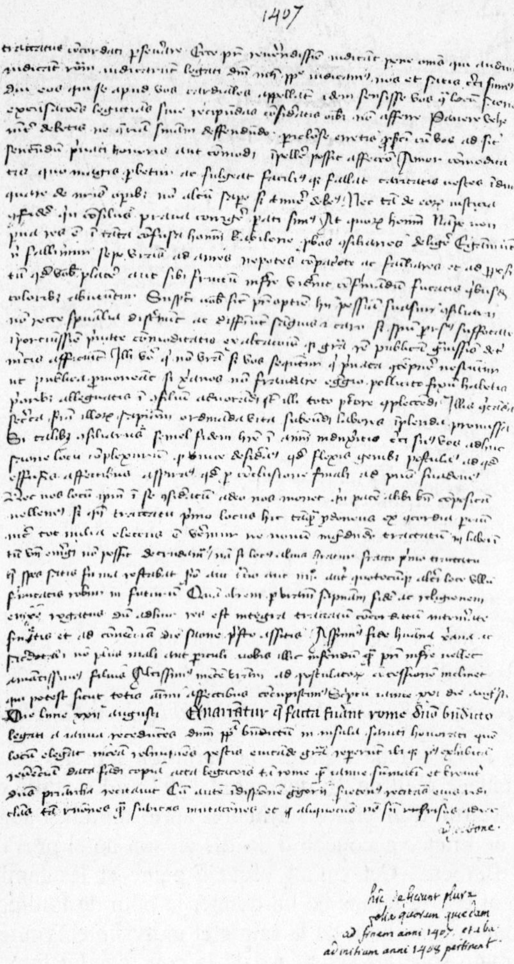

CHRONIQUE DU RELIGIEUX DE SAINT-DENIS DATÉE DE 1407

Manuscrit 5959, folio 75 v°, Bibliothèque nationale.

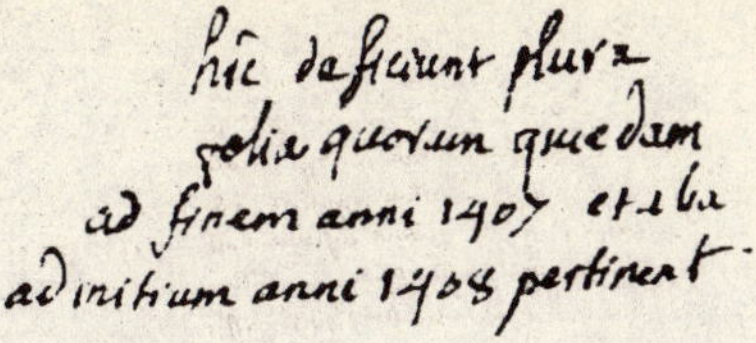
hic deficiunt plura
folia quorum quedam
ad finem anni 1407 et alia
ad initium anni 1408 pertinent.

Au bas du feuillet, il est écrit en latin moderne : « hic deficiant plura folia quorum quedam ad finem anni 1407 et ala ad initium anni 1408 pertinent » (ici manquent plusieurs feuillets dont quelques-uns à la fin de l'année 1407 et d'autres continuent à manquer au début de l'année 1408).

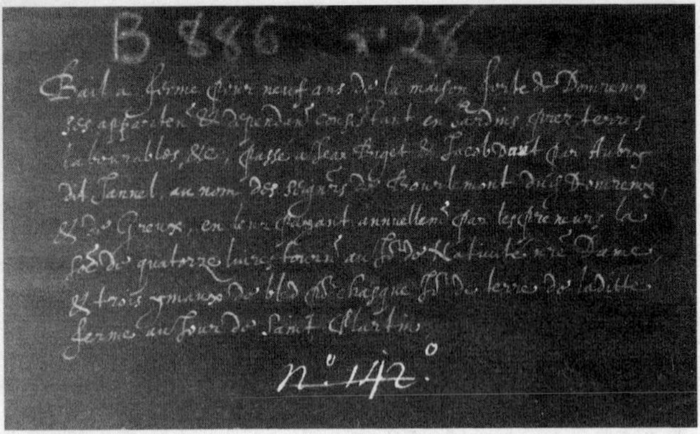

Enveloppe

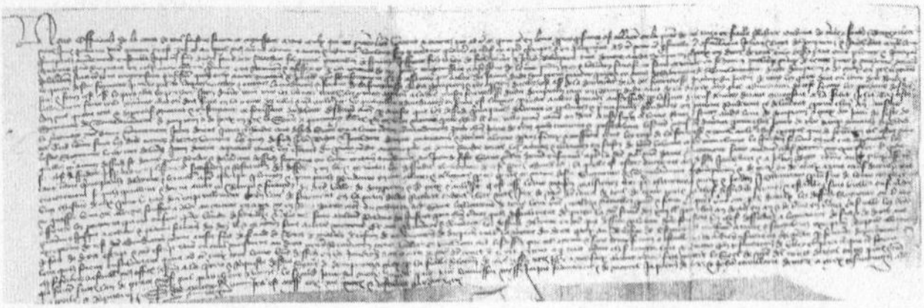

Parchemin

BAIL DE NEUF ANS À JEHAN BIGET ET JACOB D'ARC DE LA MAISON FORTE DE DOMRÉMY DATÉ DU 2 AVRIL 1420

Cote B 886 N° 28, Archives départementales de Meurthe-et-Moselle.

A partir de 1419, la famille d'Arc n'habite plus dans une chaumière, mais dans la maison forte des seigneurs de Bourlemont appelée le château de l'île.
Transcription du parchemin : « Nous, officiaulz de la court de Toul, faisons savoir et cognissant a tous ceulx qui ces presentes lettres verront et orront que ad ce et pour ce en leurs propres personnes establirent en la presence de nostre amey et fiable Richard Oudinot, de Marcey soubz Brixey, clerc notaire juré pourtant nostre povoir en cest partie et

auquel nous avons, adjoutons avoir et adjouter voulons foy et creance planiere es choses cy après escriptes et en plux grant. Ad ce, pour ce, personellement establirent Jehan Biget de Dompremy et Jacob Dart, ambedeux principaulx, conjunctement ensemble Jaquemin filz dudit Jacob Dart, Mathiot filz Pierre Gerardin d'Espinalz, Joffrois filz la Heu de Frebecourt… »

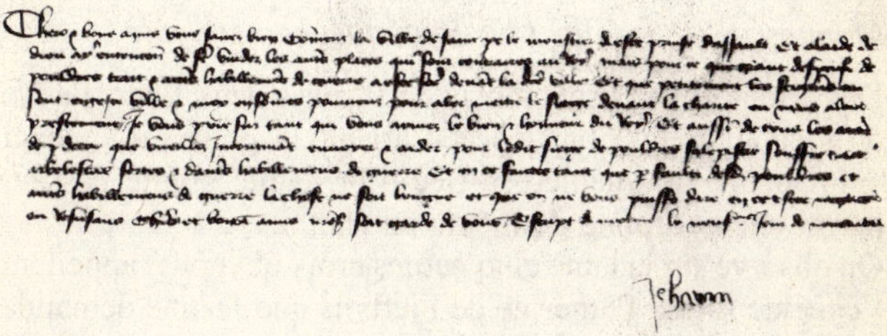

LETTRE DE JEANNE DU 9 NOVEMBRE 1429 AUX HABITANTS DE RIOM, ÉCRITE À MOULINS

Archives de la ville de Riom.

Transcription : « Chers et bons amis, vous savez bien comment la Ville de Saint Pierre le Moustier a esté prinse d'assault ; et à l'aide de Dieu ay entencion de faire vuider les autres places qui sont contraires au Roy ; mais pour ce que grant despense de pouldres, trait et autres habillemens de guerre a esté faicte devant la dicte ville et que petitement les seigneurs qui sont en ceste ville et moy en sommes pourveuz pour aller mectre le siège devant la Charité, où nous alons prestement. Je vous prie sur tant que vous aymez le bien et l'honneur du roy. Et aussi de tous les autres de par deça, que veuillez incontinent envoyer et aider ledit siège, de pouldres, salepestre, souffre, trait, arbelestres fortes et d'autres habillemens de guerre. Et en ce, faictes tant que par faulte des dictes pouldres et habillemens de guerre la chose ne soit longue et que on ne vous puisse dire en ce estre négligens ou refusans. Chers et bons amis, notre sire soit gardé de vous. Escript à Molins le neufviesme jour de novembre.

Jehanne. »

PAGE DE DROITE

ARMES DE JEANNE, OCTROYÉES LE 2 JUIN 1429 PAR LE ROI

Manuscrit 5584, folio 142, Bibliothèque nationale.

Des armes qui se lisent ainsi : « D'azur à deux fleurs de lys d'or et au milieu une épée d'argent la pointe d'en haut emmanchée de gueule estoffée d'or, ladite pointe passant parmi une couronne de même en chef ».
On observe sur la lame cinq petites croix qui nous rappellent l'épée de sainte Catherine de Fierbois que Jeanne demanda avant de partir en guerre. Ces cinq croix symbolisent les cinq plaies du Christ.

Le premier jour de may mil 1/12
iiii^c vingt neuf
Marc dargent xvii s

la pucelle Le xme jour de may iiii^c xxix — Jehanne
les ser roy avoit donné les procès
de Jehanne la pucelle et victoire du
don de Dieu et son conseil fut donné
comme estant en la ville de Chinon
armoyries a la Jehanne pour son estandart
et son devoir du patron qui s'ensuit
comme chargé au duc d'Alençon
et a ladite Jehanne du siege de
Jargueau

xxix

Le vi^e jour de juing mil iiii^c
xxix
Marc dargent xx s
Le xvi^e octobre mil iiii^c xxix
fut fait de qui s'ensuit

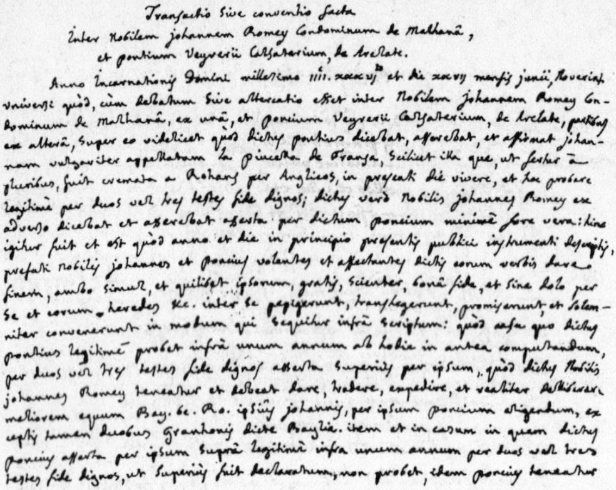
Transactio sive conventio facta
inter Nobilem Johannem Romey Condominum de Mallanis,
et Poncium Veyrerii Cerdonem, de Arelate.

Anno Incarnationis Domini millesimo IIII. xxxvij et die xxvij mensis junii, Noverint universi quod, cum debatum sive altercatio esset inter Nobilem Johannem Romey Condominum de Mallanis, ex una, et Poncium Veyrerii Cerdonem, de Arelate, parte ex altera, super eo videlicet quod dictus Poncius dicebat, asserebat, et affirmat Johannam vulgariter appellatam la pucella de Franza, scilicet illa que, ut fertur a pluribus, fuit cremata a Rohanis per Anglicos, in presenti die vivere, et hoc probare legitime per duos vel tres testes fide dignos; dictus vero Nobilis Johannes Romey ex adverso dicebat et asserebat asserta per dictum Poncium minime fore vera: hinc igitur fuit et est quod anno et die in principio presentis publici instrumenti descriptis, prefati nobilis Johannes et Poncius volentes et affectantes dictis eorum verbis dare finem, ambo simul, et quilibet ipsorum, gratis, scienter, bona fide, et sine dolo per se et eorum heredes etc. inter se pepigerunt, transfegerunt, promiserunt, et solemniter convenerunt in modum qui sequitur infra scriptum: quod casu quo dictus Poncius legitime probet infra unum annum ab hodie in antea computandum, per duos vel tres testes fide dignos asserta superius per ipsum, quod dictus Nobilis Johannes Romey teneatur et debeat dare, tradere, expedire, et realiter deliberare meliorem equum Bay. 6e. Ro. ipsius Johannis, per ipsum Poncium eligendum, exceptis tamen duobus Grandonis dicte Baylie. item et in casum in quem dictus Poncius asserta per ipsum supra legitime infra unum annum per duos vel tres testes fide dignos, ut superius fuit declaratum, non probet, idem Poncius teneatur

COPIE D'ACTE NOTARIÉ DE 1437 DU PARI DE DEUX HABITANTS D'ARLES

Bibliothèque municipale d'Arles.

L'un prétend que Jeanne a été brûlée à Rouen, l'autre soutient le contraire. Le défi fut enregistré par Jehan Seguin, notaire.

Traduction : « En l'année de l'incarnation du Seigneur 1437, le 27e jour du mois de juin tous admettront que, alors qu'un débat ou une querelle existait entre le gentilhomme Jean Romey coseigneur de Maillans d'une part et Pons Verrier, cordonnier en Arles d'autre part, il est évident que dans le cadre du débat ci-dessus, ledit Pons pouvait dire, prétendre et affirmer que Jeanne communément appelée la Pucelle de France, à savoir celle qui, selon les dires d'un assez grand nombre, fut brûlée à Rouen par les Anglais, est toujours vivante en ce moment et pour prouver cela conformément aux règles par deux ou trois témoins. »

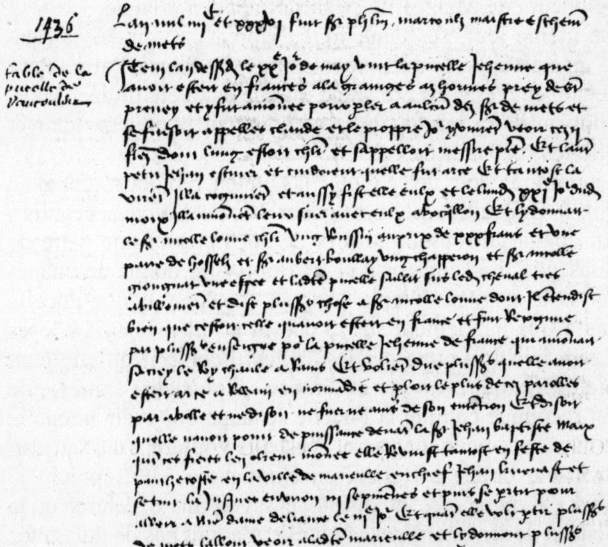

CHRONIQUE DU DOYEN DE SAINT-THIÉBAUT

Manuscrit 6699, folio 75 v° et 76 r°, Bibliothèque nationale.

Le curé raconte les événements survenus dans sa ville de Metz et dans les pays voisins au début du XVe siècle. Son journal se termine le 24 janvier 1460. L'événement majeur de cette chronique est ainsi rédigé :

« L'an 1436, sire Philippe Marcoult fut maître échevin de Metz. Ainsi, la même année, le 20 mai 1436 vint la Pucelle Jehanne qui avait été en France, à la Grange-aux-Ormes,

près de Saint-Privat et fut amenée là pour parler avec les seigneurs de Metz. Elle se faisait appeler Claude.
Le même jour, ses deux frères vinrent la voir en ce lieu. L'un était chevalier et s'appelait messire Pierre, l'autre Petit Jehan, écuyer et ils croyaient qu'elle avait été brûlée. Mais, sitôt qu'ils la virent, ils la reconnurent pour leur sœur et elle les reconnut de même.
Le lundi 21ᵉ jour de ce mois, ils emmenèrent leur sœur avec eux à Bocquillou et le seigneur Nicole Louve, chevalier, lui donna un roussin au prix de 30 francs et une paire de houseaux. Le seigneur Aubert Boulay lui donna un chaperon et le seigneur Nicole Grognat une épée. Ladite Pucelle sauta très habilement sur le cheval et dit plusieurs choses à sire Nicole Louve par lesquelles il comprit qu'elle était bien celle qui avait été en France. A plusieurs signes, elle fut reconnue comme la Pucelle Jehanne qui avait amené le roi à Reims pour son sacre. Plusieurs voulurent dire qu'elle avait été brûlée à Rouen, en Normandie, elle répondit le plus par paraboles et disait ne savoir ni le dehors ni le dedans de ses intentions et qu'elle n'aurait pas de puissance avant la Saint-Jean-Baptiste. »

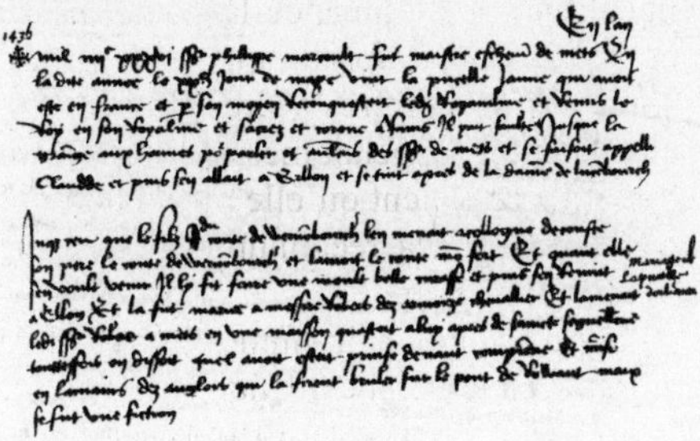

CHRONIQUE DE PHILIPPE DE VIGNEULLES, MARCHAND DE CHAUSSURES À METZ DE 1471 À 1528

Manuscrit 5395, folio 24 v°, Bibliothèque nationale.

Transcription : « En l'an 1436, sire Philippe Marcoult fut maître-échevin de Metz. En ladite année, le 20e jour de mai vint la Pucelle Janne qui avoit été en France et par son moyen reconquestait ledit royaume et remit le roy dans son royaume et sacré et couronné à Reims. Elle vint sauté jusqu'à la Grange aux Ormes pour parler à aucuns des seigneurs de Metz et se faisait appeler Claude.
Et puis s'en allait à Arlon et se tient auprès de la Dame de Luxembourg jusqu'à ce que le fils du comte de Wernembourg l'emmena à Cologne du côté de son père le comte de Wernembourg et l'aimait ledit comme moult fort.
Et quand elle volt venir, il lui fit faire une moult belle cuirasse et puis s'en revint à Arlon. Et là fut mariée à Messire Robert des Armoises, chevalier.
Et l'amenait ledit seigneur Robert à Metz en une maison qui était à lui auprès de Sainte Ségolène. Toutefois on disait qu'elle avait été prise devant Compiègne et mise en la main des Anglais qui la firent brûler sur le pont de Rouen. Mais ce fut une fiction. »

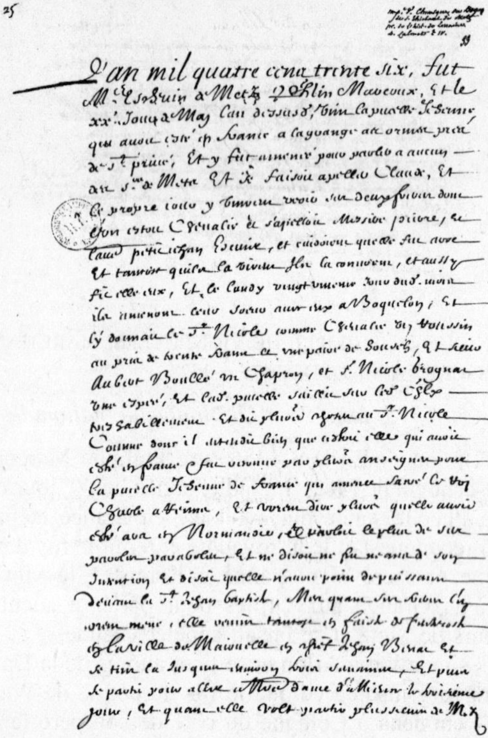

L'an mil quatre cens trente six, fut Mre Eschevin a Metz Phlin Marcoux, Et le xxe jour de May l'an dessusd. vint la pucelle Jehanne qui avoit esté en France a la grange aux ormes pres de St privé

MANUSCRIT DE *L'HISTOIRE ECCLÉSIASTIQUE ET CIVILE DE LA LORRAINE*, DANS LE CHAPITRE INTITULÉ « PREUVES DE L'HISTOIRE LORRAINE » DU RÉVÉREND PÈRE DOM CALMET (1738)

Collection Dupuy 630, folio 33 r° et v°, Bibliothèque nationale.

Transcription : « L'an 1436, fut maître échevin à Metz, Sire Philippe Marcoux et le 20e jour de mai, l'an dessusdit vint la pucelle Jeanne qui avait estait en France à la Grange-aux-Ormes, près de Saint-Privé… »

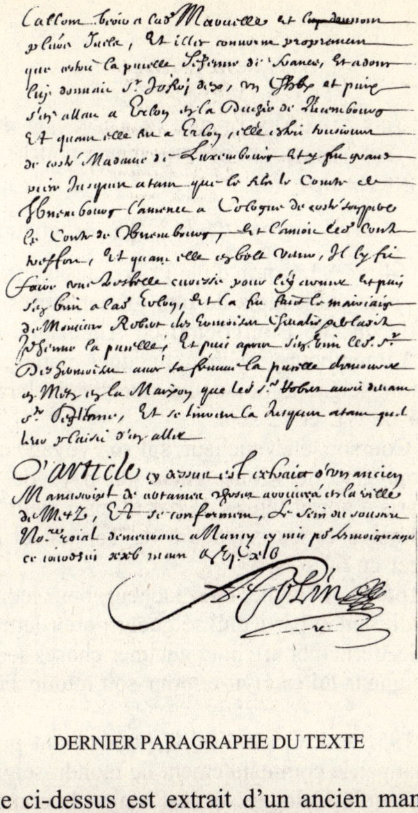
Callom[illegible] a lad Mavuelle et [illegible]
plusr Jucla, Et illec convenent proprement
que estoit la pucelle [illegible] di Hance, Et adonc
luy donnait Sʳ [illegible], vy [illegible] et puis
s'en allant a Erloy en la Duché de Luxembourg
Et quant elle fu a Erloy, elle estoit toujours
de costé Madame de Luxembourg et y fu grand
[illegible] Jusques atant que [illegible] le Conte de
Luxembourg l'amenée a Cologne de costé [illegible]
le Conte de Luxembourg, et l'amoit ledit Conte
[illegible], et quant elle en volt venir, il ly fit
faire une [illegible] pour l'y amener et puis
s'en vint a lad Erloy, et la fu faict le mariaige
de Monsieur Robert des Armoises chevalier et ladite
Jehanne la pucelle; Et puis après s'en vint ledit Sʳ
des Armoises avec sa femme la pucelle demourer
en Metz en la Maison que ledit Sʳ Robert avoit devant
Sᵗ [illegible], Et se tinrent la jusques atant que il
leur plaisit d'en aller

L'article cy dessus est extrait d'un ancien
Manuscript de certaines choses arrivées en la ville
de Metz, Et ce conformement, le sceau du souscrire
Noʳᵉ roial demeurant a Nancy cy mis pʳ tesmoignage
ce jourdhui xxv mai [illegible]

Colin

DERNIER PARAGRAPHE DU TEXTE

« L'article ci-dessus est extrait d'un ancien manuscrit de certaines choses arrivées en la ville de Metz et ce conformément le sceau du souscrire Notaire Royal demeurant à Nancy ci mis pour témoignage ce jourd'hui 25ᵉ mai 1545, signé Colin Notaire. »

PAGE DE DROITE

EXTRAITS DES COMPTES DE JEHAN ABONNEL, RECEVEUR GÉNÉRAL DES FINANCES DE PHILIPPE LE BON, DUC DE BOURGOGNE (1436)

Manuscrit B 1957, folios 164-165-195, Archives du Nord.

Au folio 164 : « A Lorquin de la Prière, aussi chevaucheur, pour le 5e jour dudit mois de mai, porter lettres à mondit seigneur (le duc de Bourgogne) en Allemagne devers le comte de Virnembourg touchant aucunes matières secrètes dont mondit seigneur ne voulut aucune déclaration être faite. Pour ce 9 L et 12 sols.
A Michel Courson, chevaucheur, sur son voyage qu'il a fait par l'ordonnance de Monseigneur du pays de Hollande jusqu'à Paris à porter lettres de par Monseigneur le connétable de France et les seigneurs de Ternant et de l'Isle-Adam. Pour ce 64 sols. »
Au folio 165 : « A Hayne, chevaucheur, pour ledit 15e jour de mai dudit lieu et par icelui seigneur porter lettres devers le comte de Vernembourg pour aucunes choses secrètes que mondit seigneur lui escrivit et pour son retour. Pour ce 54 sols »
Au folio 195 : « A Germolles, le poursuivant pour le 19e jour de mai par le commandement de mondit seigneur aller de Gand jusqu'à Cologne sur le Rhin en la compagnie de messire Guillaume Gondebourg, chevalier de pays d'Allemagne, pour le conduire et l'accompagner jusqu'audit Cologne. Pour ce 72 sols. »

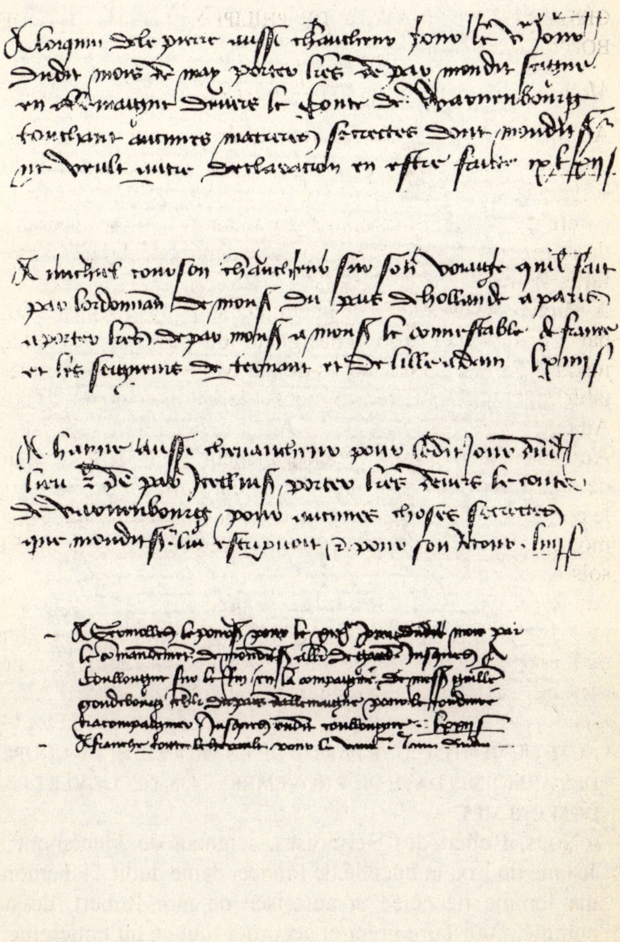

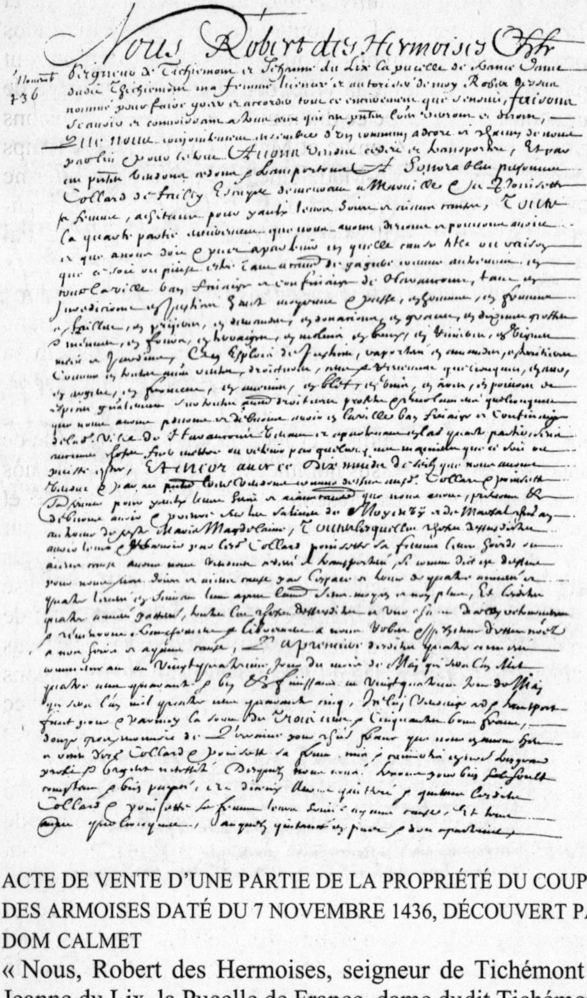

ACTE DE VENTE D'UNE PARTIE DE LA PROPRIÉTÉ DU COUPLE DES ARMOISES DATÉ DU 7 NOVEMBRE 1436, DÉCOUVERT PAR DOM CALMET

« Nous, Robert des Hermoises, seigneur de Tichémont et Jeanne du Lix, la Pucelle de France, dame dudit Tichémont, ma femme licenciée et autorisée de moi Robert, dessus nommé, pour faire gréer et accorder tout ce qu'entièrement s'ensuit […] Avons vendu, cédé et transporté à honorable personne Collard du Failly, écuyer demeurant à Marville et à Poinseth, sa femme [...] toute la quarte partie que nous avons, devons et pouvons avoir et que à nous doit et peut appartenir [...] en toute la ville, ban finage et confinage de Haraucourt [...] et avec ce dix muids de sel que nous tenons sur les salines de Moyenvic et Marsal chaque an, au temps de fête de Sainte Marie-Madeleine [...] par espace et terme de quatre années. La première de ces dites années commençant au 24e jour de mai 1441 et finissant au 24e jour de mai 1445. [...]

Iceluy vendage cède et transport fait pour et parmi la somme de 350 francs, douze gros de Lorraine pour chaque franc que nous avons eu et reçu desdits Collard et Poinseth sa femme... en notre très grand profit et urgence nécessité. [...]

Nous, Robert des Hermoises et Jehanne du Lix la Pucelle de France, ma femme, dessus nommée avons mis et apendu nos propres sceaux en ces présentes et avec ce avons prié et requis à notre cher et grand ami Jehan de Thoneletil, sieur de Vilette et Saubelet de Dun, prévôt de Marville qu'ils veillent bien à mettre leurs sceaux en es présentes en cause de témoignage. Et nous, Jehan de Thoneletil et Saubelet de Dun dessus nommés à la prière de nos très chers amis dessus dits, messire Robert et Dame Jehanne dessus nommés avons mis et apendus nos propres sceaux en présentes lettres avec les leurs [...] Qui furent faites et données en l'an de Grâce de notre Seigneur 1436 au mois de novembre 7e jour. »

Au bas du document on peut lire : « Collation de la présente copie a été faite au tabellionnage de l'évêché et Comté de Verdun souscrit. Ledit original était en parchemin sain et entier en écriture duquel il y a quatre sceaux de cire verte avec quatre à double queue de parchemin pendant. Lequel original est demeuré en mains d'honorable seigneur Paul des Armoises, seigneur de Hanonville. Et ce concorde la présente copie avec leur original du mot à mot, en preuve nous signes manuels cy-mis le vingtième jour de juin 1615.

Signé Robinet Simon, notaire avec paraphe. »

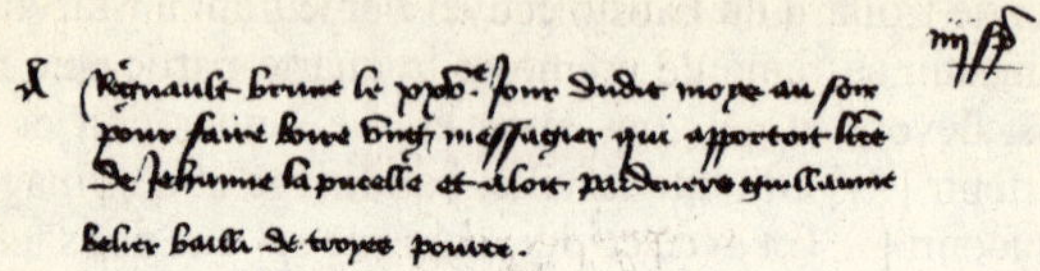
A Regnault brune le xxve jour dudit moys au soir
pour faire boire ung messagier qui apportoit lettre
de Jehanne la pucelle et aloit par devers Guillaume
Belier bailli de troyes pour ce.

EXTRAIT DU REGISTRE DES COMPTES DE LA VILLE D'ORLÉANS, JUILLET 1436

Registre des comptes CC 654, folios 33 et 34, Archives du Loiret.

Transcription : « A Regnault Brune, le 25e jour dudit mois [de juillet] au soir pour faire boire un messager qui apporte une lettre de Jeanne la Pucelle et allait vers Guillaume Belier, bailli de Troyes. Pour ce 2 sols et 8 deniers. »

PAGE DE DROITE

EXTRAIT DU TRAITÉ DE NOBLESSE ET D'ART HÉRALDIQUE DANS LES ÉTATS DE BOURGOGNE (1450) QUI EXPLIQUE QUI EST CŒUR DE LYS

Manuscrit 1969 folio 18 r° et 19 r° et v°, Bibliothèque nationale.

Transcription : « Item, et depuis n'a pas longtemps, on a vu en France Dame Jeanne la Pucelle laquelle bien qu'elle vient de bas étage et de petite extraction, toutefois par sa hardiesse en armes et ses vaillantes entreprises amena le roi de France Charles, septième du nom, sacrer à Reims alors que celui-ci était comme expulsé du royaume et qu'elle fut l'un des principaux combattants en armes pour ledit roi répondre et mettre en possession dudit royaume lors possédé par les Anglais. De pour ces vaillants faits d'armes ledit roi l'a anoblie et lui donna armes qu'elle porta en écu et fit porter par son poursuivant nommé Fleur de Lis. Lesquelles armes étaient d'azur à deux fleurs de lis d'or et au milieu une épée d'argent la pointe d'en haut emmanchée de gueule estoffée d'or, ladite pointe passant parmi une couronne de même en chef, dont il appert… »

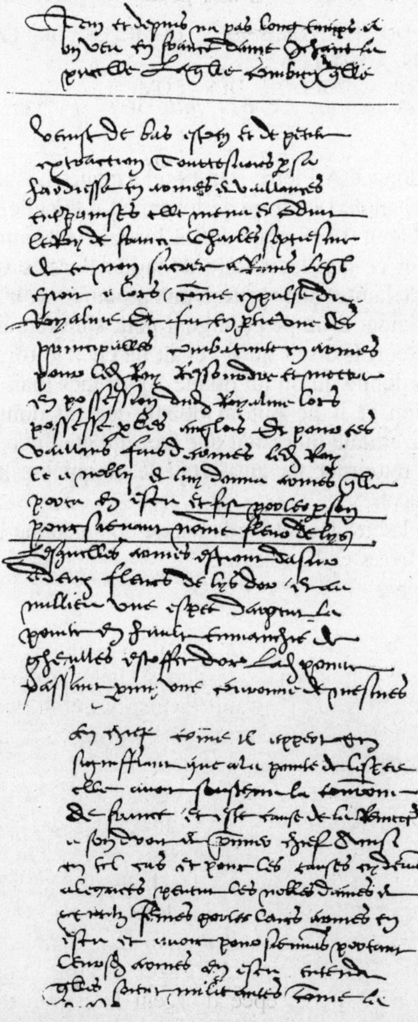

PAGE DE DROITE

EXTRAIT DU REGISTRE DES COMPTES DE LA VILLE D'ORLÉANS, AOÛT 1436

Registre des comptes CC 654, folio 56 r° et v°, Archives du Loiret.

Transcription : « A Pierre Baratin et Jacquet Lesbahy pour bailler à Jehan du Lis, frère de Jehanne La Pucelle, le mardi 21ᵉ jour d'août 1436 pour don à lui fait la somme de 12 francs, pour ce que ledit frère de ladite Pucelle vint en la Chambre de ladite ville requérir aux procureurs qu'ils veuillent bien l'aider d'un peu d'argent pour s'en retourner près de ladite sœur. Il disait qu'il venait de chez le roi et que le roi avait ordonné qu'on lui donne 100 francs mais que l'on n'en fit rien et il ne lui fut donné que 20 dont il avait dépensé 12 et il ne lui restait que 8 ce qui était peu de chose pour s'en retourner vu qu'il était le cinquième homme à cheval.

Et pour ce, ladite chambre ordonna qu'on lui donne 12 francs. Pour ce 9 livres et 12 sols. »

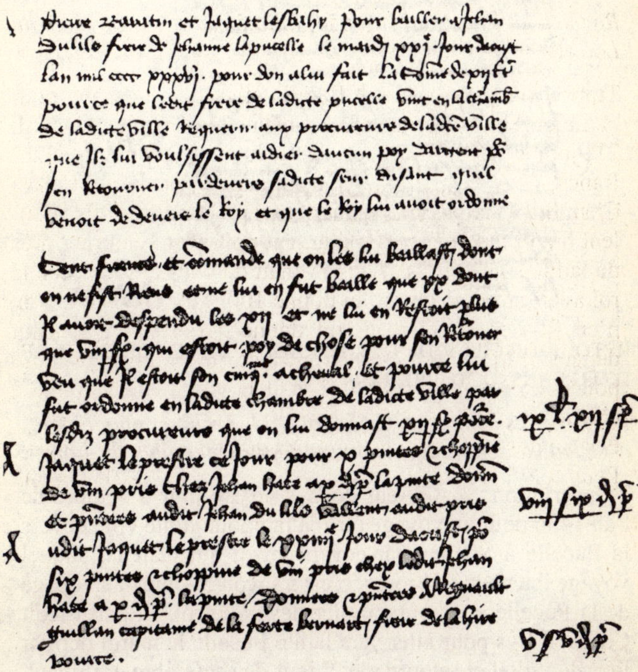

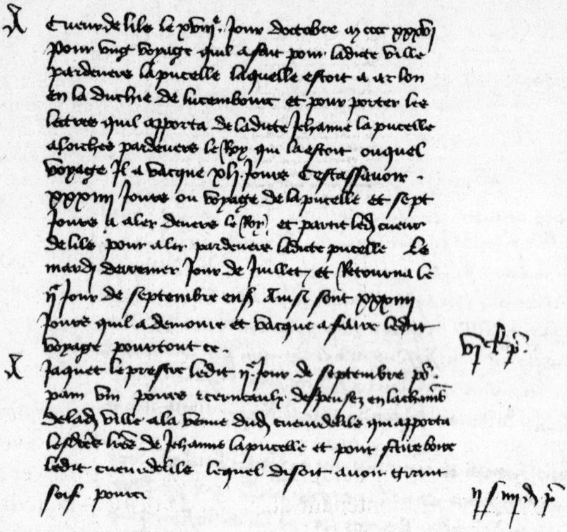

RETOUR DE CŒUR DE LYS, HÉRAUT D'ARMES DE LA VILLE D'ORLÉANS, OCTOBRE 1436

Registre des comptes CC 654 folio 34, Archives municipales d'Orléans, dépôt aux Archives départementales du Loiret.

Transcription : « A Cœur de Lys, le 18e jour d'octobre de l'an 1436 pour un voyage qu'il a fait pour ladite ville devers la Pucelle à Loches par-devers le roi qui était là, auquel voyage il a vaqué 41 jours, c'est à savoir 34 jours au voyage de la Pucelle et 7 jours à aller devers le roi. Et partit ledit Cœur de Lys pour aller vers ladite Pucelle le mardi dernier jour de juillet et retourna le 2e jour de septembre ensuivant. Ainsi sont 34 jours qu'il a demeuré et vaqué a faire ledit voyage. Pour ce 6 livres.
A Jacquet le Prêtre, le 2e jour de septembre pour pain, vin, poires, cerneaux, dépenses en la chambre de ladite ville à la venue de Cœur de Lys qui apporta lesdites lettres de Jehanne la Pucelle et pour faire boire ledit Cœur de Lys lequel disait avoir grand soif. »

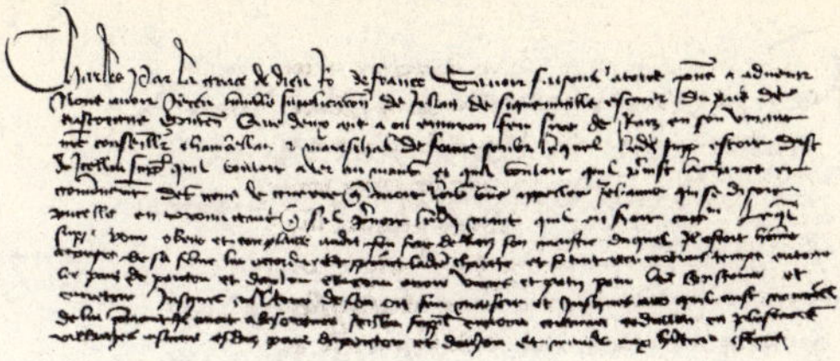

LETTRE DE RÉMISSION DU ROI CHARLES VII À UN DÉNOMMÉ JEHAN DE SIQUENVILLE DATÉE DU 19 JUIN 1441

Manuscrit JJ 176 N° 84 folio 50 v° et 51 r°, document conservé aux Archives nationales, Paris.

Transcription :« Charles par la grâce de Dieu roi de France faisons savoir à tous présent et avenir que nous avons l'humble supplication de Jehan de Siquenville, écuyer du pays de Gascogne, contenant qu'il y a deux ans ou environ (soit en 1439), feu sire de Rais, en son vivant Notre Conseiller Chambellan et Maréchal de France sous les ordres duquel se trouvait le requérant, dit à celui-ci qu'il veuille aller au Mans et prendre la charge et le commandement de gens d'armes que commandait alors une appelée Jehanne qui se disait Pucelle, en promettant que s'il prenait le Mans il en serait capitaine. Le requérant pour obéir et complaire audit feu sire de Rais son Maître dont il relevait du fait de sa femme, obtempéra et prit cette charge et se tient durant un certain temps dans le pays de Poitou et d'Anjou […]

signé pour le Roi le sire de Xaintrailles. »

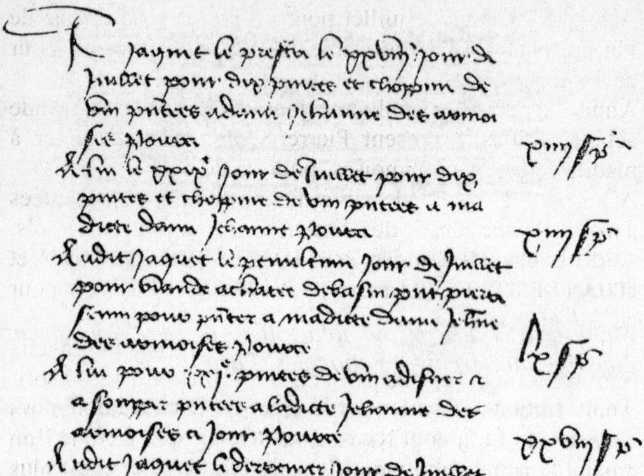

EXTRAITS DU REGISTRE DES COMPTES DE LA VILLE D'ORLÉANS, JUILLET-AOÛT 1439

Registre des comptes CC 655 folio 56 r° et v°, *Archives municipales d'Orléans, dépôt aux Archives départementales du Loiret.*

Transcription : « A Jacquet le Prêtre, le 28e jour de juillet pour 10 pintes et chopines de vin présentées à Dame Jehane des Armoises, pour ce 14 sols.

A lui, le 29e jour de juillet pour 10 pintes et chopines de vin présentées à madite Dame Jehane des Armoises, pour ce 14 sols.
Audit Jacquet, le pénultième jour de juillet pour viande achetée à Basin, présent Pierre Senin, pour présenter à madite Jehane des Armoises, pour ce 20 sols.
A lui pour 21 pintes de vin à dîner et à souper présentées à madite Dame Jehane des Armoises ce jour pour ce 28 sols.
Audit Jacquet le dernier jour de juillet pour 21 pintes et chopines de vin à elle présentées à dîner et à souper pour ce 28 sols.
A lui, 1er jour d'août, pour 10 pintes et chopines à elle présentées quand elle se partit de cette ville, pour ce 14 sols.
Audit Jacquet pour 8 pintes dépensées à un souper où étaient Jean Luillier et Nivernon de Bourges parce que l'on croyait le présenter à ladite Jehanne, laquelle se partit plus tôt que ledit vin fut venu, pour ce 10 sols et 8 deniers. »

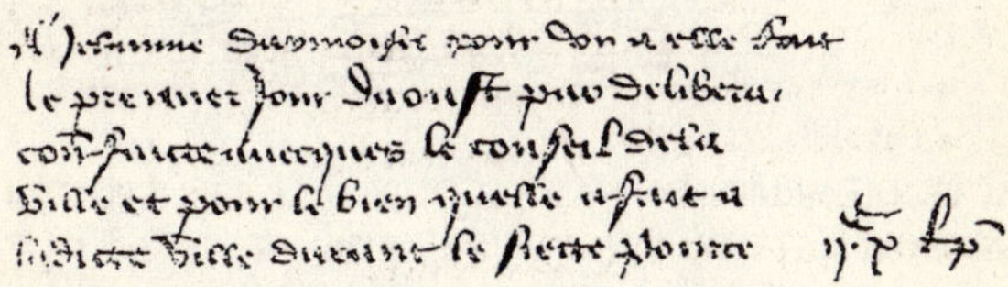

EXTRAIT DU REGISTRE DES COMPTES DE LA VILLE D'ORLÉANS, AOÛT 1439

Registre des comptes CC 655 folio 53 r° et v°, Archives municipales d'Orléans, dépôt aux Archives départementales du Loiret.

Transcription : « A Jehanne des Armoises pour don à elle fait le 1er jour d'août par délibération faite par le conseil de la ville et pour le bien qu'elle a fait à la ville devant le siège, pour ce 210 livres. »

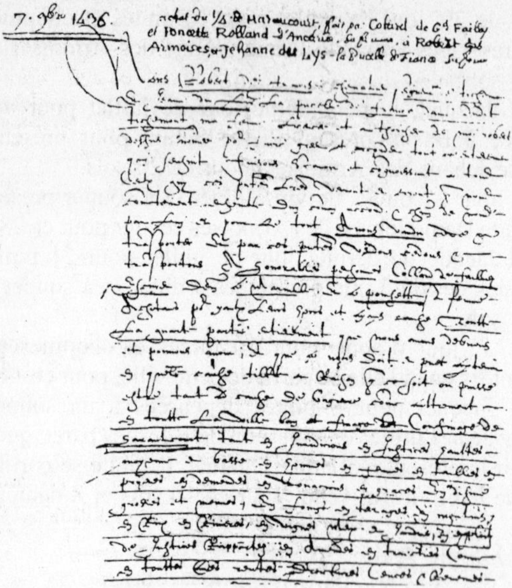

L'ACTE DE VENTE DE HARAUCOURT PAR LES ÉPOUX DES ARMOISES DATÉ DU 7 NOVEMBRE 1436

Donation de la famille Pierre de Sermoise, mai 1979, Bibliothèque nationale.

Transcription : « 7 novembre 1436. Achat du $^1/_4$ de Haraucourt fait par Colard de Gd Failly et Poncette Rolland-d'Ancelrue, sa femme à Robert des Armoises et Jehanne du Lys la Pucelle de France, sa femme. Nous, Robert des Armoises, chevalier, seigneur de Tichémont et Jehanne du Lys, la Pucelle de France, dame dudit Tichémont, ma femme, licenciée et auctorisée de moy Robert, dessus nommé... »

NDLR. Bien qu'intitulé « achat du $^1/_4$ de Haraucourt », l'acte notarié ne consigne en fait qu'une cession de revenus portant sur quatre années et non sur la vente définitive du fief. Il faut croire que le couple des Armoises, venant d'Arlon, a besoin d'argent.

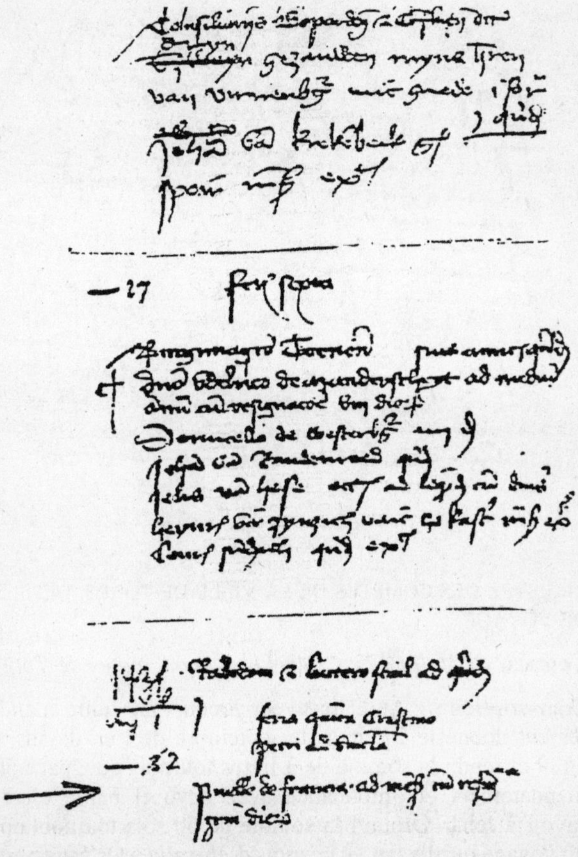

EXTRAIT DU GELEITBUCH DER STADT KÖLN JAHR 1436

Historisches Archiv der Stadt Köln, Allemagne, folio 156 (27 juillet) et folio 156 v° (2 août).

Transcription « Feria quinta crastino Petri ad venicula Puella de Francia ad mens cum resg trium dierum ». (Au lendemain de la fête de Saint-Pierre-aux-Liens à la Pucelle de France, sauf-conduit pour un mois avec résiliation sous trois jours.)

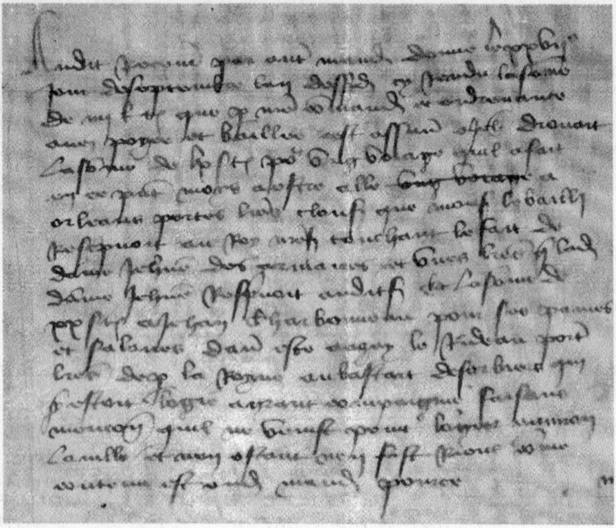

REGISTRE DES COMPTES DE LA VILLE DE TOURS, DÉPENSE DE VOYAGE

Cote CC 27, folio 123 v°, Archives municipales de Tours.

Transcription : « Audit receveur Jocourt par autre mandatement donné le 27e jour de septembre de l'an dessus dit 1439 ci rendu la somme de 3 livres tournois que, par notre mandatement et ordonnance avez payé et baillé c'est à savoir à Jehan Drouart la somme de 60 sols tournois pour un voyage qu'il a fait en ce mois d'être allé à Orléans porter lettres closes que Mgr le Bailli rescrivait au Roi notre Sire touchant le fait de Dame Jehanne des Armoises et une lettre que ladite Dame Jehanne rescrivait audit Seigneur Roi... »

Table

Composition réalisée par PCA

Achevé d'imprimer en février 2009 en Espagne par
LITOGRAFIA ROSES S.A.
08850 Gava
Dépôt légal 1re publication : mars 2009
Librairie Générale Française – 31, rue de Fleurus – 75278 Paris Cedex 06

31/2472/4